Lost Times

By

Ethyl Smith

TP

ThunderPoint Publishing Ltd.

First Published in Great Britain in 2022 by
ThunderPoint Publishing Limited
Summit House
4-5 Mitchell Street
Edinburgh
Scotland EH6 7BD

Copyright © Ethyl Smith 2022

The moral right of the author has been asserted.

All rights reserved.

Without limiting the rights under copyright reserved above, no part of this publication may be reproduced, stored in or introduced into a retrieval system, or transmitted in any form or by any means (electronic, mechanical, photocopying, recording or otherwise), without the prior written permission of both the copyright owner and the above publisher of the work.

This book is a work of fiction. Names, places, characters and locations are used fictitiously and any resemblance to actual persons, living or dead, is purely coincidental and a product of the author's creativity.

Cover Image © Ethyl Smith
Cover Design © Huw Francis

ISBN: 978-1-910946-85-5 (Paperback)
ISBN: 978-1-910946-86-2 (eBook)

Printed and bound in Great Britain by Clays Ltd, Elcograf S.p.A

www.thunderpoint.scot

Acknowledgements

Those men and women who lived in 17th century Scotland and provided a history worth remembering.

Thunderpoint Publishing for continued belief in my series about Covenanting times.

My family for support, patience and willingness to accompany me on research trips to strange places.

I gained insight into this period from James King Hewison The Covenanters, John Howie Scots Worthies, Robert Watson Peden:Prophet of the Covenant, Andrew Murray Scott Bonnie Dundee, Magnus Linklater & Christian Hesketh For King and Conscience, Dane Love The Covenanter Encyclopaedia, David S. Ross The Killing Time, Rosalind K. Marshall The Days of Duchess Anne, Ian Whyte Agriculture and Society in Seventeenth Century Scotland, John Greenshields Private Papers, Robert McLeish Archivist of Lesmahagow Historical Association, Newsletters Scottish Covenanter Memorial Association, Dr. Mark Jardine Jardine's Book of Martyrs. Culpeper Culpeper's Complete Herbal, J.H. Thomson The Martyr Graves of Scotland, Elizabeth Foyster & Christopher A. Whatley A History of Everyday Life in Scotland 1600-1800, Ecco The Laird and Farmer, Maurice Grant The Lion of the Covenant, Maurice Grant No King But Christ, W. H. Carslaw The Life and Letters of James Renwick, Maurice Grant Preacher to the Remnant, Thomas McCrie The Bass Rock, Ann Shukman Bishops and Covenanters, Charles Sanford Terry John Graham of Claverhouse Viscount of Dundee 1648-1689.

Dedication

In memory of my father
Flying Officer Lawrence Jackson

This poem by Finola Scott perfectly sets the theme for *Lost Times*
Finola is an acclaimed and widely published poet.
She is past Makar for The Federation of Writers (Scotland)

Ower muckle paper

white as saft shawls o bairns new blissen
oor ain bibles preachin oor prood tongue

white as the bold snaw coverin aw tracks
hersh letters hankled wi secrets an string

arrangemnets biddens and warnins
aw sealed sauf wi puddles o wax

pure as the haw-buss when spring faems oer
kempy petitions clourt oan kirk doors

white as the froth that rowes in spate
saicret watchwirds play hidie oer late

bold declarations frae braisant kings
epistles and orders councillors decried

harsh as the hoar froast grippin oor blood
relentless warrents fir sleekit arrests

white as the breest of the seagou flyin free
oer thon preeson, thon sair rock in the sea

Chapter 1

'Just remember – when you think all is lost, the future remains' – Dr Robert Goddard

An hour ago John Steel's son had burst into the kitchen shouting, "Ah've jist seen men marchin back an furrit ahint Nutberry Hill. Each yin's armed wi muskets an lukin richt determined, pointin them this way an that, then kneelin doon as if ready tae fire. They didna let ony aff tho."

Now father and son stood on top of that hill, studying a large patch of flattened and discoloured grass near the bottom of the slope.

Johnnie's description of what he'd seen included a young, fair-haired man on a horse watching the action.

It seemed too much of a coincidence.

John stared down at the mangled grass. Hus tae be James Renwick. Whae else? Back frae his studies in Holland. Maist like ordained an ettlin tae tak the Cause furrit. Ay. An whitivver he's plannin the ootcome will nae be pleasant aince the government realises that Presbyterian resistance is on the rise again.

God kens why ah ivver went wi him tae Holland, why he ivver persuaded me that he needed a companion fur his journey tae yon university at Groningen. Ah hud ma doubts. An ah wis richt. It certainly didna work oot aince Robert Hamilton cam on the scene. Imagine. The vera man whae wis oor so-cawed leader at Bothwell Brig, desertit us aw afore the battle wis richt stertit an kept goin till he landed safe in Holland. Worse than that he inveigles his way intae Renwick's company, mooths opeenions aboot the Cause an ither dangerous nonsense. Ah tellt him braw plain that Hamilton's a fraud an oot fur himsel. No that it made ony difference. Yin word led tae anither till thur wis naethin left but pack ma bag an cam hame.

Ay. An ah'm sorry we pairtit wi sic ill will.

John walked down to the large open space, counted the paces that might have been taken across the flattened grass. "A wheen feet huv been back an furrit here. An whaur are they noo?"

"Is it worryin ye?" Johnnie sounded anxious. "Are ye angry wi me?"

"Not at aw. Ah'm gled ye tellt me." John smiled at his son's anxious expression. "Ah'm jist thinkin that Logan Hoose is nae far frae here. Mibbe us twa cud walk ower an ask if they ken ocht aboot this?"

Father and son set out through the waving grass and heather towards the lonely farmhouse where many a plan had been hatched against the government.

Ay, John thought, somethin serious is on the go. Renwick an Maister McVey at Logan Hoose wur aye thick thegither. God sakes it wis McVey helped him plan yon declaration they pit up on the Mercat Cross at Lanark back in '82. Luk at the stramash that caused. An innocent man arrestit, chairged, then hanged as an example. An whit aboot the toun itsel, fined thoosands o merks fur nae stoppin sic treason? An yit Renwick thocht the sufferin wis worth it.

Richard Cameron wis the same. Ma way or nae way.

Five years ago John had heard Cameron's defiant voice quote from Isaiah ch.35 verse 4, *'Behold your God will come with vengeance, even with recompence; he will come to save you.'* Instead of finding any comfort he still argued about their meaning.

Ay. An nane o it saved him when the troopers caught up wi him an his supporters on Airds Moss only weeks aifter he spoutit they words.

John was back in the square at Douglas, watching a proud trooper pull a fair head from a sack and swing it back and forward in front of a horrified crowd.

He blinked and sighed. An noo we huv Maister Renwick.

A group of men sat round a large kitchen table in the house which John Steel and Johnnie were about to visit. James Renwick was among them.

"Guid day. Can ah help ye?" Wylie McVey's nephew Jamie Wilson was standing like a guard at the main door to Logan House.

"Guid day Jamie." John and Johnnie Steel walked across the gravel yard towards him. "Lang time no see." John held out his hand.

"Oh, it's yersel Maister Steel." Jamie smiled and returned the handshake. "Ah huvna seen ye since yer return frae Holland wi yon report aboot Maister Renwick. Hoo are ye?"

"Still keepin a step aheid o the troopers, ah'm gled tae say. Is yer uncle at hame?"

"Ay. Come awa in. He hus a wheen veesitors wi him the noo."

"Wud James Renwick be yin?"

"Ay. That's yin o the reasons fur the veesitors. The Society men wur keen tae welcome him hame an gie thur official approval. He's been field preachin aready an gettin a guid response. Folk want tae hear whit he hus tae say."

"Ah dare say. An whit aboot the government?"

"Richt annoyed by aw accoonts. They've sent platoons oot tae scour the countryside an pit up wantit posters in ivvery toun an village. Much lik the way they behaved aboot yersel aifter yer run in wi yon grand earl at Bothwell Brig. Is he still chaisin aifter ye?"

"Ay, but sae far sae guid. Ah'm still aheid an intend tae keep it that way."

"Gled tae hear it. In ye come. Ma uncle will be pleased tae see ye. Whit aboot yer lad? Will he wait ootside?"

"He bides wi me. Lead on." John took off his bonnet and followed Jamie into the long, dark hall. Ahead he could hear many voices. They sounded excited. He bent close to Johnnie and whispered, "Keep an ee oot but say naethin."

"Will the men ah saw ahint Nutberry be in yon room?"

"Maist like," John nodded. "Jist mind thur freends. Weel, mair or less."

The men seated round the kitchen table stopped talking when John and his son appeared. Wylie McVey and James Renwick pushed back their chairs and stood up. Renwick smiled and came forward with outstretched hand. "Guid tae see ye again John. I hope ye're weel."

John hesitated then grasped the slim hand. "Thank ye. As weel as can be expectit wi troopers on ma tail maist days."

Wylie McVey joined Renwick and shook John's hand. "Aifter yer wee escapade in the Lowther hills ye must be attractin mair attention."

"Hoo dae ye ken aboot that?"

McVey smiled. "Ah saw yer name on a poster peened up in

Lanark market the ither day. Ye wur listed wi a wheen ithers as ambushin a government patrol at the heid o the Enterkin Pass and rescuin some prisoners."

"Ah nivver thocht onybody kent ah wis ther. Whitivver. Jist somethin else tae worry aboot."

"Thur's aye somethin else tae worry aboot," Wylie McVey replied. "Ye did ken auld Charlie wis deid an his brither's aready crowned at a grand ceremony in London?"

John shrugged. "Kings come an go same as the rest o us. Jist wi mair fuss."

"But James Stuart is a Catholic, a servant tae the so-cawed holy faither in Rome. That's nae richt fur oor country. Mind ye, thur's a glimmer o hope. We've hud word frae Holland aboot a possible invasion against this parteeclar monarch an his ill government."

John smiled. "Is that why ma son saw men marchin up an doon in military formations?"

McVey nodded. "If push comes tae shove we intend bein ready tae dae whit we can fur the true Cause." He turned to Renwick. "In the meantime ma freend here is preparin a further challenge wi a public declaration protestin against this new king an his evil intentions."

John stared at Renwick. "Will ye be meanin tae pit up this declaration in Lanark lik ye did afore settin oot fur yer studies in Holland? That certainly upset the Privy Cooncil enoch tae flood the hale district wi the military. An dinna forget the hangin o an innocent man, the indulgin in needless cruelty tae mak a so-cawed example. Whit aboot the 5000 merks slapped on Lanark itsel fur allooin sic an event tae tak place? The tounsfolk kent nocht aboot it. The nearest they came tae bein involved wis yin or twa watchin."

Renwick's lips pursed. "Of course I regret their suffering. But the challenge hud tae be made and I stand by oor actions. Indeed, I intend daing much the same again. This time I'll pin my paper on the Mercat Cross in Sanquhar. The same spot as Richard Cameron made his declaration on the anniversary o Bothwell Brig."

John frowned. "Jist mind that four weeks later the law caught up wi him an left him deid on Airds Moss."

"Whitivver the ootcome I intend paying a fitting tribute tae sic a deserving martyr. His example and memory deserves recognition. It will also condemn King James as a heretic an a murderer. He micht laugh at oor efforts and dismiss oor Cause but come the day we'll be proved richt." Renwick paused then asked, "Whit aboot yersel?"

"Ah try ma best tae bide oota trouble."

McVey smiled. "Ye're nae managin vera weel if yer recent cairry-on at Enterkin is onythin tae go by."

"It wis mair a rescue than an attack." John sounded defensive.

McVey smiled again. "Whitivver ye say ah think ye did weel tae show thur grand lordships that ordinary folk can still bite back against an ill-treatment. Ma freends here agree wi me."

The men round the table nodded and thumped the table.

John Steel stiffened. He turned towards them. "Thur's nae need fur that. Ah neither seek nor deserve ony approval." He turned back to McVey and Renwick. "Ah jist came by tae ask aboot the men ma son saw marchin up an doon. Noo that ah ken ah'll nae disturb ye ony langer." Before anyone could reply he was down the hall, into the yard, and hurrying away from the house.

"Ye luk angry. Whit's wrang?" Johnnie almost ran to keep up.

John kept going. "If it's nae fleas it's midges. On an on as if this mess we find oorsels in will nivver stoap."

Wylie McVey was correct. At that very moment plans were being made in Holland for a two-pronged attack on the kingdom. James Stuart would lose this throne and all would be well.

The two main conspirators were of a mind over this but with different aspirations.

The Duke of Monmouth, Charles II's eldest illegitimate son, was after his uncle's crown.

Archibald Campbell, ninth Earl of Argyll, chief of clan Campbell, saw a chance to rescue a Protestant country from a Catholic monarch and gain the gratitude of his downtrodden subjects. And of course enhance his own reputation.

Argyll stood at an upstairs window of a burgher's house in Amsterdam and watched Monmouth's coach pull up at the door.

A tall, ornately-dressed man emerged and stood a moment.

He seemed to sense the watcher and looked up to give a salute before disappearing under the door canopy.

So that's hoo it is. Argyll pursed his lips. In that case I best stert as I mean tae proceed. Instead of going downstairs to welcome his invited guest he stood where he was and allowed this visitor to climb the grand staircase by himself then be ushered into the room by a liveried servant.

Argyll still didn't move as Monmouth crossed the wide parquet floor towards him.

"Guid day, sir." Monmouth's sharp eyes narrowed but his mouth smiled. "An honour tae meet ye at last."

"And yersel sir." The slight figure dressed in somber grey tweed nodded and offered a welcoming hand. "Especially as we'll be working towards the same ootcome."

"To remove James Stuart from his throne." Monmouth snapped to attention.

"Jist so." Argyll nodded again. "And things are luking hopeful. Supporters hae pledged money for the purchase o three ships and I've added a bit siller tae acquire a decent supply o weapons and ammunition. But excuse me, I'm aheid o masel. There's still much tae discuss and that's why ye're here. A wheen freends are waiting in the room next door, eager tae hear mair aboot oor plans. Nae doubt ye've much tae offer so come awa thru."

"Indeed." Monmouth took a step back. "Seeing as we're about to embark on a dangerous but important task we need to know where we are wi each other. I take it ye're a committed Protestant?"

"Ma religious belief is weel kent," Argyll frowned. "Why wud I be here itherwise? When James wis still Duke o York he came tae me special like and promised me mair influence at court alang wi a leading roll in the Privy Council if I'd conseeder converting tae his faith. I had tae tell him that I wis Presbyterian tae ma roots. Aye hud been. Aye wud be. He then tried tae persuade me by pointing oot the special benefits he cud bestow. When I wudna gie way he seemed mair angry than disappointed. Aifter that I suspect ma card wis marked."

"Marked?"

"Ye micht say it wis the stert o whit became ma doonfall. Ye see as pairt o the Scottish Privy Cooncil I've managed tae staund on the taes o yin or twa o ma colleagues; whiles raither hard. A wheen were waiting their chance for revenge. Ay, and they pounced when I questioned ane o the allegiance oaths."

"Questioned it?"

"Why no? I wantit tae ken why members o the royal family were exempt frae swearing total allegiance tae the king when they seemed tae express popish leanings. That didna gang doon weel. The hale Privy Cooncil roonded on me. As ye ken, politics can be a tricky game so I backed doon and agreed tae sign."

"Did ye now." Monmouth seemed surprised.

"Ay. Nixt thing they demanded tae see ma signature."

"And?"

"Weel I hud signed but nae afore I added a wee caveat '*only in as far as it is consistent with itself.*' Wi hindsicht that wis a mistake and had James listening tae scurulous accusations frae them as pretended tae be ma freends. Aince that sterted the door opened for a further attack. I found masel arrested and charged wi lease making."

"Never heard of it." Monmouth looked puzzled.

"It means libelling the king and family wi intent tae sow dissension atween the monarch and his subjects. It's taen vera seriously in Scotland. In fact it's a capital offence. Tae cut a lang story short I wis found guilty and sentenced tae death. No that I expected ony different wi as mony enemies lined up against me."

"Yet here ye are."

"Only because I had the foresicht tae escape afore the deed cud be done."

"Escape?"

"I wis locked up in Edinburgh Castle. It has a tradition that allooes condemned prisoners visitors afore the final day. My stepdochter came tae see me. And her being a young lady she didna come alane but brocht a manservant wi her. The servant jist happened tae be the same build and height as masel and wearing a wig a kennin big for him. Ye can guess whit happened."

"And ye got away with it?"

"The wig seemed tae dae the trick. It hung ower ma broo as weel as covering ma lugs. I wis able tae walk past the guards hauding up my lady's train lik ony dutiful servant. Naebody seemed ony the wiser. Within meenits we were oot the gate tae a waiting coach whaur I taen ma place staunding at the back as expected. Aince amang the narrow streets o the toun it wis easy tae jump aff and disappear. And lik ye say, here I am, offering ma credentials for approval. But enoch aboot me whit aboot yersel?"

Monmouth fiddled with the silver buttons on his brocade waistcoat then lifted his head to toss back his long chestnut curls.

Argyll almost smiled at this performance then seemed to think better of it. "Please sir. Nae need tae haud back. On ye go."

Monmouth sniffed as if displeased. "My career is well documented but since ye ask I bring twenty years experience to our venture. Began at sixteen, serving in the English fleet with my uncle. It was later, when he saw me as a threat, that we grew distant. Most o my experience has been with cavalry regiments, fighting in several countries – and never on the losing side." He sniffed again. "I take it that's a good sign."

"Indeed." Argyll nodded. "But there's a mair personal maitter as bothers me. Ah ken us Scots hae a parteeclar way o pittin things but tae be blunt, yer mither wisna Catherine o Braganza, Charles' richtfu queen."

Monmouth's face darkened. "My mother was Lucy Walter. A fine and beautiful lady who dearly loved Charles Stuart. For his part my father adored her. Perhaps ye're unaware that they secretly married shortly after I wis born. They were both in Schiedam just outside Rotterdam. It was the time before Charles was invited back to England and given the crown. We had a beautiful house with a walled garden full of flowers and fruit trees. It sat behind the grand Stadthuis and convenient for my faither to visit us each day."

"And nae doubt an official paper wi the marriage lines exists tae confirm aw this?"

Monmouth blinked. "Indeed. It was safely stored in my house at Moor Park in Hertfordshire. At least I thought it was safe, waiting to be used at the right moment. However, it mysteriously disappeared when I was sent to deal with rebels at Bothwell Brig. No doubt ye remember that event?"

"Oh ay," Argyll nodded. "A sad time for those as lost that day."

Monmouth's voice sharpened. "I'll remind ye sir that they were rebels, challenging both king and government. They deserved all they got."

"Forgive me." Argyll bowed an apology. "It's jist my

Presbyterian leaning showing itsel. Please. As ye were saying."

Monmouth hesitated.

"Yer parents' marriage lines vanished," Argyll persisted.

"Indeed, and never seen again. I suspect my uncle had a hand in spiriting away the precious evidence. In fact it's a strange coincidence how he went on to make life so difficult for me that I wis forced into exile later that same year. I landed in the Dutch Provinces; kept away from my country for six years while James was free to malign me with my father and undo any chance I might have of inheriting the crown."

"And he succeeded." Argyll fixed Monmouth with a glance like an amused parrot. "Wud I be richt that noo yer aifter claiming the crown for yersel?"

Monmouth stiffened. "My main concern is the survival of Protestantism in our beloved country. Anything else would be a bonus."

"Quite so." Argyll nodded. "Whit ye've jist shared must hae been painful so thank ye. It's certainly helped me unnerstaund hoo we staund wi yin anither. But come awa thru, speak tae oor waiting supporters. We've much tae dae afore we achieve onything." He turned and opened a pair of carved doors and stepped into a large room where a group of men were sitting round a polished dining-room table. He clapped his hands for attention and announced, "Gentlemen, oor military expert has arrived."

Monmouth walked confidently into the grand room, nodded to the waiting assembly and took his place at the top of the table as if it was his right. As he sat down he noticed a figure four chairs along, a stocky man wearing a black eyepatch and a grim expression.

Richard Rumbold. Dear God, why am I even in the same room as the likes o him? A man who was one of Cromwell's stoutest supporters. A republican to the core with a fearsome reputation that merits the nickname Hannibal. Appropriate by all accounts. Played a major part in my grandfather's execution thirty-six years ago as well as fighting the Scots Royalists at Dunbar and again at Worcester.

Once the monarchy was restored he didn't give up, hatched up a plan to ambush my father and uncle, even had the conspirators meet in his own house. When the plot failed rumour got out that I'd been involved. Well I wasn't, although I did know what they were up to and did nothing. From then on my only choice was exile. Same for Rumbold. He was lucky to escape before being arrested and hanged. And he here he is, set on achieving a republic again. What's in it for him is not the same as myself. And yet here we are sitting round the same table. He sighed. If that's what it takes to gain my rightful inheritance so be it. Rumbold can be sorted out later.

He watched Argyll slowly walk to a seat at the opposite end of the table and sit down. Another one worth the watching. Him and his high ideals along with what sounds like a forked tongue. Ah well two can play that game. He stood up and waved a be-ringed hand to acknowledge Argyll then bowed to the assembly. "My colleague and myself are grateful for your support and look forward to working with ye and achieving ultimate success."

A polite round of applause followed then everyone settled down to learn what next.

Monmouth began to explain his plans. Argyll listened and approved the over-all strategy and much of the detail. He has guid experience and soonds thorough. Mind ye, his attitude is a tad ower confident wi. Still I dinna suppose he can help it. The Stuarts are aw the same.

He glanced along the two rows of faces and rested on a somberly-dressed, red-faced man wearing a neat wig and an innocent expression. Ay John Cochrane, dinna think ye fool me wi that luk. I mind weel whae it wis betrayed Richard Cameron for the promise o siller. And noo ye're a total turncoat. And noo I need tae work wi ye. Politics is a queer beast indeed.

He glanced back along the table at the distant Monmouth. Their eyes met and briefly they seemed to understand each other completely.

The discussion grew heated, especially around the possibility of Monmouth declaring himself king. Several, including Rumbold, spoke out against this, arguing that a republic was the only way forward, some were for the tradition of monarchy but closely linked to parliament, others thought it best to wait and see how things unravelled before making any permanent decision.

For his part Monmouth made no promises either way.

Finally they agreed that one of the leading Scottish exiles, Andrew Fletcher of Saltoun, should accompany Monmouth while two of the most prominent English plotters should go with Argyll.

Argyll nodded when he heard Richard Rumbold and John Ayloffe agree to join his expedition. He left his seat and walked round the table to shake hands with both men. "Thank ye. Gled tae hae ye baith. Ye'll be a real asset."

Back in his place he nodded across to Cochrane who was sitting opposite. "And ye as weel."

Cochrane returned the nod but seemed to realise that he and Argyll might now be colleagues but unlikely to be friends.

Monmouth smiled and nodded at all the faces round the table and seemed untroubled by so much talk about co-operation and the need to share decisions. Whatever was said he knew what he intended to do. He'd always known.

Argyll wasted no time. A week later men, weapons, ammunition and provisions were in place. "Time tae go," he announced as 300 men lined up in front of three small ships, the *Anna*, *David*, and *Sophia*. "Time tae save oor beleaguered country frae itsel."

No one disagreed and about 7 o'clock on the second of May 1685 his expedition set sail from Amsterdam for Scotland.

Monmouth watched them leave and thought about his promise to start his own attempted rebellion in England within days.

Mirren McVey came out of her milk-parlour after an hour turning the handle of a butter churn. Her arms ached but her effort had produced a satisfying amount of creamy butter. A golden mound, covered by a damp muslin cloth, now filled her biggest china bowl in the coolest corner of the tiled parlour. Once patted into small slabs and wrapped in waxed paper their rich flavour would earn good money in the village shop when the grocer whispered whose butter was on offer. Better still she'd enjoyed time to herself, door firmly shut against the agitated atmosphere that seemed to hang about the farm these days.

Little wunner she thought, wi aw they Society men comin aboot the place tae practice loadin and unloadin muskets. As for the drillin an marchin back and furrit on yon level space ahint Nutberry Hill, it can only mean thur expectin some kinda military action aboot tae happen.

This worried her for it all seemed to hinge on the young man she now had as a guest in her house. Polite to a fault, obviously sincere, and somehow able to move those taciturn hillmen in ways she'd never seen before. Even more worrying was the look in James Renwick's eyes. She'd seen it before in other preachers; that look of commitment to give all for the Cause.

She shook her head and wiped her hands on her thick apron. An expectin the rest o us tae dae the same. Of coorse ma Wylie's aw fur it. Heid fair turned wi Maister Renwick's words same as he wis wi Ritchie Cameron. An luk hoo that turned oot. No that ah'm agin the need for some kinda resistance. Ah jist wish that young man wisna sae unforgien ower whit he sees as ithers faults when it's jist that some o us realise only too weel whit happens when we gang heid tae heid wi the government. They huv the upper haund an dinna hesitate in dealin wi ony challenge tae thur authority. No that ma Wylie or his Society freends are interestit in the opeenion o a mere wummin. No when they ken best or think they dae. She sighed. No that it'll mak ony difference whit ah think so stoap moanin. Richt noo thur's denner tae git ready. Aifter hoors exercisin on the moor they men cud eat a horse.

She was thinking about this when a strange young man on a mud-spattered horse clattered through the close and into the yard.

He jumped down from his horse and took off his bonnet. "Wud this be Maister McVey's hoose. Maister Wylie McVey?"

Mirren nodded. "Ah'm his wife. Whit is it?"

"Joseph Keltie ma'am, bringin twa letters fur yer man." He opened one of the saddle-bags and took out two sealed packets. Will ye see he gits them? Ah canna wait. Ah've a wheen ither letters tae deliver, an as quick as ah can manage."

"Soonds important."

"Indeed. Yin's aboot an execution jist by wi in Wigtoun."

"Ye've come that far?"

"Ay." Keltie held out the two packets. "Ah left yesterday at the behest o the Kirk Session in Kirkinner. They want folk tae ken the fu horror o whit happened. The ither's a letter warnin aboot an imminent invasion." He hesitated. "Mibbe ah shudna be sayin an jist leave yer man tae read fur himsel."

"Am ah nae worth the kennin?" Mirren frowned.

"That's no whit ah meant." Keltie's face went red. "Onyway, ah'm sure yer man will read it oot tae ye."

"Ah'm weel able tae read fur masel young man." Mirren took both packets and pushed them into her deep apron pocket. "As weel as thinkin fur masel."

"Nae offence meant, mistress." Keltie bowed. "Ah jist thocht..."

"Weel ye thocht wrang." Mirren's voice sharpened then she stopped and shook her head. "Nae that it maitters. Nae harm done."

"Gled tae hear it." Keltie bowed again. "Lik ah said ah best git on."

"Is the news that bad?" Mirren persisted.

"It is. But ye'll see fur yersel. Guid day." Joseph Keltie turned his horse round and left Mirren staring after him.

Once the horse was through the close she stayed listening till the clip-clop faded. "Ah weel." She slipped her hand into her apron pocket, touched the tiny raised seal of one packet then hurried into the house to begin cooking for her husband's friends.

"Smells guid." Wylie McVey put his head round the kitchen door and looked approvingly at the spread his wife had prepared.

"Dae ye think thur's enoch for they hungry men?" Mirren hurried across the kitchen to balance a pile of large china plates on the the warm lip of the range.

"Mair than we'll need. Ye dae us weel." Wylie reassured her. "Will ah tak oor guests intae the dining-room?"

"Naw. Gies a meenit or twa till Jessie sets the places." She signalled to the kitchen maid who was filling several ashets with a fine mix of vegetables. "Richt Jessie. Aince ye've din that stert ladlin oot the soup. Noo mind gie them a fu bowl. Mibbe that'll dent thur hunger afore we serve up the meat." She turned back to her husband. "Afore ye go." She dug out the two sealed packets from her apron pocket. "Here. The boy as brocht thaim said the news is important. Ye best tak a luk afore ye sit doon for denner."

"Aifter aw yer work. Naw, naw. Whitivver it is will keep." He took the two packets and stuffed them into his jacket pocket then dodged away before Mirren could answer.

In the hall Mirren could hear a polite voice saying, "Excellent session this morning. A big step furrit. In fact ye're jist aboot ready for the task I hae in mind."

Task. Whit task? Mirren stopped and pursed her lips. James Renwick sounded pleased, very pleased. She stared into the shadowy hall and tried to hear more but there was only an excited hum from men sounding happy with the compliment.

Disappointed she turned away. If yon lad wis richt Maister Renwick's aboot tae learn somethin he disna want tae ken. Ay. An it micht nae be sic a bad thing. He's gettin raither shair o himsel.

"Will ah tak the soup thru noo?" Jessie interrupted Mirren. "Ah've set the places."

"Ay. On ye go. An lik ah said, mak shair each man gits a fu bowl. An dinna forget the basket o rolls. Thur sittin in the wee side oven. That'll gie me time tae carve up the meat an fix the gravy." She dragged a heavy metal casserole from the main oven and lugged it over to the kitchen table and sat it on a large wooden trivet. She lifted the lid and sniffed. "Ay. Done a treat." She stuck a long two-pronged fork into the tender looking pork-fillet and began to cut slice after slice, counting as she went to make sure everyone had a fair share.

Everyone enjoyed their meal. So far these men had enjoyed every meal at Logan House. Mirren was a fine cook and never stinted with her portions. Renwick's daily sermons were also having an effect, increasing their confidence, persuading them that resistance could and would work if they kept the faith for the Cause.

Meal over, the men began to wander out to the courtyard to talk among themselves. One or two sat by the stable filling their clay pipes, satisfied with their day.

As the last man left the dining-room Wylie McVey pushed his plate aside and laid two packets on the table.

"Whit's this?" James Renwick looked surprised.

Came a wee while ago. Mirren wis tellt the letters are important."

"Shud we no hae read them afore we ate?"

"And waste ma Mirren's efforts? Ah dinna think sae."

Renwick frowned but said nothing as he watched Wylie slit the seal on the first packet then unfold the paper and begin to read.

Wylie's expression tightened as his fingers traced line after line of the carefully scratched words. Finally he offered the paper to Renwick. "Read for yersel while ah tackle the ither letter. Accordin tae the words this happened a few days ago."

Neither men spoke for some time then Wylie sighed. "Whit kinda men wud dae sic a thing tae twa lassies? Wigtoun must be reelin wi the shock o whit happened. A hangin is bad enoch but this? At least a rope is quick. But tae pit folk tae the stake in the estuary then jist wait till the tide rolls in. Disna bear thinkin aboot. Whit must they pair wummin hae suffered while watchin the sea creepin closer and closer? It musta been a blessin when the watter finally closed ower thur heids and choked the life oot o them."

Renwick nodded. "Twa brave lassies for oor Cause. They will be honoured here on earth as weel as receiving due respect frae the Lord."

"Ah dare say." Wylie frowned. "But hoo dis that help thur family and freends? It must be a sair loss indeed."

"They'll tak comfort in kennin whit a fine sacrifice hus been made."

"Whit's up?" Mirren appeared in the doorway. "Ye baith luk as if ye've seen a ghost."

"As guid as." Wylie held out one of the letters.

Mirren laid down the tray she was carrying and took the sheet of paper.

Both men watched as she read every line then read the whole thing again. Finally she glared at them both. "So that's whit it's come tae. Twa lassies drooned at the mooth o the river Bladnoch in the name o the so-cawed law. Whit's the world comin tae when this is possible? It says here the aulder yin wis made tae suffer first so's the younger lass cud watch an be persuaded tae repent. God sakes." She glared at both men then stabbed at the paper. "Whit's happenin tae the world?"

"Weel micht ye ask," her husband replied.

"And aw because they refused tae tak some oath o allegiance tae the king. Is that whit it says here?" She stabbed at the paper.

Renwick nodded. "Neither gave way."

"Is that so?" Mirren's voice rose. "And tell me whit guid that did?"

"They held fast tae thur belief," Renwick replied.

"Is that so?" Mirren's voice shook. "Martyrs tae the Cause?"

Renwick nodded.

This seemed to infuriate Mirren even more. "Oh ay, ye'll honour them as martyrs, speak thur names wi respect. Tell me whit guid will it dae when thur deid? Tae expect that kinda sacrifice frae thaim is as wrang as they so-cawed men o the law passin an order tae droon the pair lassies." Mirren laid down the letter and began to collect the empty plates on the table. "Dear God, whit nixt?"

"We must bide resolute and resist as best we can." Renwick's voice hardened. "The way o the Lord can be a severe test but we must try to meet the challenge. These twa women are an example tae us aw."

Mirren glared at Renwick. "Ah dare say but try tellin that tae thur family." She went on collecting plates then left the room without another word.

Both men watched her go then Renwick turned to McVey. "Aince she thinks a bit mair aboot it – "

McVey shook his head. "She'll nae chainge her mind. In truth I dinna blame her. But here." He held out the second letter. "Tak a read at this. Ye'll nae like it either."

Renwick took the paper and read the letter slowly and carefully.

Wylie watched the young man's expression darken and guessed what was coming next when Renwick stared at the words then closed his eyes as if in prayer.

Wylie waited then quietly said, "James. Sometimes a man can be forced tae conseeder suppin wi the deil. On this occasion cud the end mibbe justify the means?"

"Nivver." Renwick opened his eyes and glared at Wylie. "Oor resistance must be based on the truth o the Word. Naething else. Oor conscience must be clear that we dae things richt wi nae reliance on turncoats." He stabbed at the letter. "These twa names on the first line o this letter are abhorrent tae ma vera being."

Wylie nodded. "The names did surprise me. But shairly noo that we hae confirmation that the invasion against this ill government is gonna happen, shairly that canna be aw bad?" He hesitated. "Shairly no?"

Renwick shook his head. "I've prayed lang and hard for mair support tae oor cause. The mistake I made wis tae assume it wud come frae the exiled meenisters in Holland, willing at last tae tak direct action. But this." He shook his head again. "This proposed mission. Naw. Naw. Hoo can we gie oor support? Think aboot the respect due tae aw they folk as gied their lives tae the Cause, aw them as wur captured aifter Bothwell Brig, manacled then marched tae Edinburgh whaur they endured months in Greyfriar's Kirkyard afore being loaded lik cattle ontae boats for the Americas and slavery. Whit happened is doon tae they terrible names." He stabbed at the letter again. "Argyll and Monmouth, whit a pair. Yin wis ahint it. The ither wis in charge at Bothwell Brig, gien the orders tae bring aboot oor defeat and the suffering that followed. Why wud we ivver conseeder supporting onything they twa dae?" This time he waved the letter at Wylie. "Why is the vera man whae boasted aboot being a scourge tae oor beleaguered country daring tae pretend sympathy for oor cause noo? He's aifter making himsel king insteid o his uncle. Naething else. At least James Stuart is the richtfu heir. Monmouth micht be auld Charles's son but he's on the wrang side o the blanket lik a wheen ithers. Nae guid will come o it."

"Ay weel," Wylie agreed, "the thocht o the Duke o Monmouth lordin it ower us wud be a bitter pill tae swallow. The lust fur power maks men dae the awfiest things lik turnin thur coats ootside in. Archibald Campbell, Duke o Argyll is a prime example. Mind ye, at least he claims tae be a Presbyterian."

"Dinna sully the name Presbyterian," Renwick snapped. "That same man wis loyal tae the crown for years, a prominent member o the Privy Cooncil, and worked against us while Donald Cargill and Richard Cameron wur on the go. God sakes, it wis that same Campbell as chased aifter Maister Cargill and made sure he wis hung." Renwick's eyes filled with tears. "I'll nivver forget staunding in the Edinburgh Grassmarket watching that man o truth mount the steps tae the gibbet. And whae wis in the front row o the crowd luking pleased wi himsel? Nane ither than Campbell. I saw him masel. This letter says Monmouth is tae tackle England while Campbell attacks Scotland.

In ma opinion the hale thing stinks. Not a sparticle o sincerity aboot it. They twa are ill-matched bed-fellows, each yin chasing aifter a different result. Why they're conspiring thegither is beyond me. Yin thing shair, neither will git an ounce o support frae me or onybody as follows me."

"So whaur dis that leave us?" Wylie dared. "Whit aboot yon declaration ye're pittin thegither sae carefully and mean tae peen on the Mercat Cross in Sanquhar? Is that no supposed tae support this proposed invasion? Tae trigger aff open rebellion aroond here?"

"It wis." Renwick almost spat out the words. "When I first heard mention o plans for an invasion coming frae Holland I wis daft enoch tae believe it wud come frae folk wi a mind lik oorsels."

"So whit's tae be done?" Wylie frowned. "Ye've hud men marchin and drillin fur days in preparation tae mak a guid show at Sanquhar and fricht the government. The men are lukin furrit tae it. Dis that mean it's tae be cawed aff?"

"I need time tae think, tae try and digest this unfortunate and unexpected turn o events." Renwick stood up and pushed his chair aside. "A walk, some fresh air, and quiet time tae seek oor Lord's guidance. Aifter that I'll answer yer question."

"Ah'll come wi ye." Wylie turned to lift his heavy jacket from the back of his chair. "Ah dinna want ye wanderin the moor alane."

"On this occasion Maister McVey that's exactly whit I need. Thank ye for yer concern but rest assured the Lord will tak guid care o me." He walked towards the door.

"As ye wish." Wylie shook his head.

Renwick left Logan House, nodded to the men still talking in the courtyard and walked along the path towards the moor.

"Whit's up?" one of the men asked as Wylie appeared at the open doorway.

"Dinna ask." He flapped a hand at the disappearing figure. "See they preachers."

The man laughed. "They aye ken best."

Wylie shook his head again and went back into the empty dining-room to re-read the second letter.

Chapter 2

Early next morning Wylie McVey came into the kitchen to find his wife and the kitchen maid busy preparing breakfast for all the visitors who'd been bedded down in the hay-shed.

She seemed flustered and not in the best of moods. He hesitated then asked, "Huv ye seen Maister Renwick? Ah chapped on his bedroom door but nae answer."

"He's nae lang by wi a plate o porridge. Noo he's awa fur a walk." Mirren didn't look round but continued to transfer slices of ham from the large pan on the range to an equally large ashet sitting in the side-oven.

"He hud a walk last nicht. Whit's he wantin wi anither yin? We hae much tae discuss."

"Hoo wud ah ken," Mirren snapped. "He feenished his bowl, thanked me then announced he wis aff fur a walk an a think."

"A think." McVey groaned. "Are ye shair that's whit he said?"

"Of coorse ah'm shair." She bustled past her husband an opened the pantry door to lift out a basket of eggs. "Can ye nae see wur busy. Unless ye want tae bide an mak yersel usefu gang an tak a luk ootside. Mibbe he's nae far awa."

McVey retreated and went out to the courtyard where some of the men were splashing their faces with water from the horse-trough. Again he asked, "Onybody seen Maister Renwick?"

Two nodded. "He taen the path that leads tae Waterside. Walkin fast he wis. Ye'll need tae run if ye want tae catch up."

McVey hurried through the close then stopped. Whit's the point. He obviousy disna want ony company. It'll be him an his conscience again. Whitivver he thocht on his walk last nicht isna resolved. Best leave him be. He'll come back in his ain guid time an then we can talk.

John Crichton, platoon captain in John Graham's troop of horse, blinked awake and stared at the skylight window above his head. He'd been ill for weeks, captive in this narrow bed and tiny attic room at the top of his platoon's lodgings. It was not to his liking, nor was the village of Lesmahagow with its undercurrent of rebellion. Yon John Steel's ahint it. Bloody pest. Yit they eedjit villagers treat him lik a hero. Weel, yin o they days it'll be different when we catch up wi him an see him swing. Ay. And then this God-forsaken place will chainge its tune an unnerstaund whae's really maister an whae's in the wrang.

Crichton had come close many a time but never close enough. Somehow each attempt seemed to go wrong. Steel was still free. This was like a thorn in the captain's side. If only he thought. Yin chance is aw ah need.

The sun shone through the glass above like a tempting promise; time to be up and about.

He swung his feet onto the hard, wooden floor, stood up, bumped his head on the low sloping ceiling and swore, "Time ah wis back at ma richtfu duties, playin ma pairt enforcin the law insteid o lyin aboot lik some pair invalid. Ay. Time ah wis oota here."

He washed and dressed then hurried downstairs to eat a freshly cooked breakfast of ham, eggs, and fried potato brought through from the inn next door.

Hoo are ye this mornin?" Sergeant Bennet appeared in the small dining-room. He held up a letter. "A messenger jist brocht this frae commander Claverhoose up at Douglas castle. He's wunnerin aboot yer progress back tae health and askin if ye're weel enoch tae conseeder settin oot fur Cumnock, tae tak chairge o the garrison?"

"Cumnock?" Crichton looked pleased. "That's a big garrison."

"Ay. But are ye weel enoch? Hus the doctor made ony comment aboot yer recovery?"

"He came by yesterday and suggested ah shud try a ride roond the district tae test ma stamina."

"So, ye micht be able tae tak on this new poseetion?"

"Ah'll tell ye better aince ah'm shair. This time ah want nae set back."

"Jist so."

"And whit aboot yersel? Crichton asked. "Will ye bide in chairge if ah gang tae Cumnock? Aifter aw yer promotion is only till ah'm weel enoch."

Sergeant Bennet frowned. "Ah wis thinkin aheid. Clavers' letter mentions a possible invasion. Likely it's jist a rumour frae the Privy Cooncil. We've hud word lik that afore. Aw the same, if thur's ony chance the government will expect ivvery garrison tae be battle-ready. Mibbe that's why the commander's keen tae see ye at Cumnock."

Chrichton laid aside his empty plate, and stood up. "First things first ah'll spend an hoor or twa in the saddle and see hoo ah feel." He pushed past the sergeant and clumped down the narrow hall.

Sergeant Bennet shook his head as he watched the burly shape go outside. Yer body micht be on the mend but yer mind still needs attention. Aye the big man. Aye wantin yer ain way, aye arguin or throwin yer weight aboot. God kens why Claverhoose pits up wi ye. The rest o us find it a sair fecht.

Sergeant Bennet listened as Crichton called for his horse, heard the stable-boy's feet scuttling back and forward in response to impatient commands. He thought about the past weeks when a sodden, half-dead figure had been lifted from the local carrier's cart and handed over to Captain McCann of the Lesmahagow platoon. Here's hopin ye're fit enoch fur Cumnock. Ah wudna mind seein the back o ye. He sighed. But mibbe that's wishfu thinkin.

Halfway along Lesmahagow main street Crichton clicked his horse to the left and turned onto the narrow hill-road out of the village. It was a steep climb. He leant forward to pat the strong chestnut neck and whisper, "Tak yer time." He then relaxed and enjoyed the resentful glances from the few villagers who ducked out his way.

He passed a long line of low, thatched houses before the road curved out of the village towards open country. This is mair like it. He sat up straight and began to forget about this being an exercise to test his stamina.

Fields bordered by rows of young birch trees appeared on his left. In between their delicate branches he glimpsed the grey stone walls and flashes of light from the sparkling windows of Birkwood House, the grandest in the village, sitting proud at the end of a long gravel drive bordered by thick laurel bushes. He took a deep breath and gave Flint's neck another pat. It's guid tae be oot and aboot and awa frae that cramped hoose we huv as lodgings. Ay. And awa frae yon sergeant, aye fussin aboot me lik an auld wumman, wantin tae ken hoo ah ended up sae poorly. As if ah'd tell ony o ma business tae yon gowk.

He stopped at the top of the hill to take in miles of rolling landscape with its intricate patchwork of fields, each defined by a neat hedge or dry-stane dyke. Some had barley, kale, or turnips, some had cows and sheep quietly grazing or simply lying to enjoy the benefit of such warm sunshine.

Small farmsteads were dotted here and there across a land which seemed content; no sign of strife. Today Crichton didn't even think about how none of it was peaceful or even law-abiding. He just enjoyed the varied pattern of green stretching all the way to the first border of heathery ground that skirted the grand old lady known as Tinto Hill. Above her hovered fluffy white clouds, as gentle and settled as the land itself. Over everything shone a bright sun. It was hard not to smile.

Ay, he admitted. It's a guid day. Flint seemed to agree with his nose twitching happily when his master encouraged him to trot along a level stretch.

From here the scene began to change. A variety of broad-leafed trees appeared on the lower ground, gradually developing into a dense wood which almost hid the grey slate roof and tall chimneys of Auchlochan House where the Broun family owned many acres. It had been a well-run estate till a few years ago when their Covenanting sympathies led them into uncertainty, joining the rebel cause, even being prepared to fight at Drumclog and Bothwell Bridge. Since then the son, John Broun, had become a fugitive, constantly on the run from the law.

Crichton nodded in the direction of Auchlochan. Anither yin payin the price for treason. Whit eedjits. As for his wife and family it serves them richt if we subject them tae inspections an questions, an whiles a fine for pair kirk attendance. Aifter aw this time they shud ken better. But naw. Thur servants are jist as bad. A wee bit harsher treatment is whit they need; mair forceful persuasion tae knuckle doon.

Flint's pace quickened as the road began to twist downwards. Soon he was passing the gravelly entrance to Nether Skellyhill Farm. He nodded at the sign and remembered a freezing December morning when he'd led a platoon to surprise the occupant, chase him and catch the runaway for the rebel he was. An the stupidity o the man believin ma promise aboot giein quarter and a fair trial. Mind ye, it worked. He surrendered and gied me the pleasure o blawin oot his brains. If ah mind richt he wis a cousin o John Steel. Anither yin whae deserves tae gang the same way wi a loud bang or the yank frae a stoot rope.

This brought other memories when John Steel had not only bested Crichton but made him look a fool. By the time he reached the bottom of the hill his earlier sense of pleasure was ebbing away.

He stopped on the edge of the tiny hamlet of Waterside and stared at the tight huddle of thatched cottages that straggled the banks of the Logan Burn as it hurried towards a joining with the River Nethan.

A small vegetable garden, fenced off against wandering sheep, sat beside the first house. An elderly woman was hoeing a neat line of what looked like cabbage plants. She looked up, almost smiled, then stiffened at the sight of a red jacket.

Crichton glared at her and tapped the edge of his steel helmet with a two-fingered salute.

She blinked then bowed her head to continue hoeing, slowly and steadily, never looking up from the leafy fronds in front of her.

Still glowering he turned his attention to a group of children, splashing in and out of the burn, laughing as they skimmed stones to the opposite bank in some sort of competition.

Their antics amused him for a few moments till one of them spotted the stranger on horseback. Again his red jacket had an effect. The laughing stopped. The stones were dropped. Each child scampered out of sight.

He glared after them. Ay. Ye best bide feart or else. All the same he felt strangely rattled as he rode past the last cottage and took a narrow path off to the left between a line of high beech hedges which led towards a sheltered green valley.

James Renwick leant back against a thick tree trunk and took a deep breath. He'd been walking a long time since leaving Logan House. Yet here he was and surprised to have arrived. Wrapped in his thoughts he'd been unaware of where his feet were leading. Instead of staying on the moor as intended he'd somehow found himself in a softer, greener landscape and closer to the village which was unwise.

His mind was full of the two letters delivered to Wylie McVey, particularly the description of the two women tied to a stake in the Solway watching the tidal rush swirling ever higher until... And they didna gie way. Naething is ower muckle tae gie the Lord and they twa fine wummin kent that.

The news about a proposed invasion was also a bitter pill. Nothing about it was good. Nothing about it was right. He shook his head. Hoo can ony Society member even agree tae a plan devised by the likes o Archibald Campbell and yon Duke o Monmouth? Baith men are thinking whit's in it for them and offer naething for oor cause.

This had him worrying about his own plans for a declaration paper against the government. Here I wis thinking an invasion wud be oor chance tae mak a public staund against this wrang-minded man whae claims tae rule us, tae show the Societies' determination for direct action. Support frae men wi the same mind-set as oorsels, prepared tae pit their money whaur their mooth is cud rescue this struggling Remnant afore it's ower late. He sighed. Ah weel, I ken the truth noo. Words and promises. Nane o them wi ony meaning.

Sitting down on the soft grass Renwick began to take note of where he was, to check out what seemed a bonny spot.

Off to his left was an old stone bridge. He must have crossed it without noticing. Just beyond his feet a thick patch of ferns mixed with wild garlic sloped down to a stretch of mixed shingle bordering an expanse of gently swirling water.

Two winding burns had found a way through dense moorland then past field after field till they met in this wooded glade.

The force of this meeting created a myriad of bubbles to dance along the dark surface in an ever-increasing circle as if trying to work out which would have control, which would decide where next.

The continuous movement began to suggest a similarity with his own struggle. At the far end of this pool was an opening with an invitation for the water to pass through, to merge as one, to take on a new life, to tumble over oddly shaped stones and rocks. Renwick smiled. The Lord kens best and shows me why I shud gie thanks for finding sic a spot at jist the richt moment.

He closed his eyes and listened to the tweets and chirps from hidden birds blending with the sound of what was becoming a new river.

Crichton's mood improved as Flint trotted past a field of black cows, all lying down, basking in the warm sun, no movement except the flicking of tails and waggling of ears to keep the flies at bay.

Forget yon ignorant auld wumman back ther. Ay. An they eedjit weans. Nae worth botherin aboot.

Just ahead was an old stone bridge then the track took a sharp left turn. "Easy boy." He reined Flint back.

While crossing the bridge he glanced over the moss-covered parapets. On one side thick branches almost hid the water running below. He turned to the other side. Here he had a clear view of a large pool. Beside it he spotted a young man sitting on the bank, leaning against a thick tree trunk, so relaxed he seemed asleep

That face, the fair hair, the neat way it was tied back, the book clutched to his chest. "Ay," Crichton whispered, "this is a guid day aifter aw."

Flint obeyed the signal to stop while his master leant forward to lift one of his pistols from its holder on the saddle. It was ready, primed; all he had to do was aim and fire.

The young man seemed unaware of anyone nearby. His eyes remained closed.

Perfect. Tak yer time. Keep it steady. Crichton gripped the handle of the pistol, levelled the heavy barrel against his arm, swung it gently towards the tree-trunk then edged it out a few inches. He peered along the top edge of the muzzle, checked the distance. That shud dae. Just to be sure he did it all again then held the moment. Richt. His finger tightened on the trigger.

The pistol crack shattered Renwick's contemplation as something small and hard nipped the edge of his brow. Eyes wide open he saw a small cloud of white smoke. Behind it loomed the shape of a man on horseback. He was on the bridge, taking aim with a second pistol.

Still clutching his Bible Renwick leapt into the undergrowth, pushed his way through then began running along the bank, dodging from tree to tree. Crichton fired again, missed and swore as he spurred Flint into the chase.

Renwick saw another patch of scrub. More cover. He dived in only to find it was on the edge of the bank. He dug his heels in but it was too late. All he could do was grab at the twig-like branches which bent as he began to fall. Torn leaves pattered round him then the sole of his boots jarred against a large stone sticking out of the water. He steadied himself and gasped with relief when he realised it was the first of many all the way to the opposite side.

"Whaur is the bugger?" Crichton drove Flint to the edge of the scrub and was forced to stop. He peered over the top of the thick leaves and saw his would-be captive more than half-way across the river. There was no way he could follow over such a zig-zag of sharp stones and rocks. He stared up and down. There must be a way.

Up ahead, just visible through the trees, was the shape of a narrow, wooden footbridge.

"Vera thing." Wheeling Flint back onto the track to gallop the short distance he then cut in on the tiny path which led to the bridge.

Flint stopped in front of it. It was old and rickety, almost too narrow for a horse, as well as looking unsafe. Crichton hesitated then glanced back along the river where Renwick was beginning to scramble up the steep bank. "Aince on the ither side ah can cut him aff nae bother."

He urged Flint forward.

Flint saw the uneven line of narrow planks, saw the gaps in between and didn't move.

Crichton gave a sharp kick.

Flint stepped onto the first plank then the second.

The combined weight of horse and man made it sag, splinter with a loud crack, then fall away. Flint's front hoof touched empty air. Ears twitching the terrified beast knew where he wanted to be. Rearing up to gain extra power he leapt towards solid ground at the end of the bridge. As he did his back hooves clattered against the rotten handrail. It broke like a matchstick. Crichton roared and dug his heels in, but the speed and force of the horse's leap unbalanced him. Slipping sidewards he managed to hang onto the reins for a moment before letting go. With arms and legs flailing as if attempting to fly he dropped feet first into the water below with a huge splash.

Flint hit the water at the same time then lurched to safety. Crichton didn't have this chance. His riding-boots filled with water and pulled him down to the muddy river-bed.

Fortunately the river was less than six-feet deep at this point.

Coughing and spluttering, a dazed Crichton found himself standing up to his neck in cold, peaty water with his heavy boots holding him secure, as if nailed to the muddy bottom.

Instead of making good his escape Renwick ran towards this extraordinary sight then stopped as a man and boy on a black horse appeared on the opposite bank.

He waved and pointed at the figure in the middle of the river. The man nodded and jumped off his horse. The boy made to follow but the man signalled stay put. He handed the reins to the boy then began to pick his way across the damaged bridge.

The figure in the water groaned as the man came closer. Naw. Please God, onybody but him.

Once on the opposite bank John Steel called out, "Mȳ my captain, ye seem tae huv gotten yersel in a bit o a pickle."

Crichton said nothing.

John turned to James Renwick. "An whit are ye dain here, sir?"

"I wis oot for a walk."

"Is that so." John shook his head. "If ye dinna mind me sayin, ye huv an uncanny knack o attractin trouble withoot even tryin."

"So whit's tae be done?" Renwick pointed again at Crichton.

"If we leave him oot ther he'll be stuck for hoors withoot help. If naebody comes alang he micht even dee aince the cauld watter gits intae his bones. Ah'm loathed tae dae it but we shud howk him oot. If he's found deid the folk as bide nearby will be blamed and suffer fur it."

"Dis he want yer help?"

"Peened in the watter lik that he hus nae choice. At a guess his boots are fu o watter an haudin him doon, an his thick, woollen jacket must weigh a ton by noo. By the luks o him he can haurly move. If he tries onythin a wee dunt on the heid shud dae the trick."

John took off his jacket and boots, laid them on the grass, then eased himself into the water and began wading towards the stranded figure.

He stopped just out of arms-reach. "Richt. Say naethin. Dae naethin. Ony nonsense an ye bide whaur ye are." He then edged behind the captain to grab hold of a sodden jacket collar. "Noo dinna resist." He pulled hard. Nothing happened. He tried again several times then stopped to regain breath. This time he grasped Crichton under the arm-pits and tried yanking the heavy body sidewards. On the third attempt there was a loud squelching noise as the resisting pressure eased and the tight boots allowed the captain's feet to escape from their grip. John saw a pair of thick-stockinged legs and large feet float towards the surface. "Ay, an ah ken whit ye'll try noo." John punched Crichton hard on the back of the head. The figure sagged. "Ay, better safe than sorry." He now dragged the unresisting figure towards the bank and dumped him face-down on the grass.

A few minutes later Crichton rolled over then tried to sit up.

"Naw, naw." John pushed him down again and quickly tied his wrists with a length of twine he always carried in his pocket. "Noo jist tae mak shair." He proceeded to tie the captain's ankles as well.

"Whit noo?" Renwick asked.

"We fling him ower the back o his horse and tak him as far as the village. At the first hoose we gie the horse's flank a wee skelp and send him gallopin doon tae the main street. Aifter that it aw depends on whit story he tells. If he twists the tale we can aye write a wee letter tae his commander an tell him the truth."

"Ye wudna dare." Crichton glared at his rescuer.

John glared back. "Jist try me."

Crichton slumped back and remained silent.

"That's mair like it. Behave yersel an ye'll be back wi yer freends afore ye ken it." John turned and called to his son still waiting on the other side of the bridge. "Tak oor horse back tae Waterside and warn the folk whit's comin."

John pointed to Crichton's horse now standing on the bank and seemingly none the worse of its fright. "Richt Maister Renwick, bring the captain's horse furrit then gie me a haund tae lift this craitur an hing him ower the beast's back."

Renwick did his best but found it difficult to steady what felt like a dead weight. At least the captain offered no resistance and seemed resigned to his fate.

As soon as Crichton was draped across Flint's back and felt his chin brush the smooth flank he was back five years, reliving his first encounter with John Steel.

Trussed like a chicken he'd been hung across his horse's back and led down Lesmahagow Main Street past lines of gaping villagers.

And here he was again.

Maybe John had a similar thought for he smiled as he led Flint and his master across the fields towards the cottages at Waterside.

Renwick walked alongside for a few minutes then curiosity got the better of him and he asked, "Hoo did ye ken tae come tae ma rescue lik that?"

John pointed a warning finger at Crichton. "That's fur me tae ken an ithers tae guess."

Renwick touched the bloody line along his brow. "Weel, whitivver, I'm mair than thankfu."

Nothing else was said till they reached Waterside where a group of men, women, and children were waiting to view the spectacle. No one spoke, no one clapped or cheered or laughed. They just stared.

Crichton couldn't twist round to see this but was glad when he felt Flint start to climb the long hill away from Waterside.

They hadn't gone far when John stopped and turned to Renwick. "Ah'd raither ye went back tae wait at the crossroads. Ah'll nae be lang in sendin this parcel on its way."

John's tone left Renwick in no doubt so he turned and began to make his way towards the little crowd still standing at the crossroads.

John led Flint and his master in silence.

When the horse eventually stopped Crichton growled, "Whit noo?"

This is the first hoose," John announced. "Freedom awaits." He let go of the reins to walk back and give Flint a sharp slap on the flank. Flint immediately responded and set off at a decent pace with his passenger bumping up and down but securely tied to the saddle.

John stood and watched till the horse was almost at the foot of the hill, about to turn onto the village main street. He knew Flint would head for his stable. Crichton would be safely delivered.

And so he was. Except he gathered an audience. By the time Flint stopped outside the stable in the church square he was surrounded by children laughing and pointing at the figure slumped across the beast's back.

The stable-lad took one look and headed for the troopers' quarters.

A minute later Sergeant Bennet came running into the square then stopped short. "In God's name whit's happened?"

"Untie me." Crichton's muffled voice rose from Flint's hide. "Git me aff this beast."

It took Sergeant Bennet and the stable-lad some time to untie the tightly wound twine then lift the impatient captain down and steady him as he struggled to stand.

"Ye're soakin, sir." The stable-lad wiped his wet hands on his rough apron. "An whaur's yer boots?"

"Nane o yer business," Crichton snapped. "Jist see tae ma horse."

The stable-lad tried not to smile as he led Flint away.

Sergeant Bennet pushed Crichton through the crowd gathered at the end of the square, marched him back to their quarters, pushed him inside then banged the door shut. "Ah thocht ye wur jist huvin a wee ride roond the district. Dear God man. Whit happened? Luk at the state o ye. Ye're soaked tae the skin, lost yer boots, an yer helmet as weel."

Crichton lurched away and clumped up the narrow stair to his room.

Sergeant Bennet watched him go. When the truth comes oot maist like he'll huv brocht it on himsel.

When John returned he found James Renwick in the middle of a group at the crossroads. He smiled at John and announced, "I've invited they guid folk tae join me the morn's aifternoon at Logan Hoose for a wee service."

"Huv ye indeed." John grabbed the arm of Renwick's jacket then turned to the faces he knew so well. "Ah'm shair Maister Renwick is keen tae see ye at Logan Hoose. Nae doubt ye're keen tae go an hear him. But think aboot it. Aince yon captain tells his tale the troopers will be roond the district lik a rash. Mibbe ye dinna ken this man is James Renwick. A preacher on the wantit list, mair wantit than masel, wi mair merks on his heid. A guid catch. An we aw ken whit the promise o siller can dae tae loosen tongues."

Several heads nodded.

"When ye huv an offeecial visit, an ye will, ah trust ye'll say that ye ken naethin, heard naethin, saw naethin ither than the captain goin by here on his horse."

"Not a word," was the firm reply.

"Thank ye. Noo ah need tae git this man tae safety." John held onto Renwick's arm and marched him out of the little village towards Waterside farm where Johnnie should be waiting with Juno.

Johnnie was sitting at the big kitchen table in Waterside farm, enjoying a bowl of thick vegetable soup in between telling his adventure to a horrified grandmother who tackled John and Renwick when they appeared.

"Johnnie's tellin me aboot Crichton causin a near disaster. The man's a richt deil." She frowned at Renwick. "Ye wur awfy lucky tae escape frae the likes o yon."

"The Lord saw me richt."

"An ah dare say John here hud some pairt in it tae." Rachael's Weir glanced at John. "So whit's tae be done?"

"Ah'll see Maister Renwick safe tae Logan Hoose. He's been bidin ther wi Maister McVey. Ah'll explain whit's taen place an warn McVey aboot the need fur extra care."

"Whit aboot a bite tae eat first?" Rachael suggested. "A bowl o soup an some pie? It's fresh made."

"That's a kind thocht but mibbe we shud git on." Renwick turned as if to leave.

"Jist dae as the mistress says." John pulled out a chair and waited till Renwick sat down.

Rachael ladled out two brimming bowls of soup and brought them to the table. "Aifter this thur's mutton pie wi neeps an diced carrot. Ah wis aboot tae gie an extra servin tae ma grandson but ah dare say he'll nae mind sharin."

"Smells delicious," Renwick replied. "Thank ye."

"Ye're welcome. The least ah can dae. An noo sir if ye'll jist say grace." She looked at the two men's tense faces then bowed her head.

Johnnie smiled to himself. Gran's guid at gettin her ain way.

The kitchen door suddenly opened. Gavin Weir burst into the room. "Ma, ye'll nivver believe whit happened tae yon Crichton. Ah saw him in the village." He stopped short when he saw John.

John grinned at him.

"Oh my." Gavin laughed. "Ah micht huv kent."

John grinned again at his brother-in-law. "First things first.

Come ower an meet Maister Renwick the preacher."

Renwick stood up and came forward to shake Gavin's hand. "I tak it the dreaded captain is safely back wi his platoon?"

"Indeed." Gavin looked over Renwick's shoulder at John. "Ye shud huv seen him come up the main street. Hauf the village weans wur runnin ahint shoutin at the eedjit slumped across his horse. Hoo many times is it noo that the guid captain hus come oot worse wi a certain John Steel?"

"It wisna planned this time," John said. "But he wis aboot tae shoot Maister Renwick. He hud tae be stoaped."

"An ye let him go?" Gavin shook his head. "Yin o they days, John. Yin o they days."

"Aw this will be ower," Renwick cut in. "And when we are victorious…"

John rounded on him. "Nivver mind whit micht happen in the future. Thur's a lang way tae go afore that. Richt noo we need tae git ye back tae Logan Hoose. Yer host must be dementit wunnerin whaur ye are." He signalled to Johnnie. "Oot tae the stable an git Juno ready. Us twa will see Maister Renwick safe then mak oor way hame across the moor."

"Up ye git Maister Renwick." John pointed to Juno waiting by the stable door.

"Whit aboot yersels?" Renwick didn't move. "I neither seek nor deserve ony special treatment. Whit aboot yer lad. Mibbe he'd like tae rest his legs?"

"Please yersel." John turned and lifted Johnnie into the saddle. "It wud seem tae be yer lucky day young man."

They nodded to Gavin and Rachael standing by the kitchen door and left the courtyard to cut across the fields towards Birkenhead farm and join the path for Logan House.

They settled into a gentle, plodding rhythm with John and Renwick walking side by side while Johnnie sat aloft like a fine gentleman.

No-one spoke till Renwick said, "I'm still wondering hoo ye kent tae come and rescue me at the richt meenit."

"Ye've Johnnie tae thank. He wis playin aboot the burn at Waterside while ah saw tae ma horse at the farm."

"Why Waterside?" Renwick seemed surprised.

"It belangs tae ma mither-in-law. Ye've jist met her. Ah'm

often at the farm seein tae Juno. She's stabled at Waterside as a wee precaution. An afore ye ask, she's a fine beast an easy recognised as belangin tae me. If ah keep her up at Westermains whaur ma wife is bidin it's easy tae guess that ah'm ther-aboots."

"Guid thinking."

"Mair makin shair ah dinna lose ma precious horse. Since ah'm a named felon it wud be an open invitation fur troopers tae lift her. Claverhoose himsel saw her a while back an wis weel impressed. He'd dearly like tae git haud o her."

"But that disna explain hoo ye kent whit wis happening wi yon captain."

"Johnnie recognised ye frae the time ye visited oor farm. When he saw ye wander thru Waterside he did wunner whaur ye wur goin but wis ower shy tae speak up. Nae lang aifter Crichton cam trottin alang as if he owns the place. When he turned ontae the same path as yersel a warnin bell went aff. Johnnie kens whit yon deil's capable o. He run back tae the farm an tellt me whit he'd seen. Meenits later we raced aifter ye."

Renwick turned and looked up at Johnnie. "Thank ye young man. Thank ye indeed."

"Ah only tellt Pa." Johnnie blushed and glanced at his father. "It wis him as kent whit tae dae."

John grinned at his son. "An if ye hudna tellt me?"

"Maist likely I'd be deid," Renwick admitted.

"Nae the way the captain wis up tae his neck in watter an yersel staundin on the bank lik a frozen snotter as if ye didna ken whit tae dae."

"Ye're richt. I had nae idea." This time Renwick went red and no-one spoke till they reached Birkenhead farm and turned onto the familiar path for Logan House.

Chapter 3

Wylie McVey heard a horse clatter into his courtyard and rushed out to find young Johnnie Steel astride Juno with John and Renwick walking alongside. "Lud's sake man. Whaur huv ye been?" McVey ran forward.

"I'm sorry ma freend." Renwick sounded embarrassed. "I wandered further than I intended."

John glared at him and interrupted to explain what had happened.

"Dear God, that wis a narra escape." McVey looked more anxious as John added, "Since Captain Crichton recognised oor freend the hunt will be up tae catch him. Troopers will be scourin ivvery corner so tak care thur's nae mair wanderin aff. Mibbe conseeder stoapin yer men frae practisin thur drillin on Nutberry Hill till ye're shair that things are quietenin doon."

McVey nodded.

"Is this really necessary?" Renwick seemed inclined to argue.

"Ye've a short memory," John snapped. "Whit aboot back ther wi Crichton? Is that nae warnin enoch?"

Renwick flushed. "It's jist – "

"Ah ken." John softened his tone. "It's aw aboot takin the Cause furrit. But ye need tae mind yer ain safety as weel."

"The guid Lord micht test me severely but neither dis he abandon me."

McVey saw John's expression and quickly said, "Dinna worry, I intend takin ivvery precaution. We've reached an important stage wi oor plans tae challenge this evil government. The wrang move at the wrang meenit cud spoil oor chance o success. Maister Renwick kens this as weel as masel and winna dae onythin rash."

"In that case ah'll leave ye tae it." John made to turn Juno round when Mirren McVey came hurrying across the courtyard. "Maister Steel. Ye're mair than welcome tae join us fur supper. Ah'm aboot tae serve an thur's plenty tae gang roond."

John hesitated then looked up at Johnnie.

Johnnie nodded and jumped down beside his father.

"Ay," McVey added, "huv a bite tae eat afore ye stert yer trail hame across the moor." He turned and waved to his stable-lad.

"Tak Maister Steel's horse. It needs a guid rub doon and a bag o hay. I'll gie ye a shout when he's ready tae leave."

The lad led Juno away while a reluctant looking John followed his son into Logan House.

Lamb stew on a bed of steamed barley and mixed vegetables filled each plate. Baskets of freshly made scones and jugs of ale lined the centre of the long dining-room table. Young Johnnie Steele sniffed the appetising smell and smiled at his brimming plate of food as James Renwick clapped his hands for attention then asked everyone to bow their heads for grace.

After that the room rang with the clang of cutlery and happy banter while Mirren McVey and her two maids bustled back and forward re-filling the plates then fetching through more baskets of scones and jugs of ale.

"Ye're feedin a wheen mooths, mistress." John offered Mirren his plate for a second helping.

"It's nae problem wi twa guid lassies workin alangside." She glanced at James Renwick sitting beside her husband. "Ah want tae help this young man as best ah can. He's travellin a hard road but naethin seems tae pit him aff."

"Indeed he is." John shrugged. "Ah jist wish he didna tak sic chances."

"Ah think he unnerstaunds the risk weel enoch but lik ah said it disna haud him back frae whit he sees as his responsibility." Mirren leant closer. "While he wis on his walk-aboot a man arrived frae Auchenheath askin if the preacher wud conseeder baptisin some bairns afore he moves on."

"Word's gotten oot whaur he is?"

"Seems sae. Hoo else wud the man ken tae come here?"

John frowned. "Huv ye tellt Renwick?"

"Huvna hud a chance but ah ken the answer."

"Whit if ye jist say naethin?"

"Whit aboot they bairns? Some o them are three years auld and still thur parents haud back frae lettin a curate near them tae dae the needfu. Dis that nae tell ye somethin?"

"Ah wis thinkin mair aboot him bidin safe."

"His conviction is maister."

John shook his head. "That's the problem. Ah've seen whit hap-pened tae ither determined preachers aince the law gits haud o them."

"Mibbe this yin's different." Mirren touched John's shoulder and moved on to fill up the next plate.

Once the meal was finished the men wandered out to the enjoy the evening air in the courtyard. John watched them go then signalled to Johnnie.

McVey noticed and intervened. "Afore ye go, John. Mibbe ye'd come intae the sitting-room fur a meenit or twa." He glanced meaningfully at Renwick.

John shook his head. "Johnnie's been a guid help the day but it's time he wis hame."

Mirren was close by clearing plates. She turned to Johnnie who was now standing beside his father. "If ye help me cairry they heavy plates thru tae the kitchen ah cud offer ye anither slice o apple-pie, wi cream this time. Maister McVey wud like a word wi yer faither but ah dinna suppose it'll tak lang."

"Thank ye." Johnnie ducked past his father to lift the nearest pile of plates.

John shrugged and followed the two men along the hall to the sitting-room.

"Ye luk worried. Is something amiss?" Renwick spoke before the door closed.

"Gies a meenit." McVey waved his hand at the nearest chair. "Please. Sit doon."

Renwick sat down but looked impatient.

McVey coughed then began to tell him about the visitor from Auchenheath.

"Why did ye no say?" Renwick sounded annoyed. "When folk need me I must respond. Ye ken that."

"Ay, but – "

"So whaur is this place? Is it far?" Renwick sat forward in his seat.

"Close enoch," McVey admitted. "But it's nae that simple." He looked away as if avoiding Renwick's stare. "Ye see. It's lik this." He hesitated. "Aifter whit's happened and the consequences mibbe we shud conseeder delayin oor plans."

"Am I hearing richt?"

"It pains me tae say it James. I see nae ither way. We must tell the men tae disperse and gang hame fur a while." He hesitated again. "It's fur thur ain safety. Unner the circumstances it micht be wise fur yersel tae lie low as weel. Ye cud aise the time perfectin the words on the declaration ye've been workin on. When we tak it tae Sanquhar and pin it up on the Mercat Cross fur ivverybody tae read we want oor actions tae huv maximum effect, tae fricht this government intae thinkin again. As fur the Auchenheath bairns, they've been waitin a while tae be baptised. A bit langer shud mak nae difference."

"But oor preparations, oor plans tae tweek the king's tail, tae publicly declare against his evil ways; wur supposed tae mak oor move by the 20th. It's only days awa."

John rounded on them both. "Whitivver ye're plannin is nowt tae me but aifter Maister Renwick's wee altercation wi captain Crichton ah'd advise the utmaist caution. In fact – " he stared at Renwick – "ye'd be better oot o here in case troopers arrive lukin fur ye."

Renwick stood up and began to pace back and forward by the window. When he turned to face them his voice was quiet but brittle. "I'm grieved at ony delay tae oor plans but if ye're shair." He looked down at his boots. "I'll accept yer decision." He then looked up. "As for the declaration it's as guid as I can mak it. Therefore, I think masel and ma freend Thomas Houston shud aise the time by travelling intae Ayrshire and spreading the word. Thomas is the best o freends. He's travelled mony a mile wi me. I trust him and ken he'll help me gaither mair support."

"If that's whit ye're set on." McVey looked even more uncomfortable.

"It is." Renwick sounded determined. "And afore we leave I mean tae answer that man's request. Tae dae ma duty and gang tae Auchenheath."

John and McVey looked at one another then John sighed. "In that case ye'll need somebody tae show ye the way."

"If ye mean yersel, it wud be appreciated." Renwick almost smiled.

No-one spoke for a minute then John added, "Only if ye'll follow ma lead an dae as yer tellt. By the time we reach yon village the troopers will be roused and oot lukin fur ye."

"Mibbe ye shud jist tell me the way or mark it oot on a bit paper, raither than pit yersel at risk?"

"Naw, naw. Ah'll see ye ther an back. Hopefully withoot ony bother." John stood up. "If ye're willin tae come noo ah'll tak ye tae a safe place fur the nicht. We'll gang on come mornin." He turned to McVey. "Wud ye luk aifter ma Juno fur a day or twa? Ye've ane or twa horses in yer stable. If the troopers dae arrive an luk they'll mibbe nae mak ony connection."

"Nae problem. We'll keep her at the far end o the stable. Rest assured, she'll be weel-luked aifter."

The three men left the sitting-room and walked down the hall towards the back door. As they passed the kitchen John went in to collect Johnnie while Renwick and McVey walked on to wait outside.

As they stood there Thomas Houston appeared beside them. "Whit's up?" He peered at Renwick's tense face.

"I'm going tae Auchenheath tae baptise ane or twa bairns. A villager came specially to ask if I'd dae it."

"But ye've jist hud a narra escape."

"It wisna the first. It'll nae be the last. I ken that fine. Whitivver the odds I must strive tae dae the Lord's work."

"I'll come wi ye."

"Nae need. Maister Steel kens the way. Jist content yersel till I come back. Aifter that us twa will mak oor way intae Ayrshire for a wee while."

"But whit aboot Sanquhar?" Houston's voice rose. "Whit aboot oor plans? Huv ye chainged yer mind?"

"Not at aw. Jist a wee delay. Maister McVey will explain." Renwick squeezed his friend's arm. "Dinna worry. I'll be back afore ye ken it."

Houston shrugged and turned to Wylie McVey. "I think us twa need tae talk."

"Ay." McVey agreed. "Jist wait till I see Maister Renwick on his way."

As John joined the group he saw Houston's worried expression and stopped beside him. "This visit yer freend's makin isna a guid idea. Ah've tried tae pit him aff but he's nae budgin."

"He's a determined yin."

"An his ain worst enemy whae needs anither pair o een wi him, jist in case."

"Thank ye." Houston shook John's hand, frowned at Renwick

then went back inside.

"Richt then." John led his son and Renwick past the curious eyes of the men chatting in the courtyard then headed for the winding path to the open moor

Mirren McVey and her husband followed as far as the yard gate and stood watching till the three figures faded into the growing dusk.

The late spring evening grew cool as velvety dusk slipped into proper night. Several misty swirls crept from the ferns and heather to rise in the still air.

"Whit if this gits worse? Will it haud us back?" Renwick asked

"Nae worries," John replied. "The moon will be oot in a meenit tae chase awa they wee swirls afore they dae ony mischief."

"Hoo dae ye ken?"

"Jist common sense an bidin on the moor aw ma life." As if to order a few stars appeared then the moon grew large on the horizon and began to reverse the growing darkness.

After this Renwick said nothing and concentrated on following the broad shape striding ahead. Beside him young Johnnie had no problem keeping up.

It seemed a long time before John stopped beside a long line of thick broom. He turned to Renwick. "Thur's a steep slope ahint they bushes. Aw ye huv tae dae is step tae the side, grab haud o the branches tae steady yersel then stert tae mak yer way doon. At the bottom thur's a wee gorge wi a cave at the far end."

"Is this the safe place ye mentioned?" Renwick asked.

"It is. Ah've been gled o it mony a time." John pushed into the bushes. Johnnie and Renwick followed. Minutes later they landed at the bottom to stand beside a fast-running burn.

Above them the broom bushes now stood out like a line of soldiers against a backdrop of twinkling stars beside a rising moon. It seemed unreal how the moon's gentle glow could reach right to the bottom of this deep little gorge. Renwick stopped to stare up at the wonder of it but John had other ideas.

"C'mon. This way." John jumped from stone to stone to the other side, then followed the burn further into the narrow valley, towards the sound of rushing water. Through the faint light Renwick spied a little waterfall gushing from a rocky outcrop.

John pointed to the right of the waterfall where a sheer rock face gleamed in the moonlight. More broom and tall ferns grew near the rock face. "Ower there. Ahint they bushes."

And so it was. A long, narrow cave with a level floor. Once inside it felt neither damp nor cold. Renwick could even stand up without bumping his head.

"Haud on a meenit." John warned. "Bide still till ah git haud o ma wee lantern an licht it."

A moment later Renwick could see a wide, stone shelf where blankets were neatly piled beside a big bag of meal, several boxes, cooking pots, plates and mugs. Near the open mouth was a stack of logs and kindling.

"Ye're weel organised," Renwick admitted.

"Huv tae be. If the troopers are persistent aboot oor farm it's safer fur masel an easier on ma family if ah jist bide awa. Whiles ah'm stuck here fur days. It's fine tho, wi guid shelter frae the worst o weather. Thur's trout in the burn an aince a fire's lit ah can cook an keep warm."

"Whit aboot the smoke? Shairly it can rise oot the gorge and gie ye awa?"

John pointed to the long cracks above. "These run a lang way back frae here. By the time ony smoke seeps oot it's a fair way aff. Naebody's likely tae guess whaur it stertit. So dinna worry. Jist sit doon an ah'll git yin stertit."

John's tinderbox flared in a ball of dried grass and a tiny flame burst through to lick round a little pile of twigs. More were added then some heavier kindling to feed its growing appetite. Finally two thick logs produced a good going fire.

Now the cave came alive with shadows and flickering light dancing together to produce a pattern across the rocky wall and roof. Renwick watched this constant movement with its mesmerising effect.

"Ye approve then?" John smiled as he opened a thick cloth parcel and took out a full cheese, a pile of bannocks, and a slab of fruit-cake. He nodded to Johnnie and handed him a jug. The lad disappeared and a moment later he was back to pour out a mug of ice-cold water for the visitor.

Renwick took a sip from the mug then held it up as if proposing a toast. "This is grand, John. Jist grand. Here I am in a safe place, beside a comforting fire, enjoying a fine supper alang wi thochtfu freends. Whit mair cud I want." His disappointment at McVey's insistence on delaying their plans now seemed part of how it should be. To his surprise he felt almost content. And then he heard John say, "Sandy Peden wis askin aifter ye."

"Hoo come?" He blinked at the name. "As yit oor paths huvna crossed altho I've heard aboot his dedication tae the Word."

"Ay, he's a fine man an richt keen tae meet up wi ye. He said so sittin opposite me jist as ye are richt noo."

"Really?"

"Ay. Ah met him on the moor yin nicht. He said he wis on his way tae Logan Hoose hopin fur news aboot yersel. Ah wis able tae tell him ye wur still in Holland. He seemed disappointit so raither than alloo him tae jist turn roond an walk awa ah invitit him doon here fur a bite tae eat. He wis richt guid company an a maist interestin man. Whit a life he's hud."

"Nae doubt." Renwick pursed his lips.

John gave Renwick a hard stare. "When the likes o Sandy Peden says he wants tae meet ye ah suggest ye think aboot dain as he asks. He spoke aboot a cave on the banks o the Lugar. He's ther reglar. His brither Hugh bides in Shillingside Farm on the Auchenleck estate. He'll pit ye richt."

Renwick frowned. "I'm sure he will but first I hae important plans tae tak furrit afore thinking aboot ony sic journey. Maister Peden must wait."

"Weel, ah've tellt ye whit he said. It's up tae yersel whit ye decide. An ah ken hoo difficult it is tae persuade ye tae chainge yer mind aboot onythin"

Renwick flushed and his frown deepened.

"Och, nivver mind me." John held out a slice of current cake. "Here, enjoy this tae feenish yer meal."

"Thank ye." Renwick accepted the piece of cake. "I will consider whit ye've said."

John watched as Renwick ate the piece of cake then turned to take a woollen plaid from the low, stone shelf. "Here." He offered it to Renwick. "Wrap yersel in this an if ye dinna mind the hard flair ye shud sleep weel enoch. We'll git up early an try tae meet the carrier Gus MacPhail in Lesmahagow afore he leaves fur Lanark. He dis a delivery run tae the toun on a Wednesday an passes thru Auchenheath. It's Wednesday the morn. Wi luck we'll git a run ther an back."

"Will this MacPhail agree tae tak us?"

John grinned. "Nae worries. Gus is the best o men an a guid freend."

Wrapped in warm wool Renwick lay down and watched the fire-glow gradually fade and listened to John Steel's gentle snoring. *My but John kens some odd folk. I've heard stories aboot this Sandy Peden and his strange preaching ways. Why wud he want a word wi me? We hae little in common.* He turned to more pressing and important thoughts before drifting into an uneasy sleep.

Renwick woke to find a lantern glowing close by. *Whit the?* He rubbed his eyes. *Why's a figure crouching there and raking the embers o the deid fire?* He sat up and realised it was John Steel.

"Ah wis aboot tae wake ye." John grinned at the startled face and lifted what looked like a small, charred parcel from the pile of wood ash. "Here. Ah wrapped some tatties an eggs in thick dock leaves an stuck them in the bottom o the fire. They shud be weel done by noo an still warm." He handed Renwick a small knife. "Peal aff the tattie skin an egg shell an eat up afore we git goin."

By the time he reached the top of the gorge Renwick's arms and legs were shaking with the effort. It was a relief to emerge from the bushes and stand on the open moor again.

John pointed towards a small hillock. "Up yin side then doon the ither an cut across fields tae the village while Johnnie turns aff tae the left an gangs hame."

"Are ye nae stoapin by?" Johnnie seemed surprised. "Ah thocht—"

"Nae time son. If Ma gits haud o me she'll be fu o questions. Answerin her wud tak time."

"She'll be awfy angry if ye dinna come by. Can ye nae spare a meenit?"

"An miss Gus MacPhail? Ah dinna think sae. Ye can tell Ma yer story, ivverythin frae the meenit ye saw Maister Renwick walk by. She'll be weel impressed."

"She'll still be angry aboot ye goin tae Auchenheath wi Maister Renwick."

Renwick flushed and opened his mouth as if to speak.

"Thur's nae chainge o plan," John snapped then glared at Johnnie.

"Will he be aricht by himsel?" Renwick asked.

"Nae fear. He kens ivvery inch o the moor." John clapped his son's back "Richt. On ye go."

Johnnie frowned at them both and hurried off.

Dawn was brightening as John and Renwick arrived at the stable in Lesmahagow Church Square.

Gus MacPhail was about to lead his horse out to start a long delivery day when a hand touched him and made him jump. He wheeled round as if to defend himself then relaxed. "God sakes it's yersel John. Ye gied me a fricht!" He peered at Renwick. "Whae's this?"

"Jist a freend. Naethin tae worry aboot."

"It nivver is." Gus smiled. "Whit are ye aifter sae early in the mornin?"

"A wee hurl in yer cairt as far as Auchenheath."

They all stiffened as a deep voice called out, "Git yer horses ready. Ten meenits an wur aff tae see if we can catch yon preacher Captain Crichton keeps goin on aboot." The big half-door began to swing open.

John and Renwick ducked behind the cart as Sergeant Bennet stared into the gloom and seemed surprised to find a horse and cart standing there. "Git that beast an cairt oot o here. We've work tae dae."

"Ay sir," Gus replied. "If ye'd jist be guid enoch tae push open the ither hauf-door."

While the sergeant was distracted John and Renwick jumped up on the cart to burrow under the tarpaulin.

"Richt. Oot ye come." Sergeant Bennet held the door while Gus clicked his horse forward.

"Thank ye." The heavy cart rolled past the sergeant and several of his troopers then turned onto the main street.

"Bide whaur ye are till ah say." Gus urged the horse to trot.

John felt the cart lurch to the right then rattle across rough cobbles. He poked his head out from the tarpaulin then turned to Renwick. "Nae worries. Gus is jist stoapin by the mill tae collect somethin." He slid back under the tarpaulin as Gus jumped down and walked away from the cart.

A few minutes later Gavin Weir came out of Craighead Mill carrying a full sack of meal. Gus was struggling with a second one. "Ane o the best shops on Lanark High Street wants a double order, an the same again nixt week. His customers seem tae like the way ye can grind they oats sae fine."

"Guid tae ken ah'm dain somethin richt." Gavin was about to heave the heavy sack onto the cart when Gus stopped him.

"Pit it near the front. Awa frae the hap. Ah've somethin unnerneath that micht git damaged."

Gavin slid the sack over the side of the cart and began to push it towards the front.

"Mornin."

Gavin let go of the sack and gasped as a familiar face appeared from a corner of the tarpaulin. "Chris sakes John, whit are ye at? Why are ye hidin in ther?"

"He's fur Auchenheath," Gus volunteered. "Alang wi a young man ah dinna ken. Ah'd jist got them on ma cairt tae leave the stable when yon Sergeant Bennet burst in shoutin the odds aboot me bein in the way an stoapin his men gettin thur horses harnessed tae ride oot an catch some rebel."

"So that's why thur unner the hap." Gavin grinned. "Ah unnerstaund noo. An ah raither think the rebel micht be nane ither than James Renwick."

"The preacher whae's causin sic a steer? Whit maks ye think that?"

"Ah saw him in ma mither's kitchen yesterday alang wi John."

"Dear God. Ah'd nae idea." Gus went white. "An him wi as mony merks on his heid."

James Renwick's face appeared. "I dinna mean tae cause ye ony bother."

"Trust me, ye'll nae git the chance." Gus glared at John. "As fur yersel. Ye nivver said whae yer freend wis."

"Ah didna git a chance when yon sergeant breenged in an forced us tae dive oot o sicht afore he spied us."

"So ye say." Gus shook his head and climbed into the driving seat.

Gavin peered over the edge of the cart. "Whitivver ye're up tae,. tak care."

"Ah'll try." John nodded and pushed Renwick out of sight as Gus began to turn the horse and cart.

Gavin Weir stood in the mill-yard and watched the cart trundle away. They say Renwick's the new leader o the Cause. Frae whit ah've seen he luks mair lik a lame duck. God sakes John, when will ye learn tae luk aifter yersel an leave them as shud ken better tae luk aifter themsels?

Two gentle miles passed before the cart reached the first house in the next village.

"Wur comin intae Kirkmuirhill," Gus warned. "Bide oot o sicht. The less onybody sees the better." At the cross-roads he turned onto the Lanark road which wound down to the bottom of a deep valley then over a narrow, stone bridge before trailing up the other side.

Once beyond the village Gus said, "Richt. Aw clear."

John and Renwick gratefully crawled out and joined him on the front seat.

Half-way down the hill they passed a small stone-built farmhouse. John nodded towards it. "That's Lochanbank. Ma faither's brither bides ther. He wis arrestit a while back aifter attendin a field-meetin an sentenced fur transportin tae the Americas as a slave. It didna happen tho. The laird whae owns the farm spoke up on his behalf an paid money tae git him released. He wis the first o the family tae suffer. Ma faither wis nixt."

Renwick stared at John. "Whit happened? Wis it recent?"

"It seems lik yesterday but it's been five years since he disappeared. Jist aifter Drumclog we wur aw fired up at seein aff Claverhoose; thocht it wis oor time tae tak on the government. Maist o ma family joined the village platoon an set oot tae support the cause. When we met up wi aw the ither volunteers frae far an wide we did believe it wis possible. Weeks went by withoot ony word. Faither gied up waitin fur news an cam lukin fur us. We think he wis somewhaur aboot Hamilton on the vera day hope wis lost at Bothwell Brig. Aifterwards the government troops rampaged fur miles. Faither must huv been caught an killed fur nae reason ither than bein in the wrang place at the wrang time." John sighed. "His name isna listed onywhaur as a rebel or bein deid. That way the law canna dae onythin aboot ma wife and bairns bidin in his farm insteid o livin rough on the moor. Ma ain farm wis forfeit, ye see. But that's anither story."

Renwick pursed his lips and looked away as the cart crossed the stone bridge before starting the long, winding climb up the other side.

After the next corner Gus steered the cart to the opposite side of the track and stopped beside a little pipe where clear, clean water gushed into a stone sink then spilled across the stony ground. He filled a tiny tin cup and took a quick gulp. "Ah aye stoap here tae gie ma horse the chance tae slake his thirst. Aince he's ready ah jist walk alangside him while we climb the brae."

"We'll join ye." John and Renwick jumped down and waited while the horse enjoyed a drink.

Gus took his time, holding the reins lightly and walking at the same pace as the plodding horse. This gave plenty time to take in the grand view of a deep green valley surrounded by densely planted trees.

High up on the opposite side the roofs of Kirkmuirhill peeped through the leafy branches while smoke from the chimneys circled in a lazy dance before fading into the cloudless sky. The other side was a patchwork of sloping fields around a small farm. The track itself had a border of thick hawthorn hedges covered in a miracle of pure white blossom and sweet scent. Behind the bridge they'd crossed was a small sawmill, its yard stacked with logs beside a shed for storing cut planks. Further back stood a pair of neat, white-washed cottages with a well-tended orchard and a large garden full of neat rows of vegetables. Everything seemed in peaceful order.

"Whit a fine place," Renwick looked round then pointed towards a lush, level field bordering the river. "Oh my. Luk. Ower there."

Two fat black cows lay in the middle of the field, gently chewing and looking content in the sunshine.

John nodded. "Plenty meat on they twa. Nae wunner wi aw yon grass tae themsels. They belang tae ma uncle at Lochanbank. Pairt o a wee herd o stirks he bocht last year tae bring on. He pit them in yon field ower the winter. It's a sheltered spot an they did weel. Come spring when he went tae move them higher up tae anither field things went wrang. The herd cam oot as nice as ye like but they twa refused tae budge. Even his dug cudna shift them. He made the mistake o lettin them be an noo they seem tae think they belang ther. Ony time he tries tae force them oot they gallop tae the far end amang the trees an staund stampin thur feet. He hus decided tae wait till the autumn sale an git help dealin wi them. He's expectin a guid price fur sic weel-fed beasts. Mind ye, ah dinna ken hoo he'll catch they twa craiturs let alane git them tae Lanark market."

They were still laughing at this thought when they rounded the next corner and saw a wrought-iron gate set into a high, stone wall. A slate panel on one side was engraved with the name *Auchenheath House*.

"Wur here." John turned to Renwick. "If ah mind richt Wylie McVey said the man that askit fur ye hud come frae here."

"When are ye meanin tae heid back?" Gus asked. "Ah usually come by aboot six o'clock."

"We'll try an be waitin fur ye but – " John's voice sharpened, "if thur's nae sign o us jist gang on. Dinna wait."

Gus nodded and frowned as he led his horse up the last stretch of the steep hill.

Gus MacPhail's cart had barely left Lesmahagow when Wull Gemell came clattering into Craighead Mill yard to find Gavin standing there staring into space. "Whit's up?" Wull jumped down to tie his horse by the mill railings. "Ye luk a richt misery guts."

"Nae wunner. Ye've jist missed yer freend. He's awa on Gus MacPhail's cairt an ah'm left wunnerin whit nixt."

"If ye mean John he's often wi Gus."

"James Renwick's ther as weel. Richt noo he's the maist wantit preacher fur miles."

"So why's John travellin aboot wi him?"

"He nivver said but ah dinna like it. Times are bad enoch yit somehoo he nivver seems tae learn aboot keepin himsel safe. He's hud mony a near scrape. Some worse than ithers."

"Lik that time at the tap o Lanark Brae. Attacked an kicked tae bits an left fur deid. If ah hudna found him."

Gavin shrugged. "It husna pit him aff. Still drawin the wrang kinda attention tae himsel.

The ither day at Lanark Market ah saw a poster wi his name listed alang wi a wheen ithers fur ambushin a government platoon at the heid o some pass in the Leadhills an freein aw the prisoners aboot tae be transportit tae the Americas. It wis the Enterkin Pass. Some o the troopers wur killed."

"So whit wis John dain up ther? It's weel oot the way."

"He wis takin a young man tae Wanlockheid village tae meet his relatives fur the first time. He got tae ken the young fella in Holland. Ye'll mind hoo John an James Renwick went ower thegither a while back."

"Ay. Ah weel mind hoo they fell oot an John came hame in a richt mood." Before Wull could say any more a stranger appeared at the entrance to the yard and called out, "Is this Craigheid Mill?"

Gavin eyed up the figure on horseback and seemed to sense trouble. "It is. Whit are ye aifter?"

The man edged his horse forward and stopped beside Gavin and Wull. "Ah want a word wi the miller. Is he aboot?"

Gavin frowned at the roughly-dressed, burly figure with a purple-veined nose and a round hard mouth like a rat trap. "Ah'm the miller."

The man leant down. "Ah want tae ask aboot the fine meal ye're sellin these days. The folk in Lanark are fair cairried awa wi it an tell me it hus a guid roastit flavour."

"So it dis." Gavin nodded. "But whit's it tae dae wi ye?"

"Ye micht say ah've a professional interest." The purple nose came closer. "Ah'm wunnerin if ye aise extra heat on the grain afore ye dae the grindin? Dis it tak langer tae dae?"

Gavin stepped back. "That's fur me tae ken an ye tae guess. Onyway, it's nane o yer business."

"Oh but it is." A scowl appeared. "Ah've lost a guid steady order frae Henderson the grocer on Lanark High Street. He's been a customer fur years but since ye've muscled in he disna want ony mair frae masel, even tellt me ah cud learn the richt way tae grind guid meal frae this miller at Craigheid Mill in Lesmahagow. So, here ah am, Andra Timmins frae Moosemill at the foot o Lanark Brae an lukin tae learn yer secret."

"Did ye say Moosemill?" Wull lunged forward to grab the man by the throat.

Before Timmins could answer Wull had him off the horse and down on the ground. "Moosemill." Wull's heavy boot pinned the squirming figure against the cobbles. "Ye've some nerve darin tae come tae Lesmahagow o aw places."

"Why shud ah nae come here?" Timmins's eyes bulged, his arms flapping like a pair of stranded trout as he tried to sit up.

"Ye micht jist meet a certain man whae belangs aboot here. A man ye attacked an tried tae kill oot o sheer greed."

Timmins stopped struggling.

Wull leant closer. "Ay, ah thocht that wud shake ye. Ah can see ah wis richt. Ye're the ne'er-dae-weel as met that certain man walkin up Lanark Brae yin cauld January mornin a while back." Wull stared into the bulging eyes. "Ay ye did. It's written in yer een. Whit's mair ye recognised that man as John Steel, a wantit rebel wi 1000 merks on his heid. Aifter that greed taen ower."

Timmin's face grew red. The arms flapped again. "Ah've nae idea whit ye're on aboot. Ah'm jist a hard workin man whae's findin it difficult tae mak a livin."

This seemed to enrage Wull further. He grabbed Timmins by the ears and rocked him back and forward several times then slapped him twice on the cheek. "Protest aw ye want. It maks nae difference fur ah jist happen tae ken aw aboot whit ye did." He lifted Timmins's face up till the purple nose almost touched his own. "Ye an yer cronies thocht it worth yer while tae creep aifter John Steel an pounce on him unexpectit like. That's richt isn't it?"

Timmins's only defence was to close his eyes.

Wull rocked him back and forward again then dropped Timmins's head back against the cobbles. "Weel, it wis me as found that victim. Ay me. An thank God he wisna deid aifter aw. He's nae a vengefu man an hus nivver come aifter ye. Likely ye think it's aw by wi. but ah'm a kennin different. Ah've nivver stoaped thinkin aboot a wee pay back. An here ye are." Wull began to trail Timmins across the yard to the water trough. "A wee dook, that's whit ye need." He plunged the struggling Timmins's head under the water and held it there.

After what seemed like a long moment Wull lifted the head clear, listened to the gasps and splutters and spitting then pushed the head under again. "Ay, a guid dook micht help tae wash awa this parteeclar sin."

The head came up with more gurgles and choking coughs before disappearing down again.

Gavin had been mesmerised by all this. Now he ran over to grab Wull's arm. "Stoap. That's enoch. He's nearly deid."

"Nae mair than the bugger deserves." Wull pulled Timmins from the water trough and stared at the dripping figure spreadeagled on the cobbles. This seemed to make him realise what he'd just done. He leant over Timmins and shook him almost gently till the eyes flickered open. "Weel," he whispered, "whitivver ye came here fur ye didna git whit ye expectit."

Timmins struggled to sit up in his own spreading puddle. Hardly able to breathe he managed to stutter, "Ah'll huv the law on ye aifter this."

"Is that so." Wull's tone sharpened again. He hoisted Timmins to his feet, patted down the sodden clothes then pointed to the horse patiently waiting by the mill steps. "Git on that beast an oot o here fur guid an aw."

Timmins stumbled across the yard and made several attempts to climb on his horse.

"Here. Let me help ye." Wull lifted the shivering figure into the saddle then handed over the reins. "On ye go Maister Timmins, an mind whit ah said."

There was no reply, no backward glance as the slumped shape allowed his horse to carry him out of the mill-yard and away.

Wull and Gavin stood in silence till the sound of hooves had faded then Gavin turned to give Wull a long, hard stare. "Dinna tak this the wrang way but – "

"But whit?"

"Jist think. If John wantit revenge he'd huv taen it afore noo."

"It needed dain."

"So ye say. As fur whit's jist happened ah didna see nor hear a thing. An that's an end tae it." Gavin gave Wull another stare. "If ye've ony sense ye'll dae the same."

Wull shuffled his feet but didn't answer.

"Guid." Gavin smiled. "Noo that's settled ye can come in an gie me a haund shovelin a pile o grain aboot the kiln room. It'll be fine an warm by noo. The heat alang wi an hoor or twa's hard work shud sweat oot ony o that rage still lurkin in ye."

Wull said nothing as he followed Gavin into the mill.

Chapter 4

John Steel lifted the latch of the heavy iron gate at the entrance to Auchenheath House then turned to James Renwick. "Ah dinna ken the maister here personal like but ah've heard he's fur the Cause so we'll gang up tae the hoose an ask whit happens."

"That's aw vera weel," Renwick looked displeased, "but whit aboot yer notion tae keep oor visit short? Ye tellt MacPhail we'd be waiting fur him on his way back frae Lanark aboot six. Seems raither ticht tae me. We need tae let folk in the village ken we're here, gie them time tae come tae us, or us gang tae them."

"This is a wee place. Folk bide close by. Word will git roond in nae time. Onyway, ye need tae mind that ye're here fur yin purpose. Nae sermon, nae Bible readin, nae lang prayers. Aince yer ceremony's ower wur oot o here afore the troopers git wind o whaur ye are an come aifter ye."

Renwick glared at John. "Dinna underestimate the importance o Baptism. As a Holy Sacrament the whole o the Trinity is at work and demands the maist serious vows ony parent will ivver mak. In case ye've forgotten it only happens aince in a life so rushing thru or missing onything oot isna an option."

"Ah jist meant – "

"I ken fine whit ye meant and I appreciate yer concern for ma safety but responding tae this request means committing masel tae whitivver is required. If that taks time so be it."

John's eyebrows rose and he looked away. After that neither spoke as they left the gate to follow a well-raked path as it cut through neatly-trimmed grassy banks bordered by colourful flowerbeds.

From here there was a clear view across to the other side of the valley. In the bright sunlight the trees along with wild brambles and tall ferns covered the steep slope in multiple shades of green in contrast to the slate-coloured water of the river Nethan.

"Luk." Renwick broke the silence and pointed across the valley. "Ye can see richt across in ivvery detail. I can even mak oot ane or twa figures moving alang the tap o yon slope."

John frowned. "If we can see thaim sae weel the same applies tae us so jist keep walkin. The last thing we want is tae draw attention."

Before Renwick could reply a figure came along the path towards them.

John smiled as a short, stocky fair-haired man with an open, friendly face drew closer. "James Lawson. Guid tae see ye."

"An yersel Captain Steel. It's been a while."

"Forget the captain," John said. "That time's by wi."

"Mibbe so, but hoo aboot the way ye made shair oor Lesmahagow platoon survived when oor so-cawed leader galloped aff yon battlefield an left us tae oor fate? Nane o us are likely tae forget whit ye did that day at Bothwell Brig."

"Ay weel. That wis then." John looked embarrassed. "Richt noo can ah introduce James Renwick, oor preacher fur the Cause. Somehoo word got oot aboot him bidin at Logan Hoose an a veesitor arrived the ither day askin if he cud spare time tae baptise ane or twa bairns at Auchenheath. In spite o the danger tae himsel, here he is."

"The maister at the big hoose here heard a whisper whaur the preacher micht be an asked me tae go an enquire."

"But ye're a listed rebel lik masel. Shud ye nae be carefu aboot wanderin the countryside?"

Lawson laughed. "Whit aboot yersel?"

"Somebody hud tae show Maister Renwick the way here. But tell me, hoo are ye?"

"Even tho ma name's on the wantit list ah still manage tae be at hame maist days. Mind ye, the law disna ignore me aw thegither. The troopers come by reglar an search the hoose, an sheds, as weel as harassin ma pair wife wi questions aboot whaur ah micht be. Luckily Auchnotroch farm is weel placed by Blackhill. We can see fur miles an the meenit we spy red jaickets in the distance ah'm awa lik a whippet. Thur's a thick line o whin bushes circle the hill an mak a fine hidin place. Ay. Sae far sae guid." Lawson held out a rough hand to Renwick. "Thank ye fur comin. It will mean a lot tae the folk as askit."

Renwick returned the handshake. "I am pleased tae be here. Mibbe ye cud help us mak contact wi the richt families?"

"Nae problem. If ye gang up tae the big hoose an introduce yersel tae Maister Ferguson ah'll gang intae the village wi yer news. Ye'll huv a wheen bairns lined up in front o ye in nae time." Lawson turned to cut across the glassy slope then climbed over a high stone wall and disappeared.

Auchenheath House was an imposing, two storey, sandstone building with most of its tall windows facing the view over the valley. John studied the size, the good order of it all, how the house was set off by extensive ornate gardens stretching right to the edge of the steep gorge that dropped down to the little valley. "Maister Ferguson disna seem short o siller. Richt then, lets see whit's whit." He pulled the bell-chain hanging by the front door. There was a loud jangle. He pulled it again. This time the door opened and a young serving girl peered out at them.

John took off his cap and smiled. "Please tell yer maister that James Renwick and companion are here as requested."

The girl curtsied. "Jist wait a meenit. He's in the study."

"Come in. Come in." A stout, pale-faced man dressed in finely-woven, black tweed jacket and breeches appeared at the door. He seemed delighted to see them. "I'm Thomas Ferguson. But nae doubt ye ken that." He led his visitors along a long hall and into a book-lined room with long windows stretching from an ornately-painted ceiling almost to the floor which was laid with a border of dark wood tiles round an intricately-patterned carpet that filled the centre of the room and almost defied anyone to put a foot on its beauty. An enormous mahogany desk sat by the largest window. John noted how its surface was covered with neatly stacked piles of paper and leather-bound ledgers. Maister Ferguson seems tae pay close attention tae business. Mind ye, wi a hoose this size he'll need tae watch whit he's dain.

At the opposite end of the room was a carved white marble fireplace topped by an army of well-polished silver candlesticks. In spite of the warm day a fire crackled in the grate.

"Please. Sit doon, sir." Ferguson tried to steer John towards a pair of high-winged chairs by the fireplace. "I can haurly believe ye've responded tae ma request sae quick."

"Naw, naw Maister Ferguson," John laughed. "Ah'm jist the companion. Nae the preacher."

"Oh." Ferguson's face went bright red.

Renwick stepped forward with a smile. "Nae worries. Folk often think I dinna luk the pairt."

Ferguson still looked uncomfortable. "I must apologise."

"Nae need," Renwick insisted. "And rest assured I'll dae ma

best tae meet yer expectations. In fact things are underway. On the way in we met the man whae brocht me yer request. James Lawson. He's awa inviting the families tae bring thur bairns."

"Excellent." Ferguson looked pleased. "Can I offer ye something tae eat while ye wait?"

"Thank ye," John replied. "We hud an early stert this mornin."

"Richt then, come thru tae the dining-room."

"The kitchen will dae jist fine." John glanced at Renwick.

"Ay. Nae fuss." Renwick nodded.

Ferguson led them back along the hall then into a large, well-equipped kitchen where the same serving-girl was standing by a huge black range.

"If ye please, Mary." Ferguson ushered his visitors forward. "They twa gentlemen need a bite tae eat."

The girl turned and curtsied again. "Vegetable soup sirs, alang wi bannocks an cheese. Will that suit?" She glanced at her master. "Hoo aboot yersel, sir?"

"Why no." Ferguson joined his visitors and they all sat down at the large kitchen table. Mary took three china bowls from the dresser beside the range, carried an iron pot over from the range and began to ladle out a generous helping of thick soup.

John smiled and accepted a large spoon and a horn-handled knife from the girl then turned to Ferguson. "While we eat cud we aise the time tae discuss the baptisin as weel as conseederin Maister Renwick's safety? If word gits oot whaur he is an whit's takin place it cud mak life difficult fur yersel as weel."

"Indeed," Ferguson nodded. "We huv four bairns o varying ages and twa infants. The parents o the older yins huv waited a lang time for this opportunity. They will be delighted. For masel I'm mair than willing tae tak the risk and see this done in the richt way by the richt man."

Within an hour, as promised, James Lawson tapped gently on the kitchen door then stuck his head round. "Ivverybody's at the front door, sir. Will ah bring them in?"

Ferguson stood up. "Of course. Perhaps the guid room wud be best."

"Cud I mak a suggestion?" Renwick also stood up. "Whit aboot yer beautiful garden?"

"Is that whit ye're thinking?"

Renwick nodded. "On the way in we passed a fine spreading beech tree wi a stretch o grass roond aboot whaur folk cud sit and listen and be pairt o the hale occasion. I often preach in the open air. Somehoo it can mak the Lord seem closer. On this occasion sic a bonny setting wud be maist appropriate."

"If that's whit ye want."

"Thank ye." Renwick nodded again.

James Lawson walked towards a tall beech tree that made a proud centre-piece in the beautiful garden. Renwick, holding his well-worn Bible to his chest, followed to stand beside a lace-covered table.

Lawson was carrying a silver goblet which he handed to Renwick along with a folded linen napkin. "Ah taen the liberty o fillin this wi watter frae the Nethan. Since the bairns belang here it seemed richt."

Renwick nodded. "A fine thocht Maister Lawson. Thank ye."

Lawson smiled and turned to signal for the waiting group of parents and children to come close and form a half-circle under the shelter of the leafy canopy.

Two tiny infants wrapped in thick woollen shawls were carried to the front while other parents nervously clutched the hands of four older children.

James Lawson bowed to them then joined John Steel and Thomas Ferguson who were standing further back. Behind them several of Ferguson's staff lined up on the gravel path.

They all watched as Renwick opened his Bible then looked at them all. "I shall begin by reading from Jeremiah chapter 29 verse 11 which is most appropriate for this occasion. *For I know the plans I have for ye, says the Lord. They are plans for good to give thee a future and a hope."* This was followed by a long prayer seeking a blessing on the parents as they presented their children for baptism. "And Lord in thy mercy see fit tae open their hearts and strengthen sic determination as they micht need tae fulfill the promises aboot tae be made." He then explained the duties involved; what the Lord would require if each child was to be truly brought to grace.

All eight parents nodded and made their promises in a steady voice.

Renwick signalled for the first parents to come forward then smiled as he held out his arms to receive the tiny bundle from a nervous looking father. He waited a moment till the child seemed content then lifted the edge of the shawl clear of the little brow to sprinkle a few drops of clear water and begin the naming. "James Peter Paton I baptise ye in the name of the Father, and of the Son, and of the Holy Spirit." He lowered his voice and gently added, "May the Lord bless ye and keep ye safe frae this day on." The sleeping infant was then returned to both smiling parents who then stepped back to allow the next family to take their place.

Intrigued by their own involvement in this strange ceremony the older children watched with round eyes as they listened to this black-clad preacher with the quietly persuasive voice that spoke of things they knew nothing about.

Each family and each child received due attention. Each family's sacred duty was explained again.

Finally the last child was named and blessed. Renwick held up his hands in benediction then shook hands with each parent before glancing across to where John Steel was standing.

John nodded and turned to Thomas Ferguson. "That went weel. It wis a privilege tae be pairt o it. But time is passin. We've been here a while an like ah said earlier Maister Renwick is in constant danger and needs tae aye be on the move so we'd best thank ye fur yer welcome an think aboot takin oor leave."

"Nae afore ye join us in the hoose." Ferguson looked disappointed. "Mary will huv a grand spread laid oot in the dining-room tae celebrate the occasion. Maister Renwick micht enjoy meeting the parents mair informal like; mibbe saying a few words o encouragement."

"Oh ay that wud suit him fine but we promised tae meet a freend at yer gate afore six."

"That's a while yet. Can I nae persuade ye? It wud roond aff the day nicely."

"If ye must." John nodded.

"Excellent." Smiling broadly Ferguson looked up at the high, stone wall alongside the house where other villagers had seated themselves to watch the proceedings. "In ye come." He waved to them. "Ye're aw welcome."

Mary had done herself proud. The table in the dining-room

almost groaned with a variety of cut meats, individual pies, baskets of fresh cut bread along with plates of golden scones and thick wedges of fruit-cake. And best of all, in the centre sat an enormous glass bowl full of trifle and topped with a thick layer of cream. At either end of the table stood jugs of barley-water and frothy ale. There seemed to be something to tempt everyone.

The villagers who must have been used to a meagre diet stared longingly at this luxury but politely held back till Ferguson announced, "Aince Maister Renwick says grace I invite ye each tae tak a plate frae the sideboard and fill it wi whitivver taks yer fancy."

They willingly complied, trying everything as they walked round the table. The children had several helpings of trifle and probably would have liked more.

John ate with the best of them then stood back to watch as Renwick moved round the room, commanding complete attention as he spoke, and listened and answered many questions about the Cause. *Luk at the nods, the haund-shakes, the smiles. Whitivver he is that yin kens hoo tae work folk an persuade them tae his way o thinkin. Ay. In spite o ma doubts this aifternoon hus worked oot jist fine.*

He was about to reach for another mug of ale when Lawson burst into the room waving his arms. "Ah've jist seen a mountit platoon gallopin across the Burnfoot Brig. They'll be up oor side o the valley in meenits. Ah think thur comin here."

Parents grabbed children. Other villagers scattered and they all raced down the hall and out the back door.

John and Renwick made to follow when Ferguson shouted, "Haud on a meenit." He ran into his study, lifted a large candlestick from the mantel, lit the candle from the dying embers of the fire then hurried back into the hall. "Quick. Alang here."

They followed him to the far end of the hall where he stopped just before the grand staircase. "In here." He pulled aside a heavy velvet curtain and yanked open a narrow, unvarnished door. "There's a wheen steps doon tae the cellar. Aince we're doon I'll show ye anither wee door ahint a row o wine-racks. It opens intae a narrow passage that wis dug mony a year ago. It's nae the maist pleasant way oot but it will tak ye maist o the way doon the steep slope tae the field by the river. Naebody is likely tae luk for ye ther."

Renwick and John were led by their host's flickering candle till they reached a low, very narrow door at the far end of the cellar.

"In ye go." Ferguson stood back as Renwick bent low and crawled into the dark space.

John followed, into a tight-fitting, pitch-black, musty-smelling tunnel which sloped down so steeply they seemed to slide more than crawl along damp soil.

Ferguson closed the little door, came out from behind the wine-racks to climb back up to the hall where he pulled the velvet curtain over the cellar door, snuffed out the candle, and prepared to meet the representatives of the law.

Renwick's slight build suited the height and narrowness of the space but John's broad shoulders soon jammed against the earthen-walls of the tunnel. Staring into solid blackness didn't help, particularly when he could hear the scrape of Renwick's boots moving away from him. Particles of damp soil landed on his bonnet then trickled down his back. Chris sakes. He huddled down and tried to make himself as small as possible. A bit clearance, that aw ah need. Richt. He breathed in then out fast, and pushed. One shoulder seemed to come free. He moved it back and forward. Try again. Nothing happened this time other than more soil pattered down. Panic rose in his throat. He heaved with all his might. Both shoulders were now clear. Thank God. He smiled with relief then felt heavier, solid clumps of soil land on his feet. More followed. He imagined this damp soil beginning to cover his boots, his legs, working its way up his crouching body to bury him. Nae way. Nae in here. Keep goin. Dinna stoap. Hands and feet scrabbled like a demented mole. A few more yards along he bumped into Renwick.

"Whit's wrang?" Renwick sounded annoyed. "We're nearly there. I can see a faint glimmer o daylicht."

"Git on wi it afore we end up buried in here."

"Nae fear," Renwick replied. "The Lord will – "

"Ay richt." John swore loudly.

Renwick crawled on. The glimmer grew brighter then just ahead he saw a small round space of daylight, much overgrown and heavily draped with a thick curtain of wild ivy. "Naebody's come this way in a lang while." Renwick tore some of the green fronds aside then stuck his head out to gulp in fresh air before crawling through tall grasses and ferns and into the open.

John was beside him in an instant to lie there gasping in precious air and blinking up at the blue sky. "That wis worse than ony nichtmare."

"But worth it," Renwick insisted.

"Mibbe so, but aince is mair than enoch. An ken whit, when ma time comes, when it's ma ain funeral, ah hope an pray ma family will mak shair ah'm richt deid afore coverin me ower."

"It wisna that bad." Renwick started to laugh then stopped and pointed. "Oh my. Whit's that?"

John sat up and peered through the long grass at a huge, black, hairy mound only a few feet away. This time he was the one to laugh. "It's the back-end o yin o they fat stirks ye saw earlier in the field by the river. The beast hus wandered further alang an come up this bit o the slope fur a sit doon. Dinna worry, it means nae harm."

Renwick flushed and made to stand up and dust off some of the dirt clinging to his jacket. His sudden movement disturbed the beast, made it turn. Startled to see him it gave a loud snort, lurched upright to stare at him for a moment then lumbered further down the slope.

"Weel that yin isna impressed." John took off his filthy bonnet and flapped it against his soil-covered jacket. "Nae wunner. Whit a mess wur in."

Renwick didn't seem to hear. He was staring up the gorge to the line of metal railings bordering the house garden. "We've come a guid distance. Maister Ferguson wis richt. Naebody wud guess we're doon here."

John nodded. "An he said it wisna the pleasantest way oot. He wis richt aboot that tae. But the nixt bit shud be easier. If we cut across this corner o the field an heid fur the river we shudna be seen unless somebody up ther decides tae hing ower the railings an tak a luk. An that's nae likely. On the river-bank thur's plenty shelter frae trees an thick saplings. Aw we huv tae dae is follow the watter back tae the Burnfoot Brig. We can wait ther till Gus MacPhail arrives."

Renwick frowned. "Staunding on a brig for awbody tae see. Why wud we dae that?"

"God's sake. Aise yer heid man. We wait ablo the brig. Thur

a wee stane buildin unnerneath, ticht against yin o the supports an weel oota sicht. It's a kennin damp fur the river aye floods inside aifter heavy rain."

"Hoo dae ye ken aboot this hidey-hole?"

"Dae ye mind passin ma uncle's farm on the way doon frae Kirkmuirhill? Weel, ma mither an faither veesited him frae time tae time. Us bairns aften played aboot the Nethan. Ah've nae idea whit the wee buildin wis fur; nivver kent it bein aised fur onythin."

"Hoo will we ken when MacPhail arrives?" Renwick persisted.

John sighed. "We'll hear the cairt-wheels rattlin ower rough stanes alang wi the clang frae the horse's hooves. Aince the cairt is on the brig ye'll ken fine it's ther. Ony mair questions?"

Renwick shook his head and they walked past the glouring stirk who stared after them till they disappeared among the trees by the river.

Chapter 5

"Mornin." Sergeant Bennet looked up from his plate of eggs and ham as Captain Crichton strode into the cramped little room the platoon used for meals. "Feelin fine are we? Will ah send thru tae the inn an order yer breakfast?"

"Nae need. Ah'll gang masel." Crichton scowled at Bennet then turned and walked into the narrow passageway that led to the backyard of the inn."

Bennet watched him go. Still no got ower tryin tae catch yon preacher an endin up a prisoner himsel. Being bestit again by yon rebel John Steel wisna quite whit he expectit.

Jessie MacPhail was brushing the inn courtyard when she heard the captain's boots rattle across the cobbles towards her. She didn't look up. The hard bristles scraped on. The dust flew.

"Pit that besom doon and fetch me some breakfast." Crichton's harsh voice filled the yard.

Jessie neither answered nor looked up.

"Did ye hear me?"

"Ah think the hale village heard ye." Jessie laid the brush against the wall and walked indoors without another word.

Crichton was about to go after her when Peter Leslie, the innkeeper, appeared by his side. "Mornin Captain Crichton. Whit can ah dae for ye?"

"Some proper service wudna gang amiss. Ah've asked aboot breakfast but yer kitchen maid seems less than willin."

"Ah'll huv a word, sir." He forced a smile at the flushed face. "It'll only tak a meenit. Ye'll git a guid platefu; whitivver ye require."

"Mak shair ye dae afore ma patience runs oot. Ony mair slackin lik this cud mean ma platoon goin elsewhaur. This isna the only inn aboot here."

"We dae oor best tae satisfy. Ah'm sorry if ye find onythin lackin."

"Ay weel. Jist mind whit ah said."

David Davidson watched the bristling figure march across the courtyard and into the passageway. The wee drookin in the Nethan husna helped yon yin's temper, Davidson smiled to himself and hurried into the kitchen where Jessie was cutting a thick slice of ham. "Is that for himsel?" He watched her drop it into a sizzling pan.

"Whae else?" She glared at her master. "See that man – "

"Is an unpleasant critter. The worst ah've hud the misfortune tae meet. But he's a customer. Yin whae pays guid siller for whit he gits, as dae the ither troopers. We dinna need tae approve o them or even like them. Times are hard, lass. We need thur custom."

Jessie dropped another slice of ham into the pan then turned to face Leslie. "Ah hear whit ye're sayin Maister Davidson but ye ken fine hoo ah work hard an dae ma bit as weel as the nixt. Pittin up wi Captain High an Michty is anither maitter, especially aifter yin or twa mugs o ale. Him an his wannerin haunds drive me dementit. An aw the time grinnin lik he's dain me a favour." She lifted out the cooked ham, placed it on a large china plate and slipped it into the little side oven. "Twa meenits an ah'll huv fried eggs, fried breid, twa or three mushrooms, an oor best ham fillin that plate. Wi a bit luck it micht choke the bugger."

"In ma experience ivvery dug hus its day." Leslie spoke softly.

"Whit's that supposed tae mean?"

"Whitivver we dae, guid or bad, catches up wi us in the end."

"Dae ye believe that?" Jessie gaped at him.

Leslie shrugged. "Nivver mind ma haverin. It's time ah wis sortin the ale barrels afore oor reglars stert comin in." He turned to go then stopped. "Will ah ask anither lassie tae tak the captain's plate thru?"

Jessie sniffed but said nothing.

"Ah weel, mibbe ah'd best deliver it masel. Jist gie me a shout aince it's ready."

Crichton returned to the small dining-room to find Bennet about to open a sealed letter. "When did this arrive?"

"A meenit ago. A messenger brocht it frae Douglas." Bennet turned the letter over and slid a little blade under the seal.

Crichton saw the circle of laurel leaves indented on the wax-seal "That's frae the commander. Ah'm captain here. It's meant for me." He made to grab the letter.

"Naw. Naw." Bennet pulled back. "Ye micht be captain but this sergeant wis pit in chairge till sic times as himsel says itherwise. In case it's slipped yer mind ye huvna been vera weel an needed time tae recover. But dinna fash yersel ah'll gie ye a we read aince ah'm feenished."

"Yer meal, Captain." David Davidson appeared in the doorway carrying a heaped plate of food.

"Pit it ower there, on the table," Crichton snapped.

"As ye wish sir." Leslie placed the plate on the table and withdrew. Once down the passageway and into his own courtyard he shook his head, "Dear oh me. It's nae jist Jessie gitten unner the captain's skin this mornin."

Crichton continued to glare at Bennet.

Bennet ignored him and slowly unfolded the letter.

"Git on wi it," Crichton barked.

"So ah will. While ah dae sit yersel doon an eat yer breakfast afore it gits cauld."

Crichton lashed out and swept the plate of food from the table. Bennet turned towards the sound of crashing china. When he looked back Crichton was waving the letter and grinning before marching from the room.

The metal toe-caps of Crichton's boots tapped their way along the hall and into the street. A moment later the captain's shadow passed the window. "Yin o they days. Ah'm tellin ye. Yin o they days." Bennet stepped over the scattered food and the broken plate and went after Crichton.

The captain stopped beyond the church square and leant against the graveyard wall to study the letter. He was busy reading when Sergeant Bennet interrupted him. "Thur wis nae need for that."

Crichton ignored him and went on reading.

"Bad news? Ye dinna luk vera pleased."

Crichton held out the letter. "Tak a luk yersel."

Bennet took the letter, read it, folded it again then put it in his jacket pocket. "Ah'll haud on tae this meantime."

Instead of arguing Crichton said, "Whit dae ye mak o it?"

"The commander is stoapin by the morn on his way tae a Privy Cooncil meetin in Edinburgh. Whit's wrang wi that?"

Crichton flushed. "He's expectin a fu report aboot the platoon's activities. Whit's happenin in the district." He hesitated. "An askin if thur's been ony problem."

Bennet almost smiled. "Ah'm shair ye ken as weel as masel that hoo ye word a report is whit maitters. If it's aboot whit happened tae yersel the ither day weel, ye happened on a runaway preacher. Wur aboot tae arrest the man when anither rebel cam on the scene an attacked ye. This allooed the preacher tae mak his escape. When the commander hears it wis James Renwick he'll fasten on the name. We aw ken hoo desperate he is tae stoap yon deil afore he dis ony mair harm stirrin folk up against thur richtfu government."

"But Renwick got awa. An the yin as helped him wis John Steel."

"We've been chasin aifter the man fur years withoot success. Clavers kens Steel is a challenge. He'll unnerstaund an be gled that Renwick's been seen aboot here. A wee nugget lik that will gang doon weel when he tells the Privy Cooncil."

Crichton seemed unconvinced.

Bennet tried again. "Whit if the platoon wis tae mak a sweep o the district? Tak a fu day visitin some o the farms whaur ony o thur family's on the wantit list. Ay, an gie the estates a fricht as weel. They're far frae innocent an need remindin whit's likely tae happen if they brek the law. Alang the way we cud mak time fur a word wi them we pay tae keep an ee oot; see if they've picked up onythin worthwhile. We micht even git an inklin whaur Renwick cud be hidin. That wud pit a smile on Clavers' face. Let him see hoo this platoon is mair than capable. Hoo ye're weel enoch tae tak ower yon garrison at Cumnock lik the commander wrote in his last letter."

Crichton nodded. "Ah'm beginnin tae think ah cud dae wi a wee chainge."

Bennet almost said, ah'm mair thinkin aboot oorsels. Instead he simply smiled and nodded.

The sergeant and the captain walked back together. Crichton seemed happier and didn't interrupt as Bennet reeled off a list of farms they could visit.

Back in their billet Bennet ran upstairs.

Crichton followed him to stand at the foot of the stairs and shout, "Whit's up?"

"Ye'll see in a meenit." Bennet reappeared with a rolled-up map and rattled back down to join Crichton. They went into the little dining-room and neither seemed to notice that the mess left by Crichton's spilt breakfast had been cleared away.

Bennet spread out the map on the table and pointed at various farm names. "See. Ah've been keepin a note whit felon belangs whaur."

Crichton leant forward to study Bennet's scratchy markings. "Luks lik it's the Neuck farm first whaur John Whyte's still on the run."

Bennet nodded. "Then Auchlochan Hoose tae question yon grand auld lady aboot her renegade son Thomas Broun. Aifter that thur's Yondertoun an Nether Skellyhill."

"Forget Skellyhill." Crichton shook his head. "Ye can strike oot David Steel's name."

Bennet pursed his lips. "Ay. Thanks tae yersel shootin his brains oot last winter. Whit aboot the ither farm close by?"

Crichton read the word Westermains. "Ye've nae name against it. Why no? That's whaur John Steel's family bides. We've searched it mair than aince."

"Ay. But the farm belangs tae his faither. The auld man's nae been seen since afore yon battle at Bothwell but he's nae listed as a rebel."

"Aw the same. Steel canna be far awa. A strong word wi Mistress Steel ah think. An we cud caw in at Steel's empty farm as weel. Jist in case."

"Haurly seems worth the effort." Bennet sounded dubious. "Whaur nixt?"

"Auchrobert then cut across the fields tae Starbirns an Dykeheid. Aifter that Blackwood Estate."

"But the factor William Lawrie is still locked up in Edinburgh."

"Maks nae difference. We ken whaur the sympathies lie. Yon hoity-toity hoosekeeper at Blackwood Hoose deserves a guid fricht. Ony time we go ther she meets us wi her nose in the air as if we've crawled oot frae unner a stane."

"Ye need tae mind that she's been in chairge since her maister wis locked up. Likely she thinks she's maister noo."

"Aboot time she learnt whae's in control aboot here. Ay. An aifter the big hoose we can come oot by the main gate at the bottom o the estate then double back by Blackwood village, thru Kirkmuirhill and complete the circle aifter a word wi them as keep an ee oot for us."

"We best git sterted then." Bennet rolled up the map. "Ah'll git the men roond tae the stable and mounted up."

"Ah'll dae it."

"Ye're forgettin somethin," Bennet snapped. "Ah'm in charge. Ah decide hoo an when we dae things."

When the platoon trotted into the yard at Neuck farm everything seemed strangely quiet. No sign of the usual movement about a farm. The yard itself was clean and tidy and had obviously been recently swept. The byre and stable doors were open and just beyond the yard a few brown hens were scraping in the dust below a hawthorn hedge.

Crichton stared at this lack of activity. "Luks suspicious tae me." He jumped down from his horse and marched over to the open stable. Inside he could see two large shire-horses quietly munching hay along with a small donkey. He shook his head and walked along to the byre which was empty.

Bennet watched the captain. "Naebody aboot?"

"Nane." Crichton crossed the yard and rapped on the house door.

There was no response.

He opened the door and disappeared inside.

Bennet shook his head and jumped down to follow the bustling figure into an empty kitchen. It was obviously the centre of the house and much used. Six narrow chairs stood round a large table. On its scrubbed top lay a half-chopped cabbage and a thick-bladed knife. Against the far wall a pine-dresser almost reached the ceiling and displayed a fine range of lustre jugs and china bowls. A long settle sat beside a well-polished range. A fire crackling in the grate was a further give-away with a large black pot hung on the swee. The smell hinted at a tasty stew simmering away.

"Somebody wis in this room only meenits ago," Crichton announced. "Ah'll tak a luk upstairs."

"Ye're wastin yer time. We've been seen comin up the track and the Whyte family hus decided tae mak themsels scarce."

"It'll only tak a meenit." Crichton pushed past the sergeant and hurried into the dark little hall.

Bennet shook his head and listened as Crichton's heavy boots climbed the bare wooden stair then clumped back and forward from one upstairs room to another. "Weel?" He stepped into the hall to meet the captain at the foot of the stairs.

"Naethin. An that tells its ain story."

"Mibbe so. Ah'll mak a note," Bennet replied. "But we've ither places tae visit so we best git on."

"Withoot searchin the ootbuildings?"

"We'll leave that fur anither day. Ye ken as weel as masel this is a cat an moose game. Oor visit's been noted and taen as the warnin it is. Tak hert man, this is only the stert." Bennet went outside and signalled for the platoon to turn.

A moment later they were gone leaving gentle quiet to creep back into the courtyard.

The next call was Auchlochan House.

"We'll stoap by the front door. Dinna dismount while ah ring the bell." This time Bennet gave Crichton a hard stare as if reminding him who was in charge.

"Wur nae visitors." Crichton sounded incredulous. "We huv the power o the law ahint us which gies us a free haund tae deal wi ony rebellious maitter in ony way we see fit. Richt noo wur aifter rebels an yin in parteeclar. Nae need for aw this pussy-footin aboot."

"We'll dae this ma way," Bennet spoke firmly. "Nae harm in bein polite. At least at first." He turned in his saddle and signalled the platoon to stay put then jumped down from his horse and climbed the ten broad steps to the massive blue-painted door. He pulled the long heavy chain and waited.

Nothing happened.

He pulled it again.

This time the door opened a fraction and a scared-looking girl peered out at the sergeant.

Bennet barked, "Tell Mistress Broun the law requires a word."

The girl nodded and the door swung shut.

"For Chris sake," Crichton spluttered.

Bennet ignored him and patiently waited till the door opened again. The same girl stood there. "The mistress says come in. She'll meet ye in the hall. She disna want ye goin ony further in case yer mucky boots tramp ower her guid carpets. An mind only the man in chairge is allooed in. Naebody else."

Crichton heard this and leapt from his horse and up the steps to join Bennet. "Are ye gonna alloo a family on the wantit list tae dictate whit happens?" He turned to the platoon as if to signal dismount.

Bennet held up his arm. The men obeyed. He then glared at Crichton before turning back to the girl. "Tell yer mistress that Sergeant Bennet is here on the authority o Commander John Graham. Ah'll come in wi yin ither man tae witness whit ah say." He looked at Crichton's scowling face, "Ye can come wi me but –" he lowered his voice – "nae moothin aff. Ah'll dae the talkin."

Crichton's face was bright red as he followed the sergeant into the marble hall of Auchlochan House.

At the far end of this vast space stood a small elderly-lady in a fine black silk dress and matching lace cap. She stayed where she was and waited as they walked towards her. "Guid day gentlemen." Her voice was polite but icy. "I'm Isabella Broun. Mistress here. Nae doubt ye ken that. Micht I ask the reason for this unexpected and unwelcome visit?"

"Indeed ma'am." Bennet stared at the hostile face. "Since this estate is unner suspicion o workin against the lawfu government we huv ivvery reason an ivvery richt tae visit at ony time we choose."

"So ye say." The old lady's voice sharpened. "It's something we've learnt tae put up wi as a consequence o my son's involvement at Bothwell Bridge. If it's my Thomas ye're aifter naebody here kens ocht aboot him. We hae nae contact wi him. Nane whitivver. He husna been seen onywhaur near this estate, nor has he entered this hoose for a lang, lang time. I gie ye my word on it."

"Mibbe so." Bennet remained polite. "But as ye ken, folk on listed properties are whiles inclined tae harbour them on the run frae justice, lik renegade preachers an ither rebels."

Isabella Broun's face tightened. "Life here is difficult enoch withoot indulging in ony sic thing. Why wud we mak things worse for oorsels? Let me assure ye, sir, we're as law abiding as the nixt yet oor estate is constantly disrupted by needless searches which prevent oor workers and tenants frae going aboot their normal duties. Hoo can they expect tae mak a decent living under sic circumstances? Tae put it bluntly, this estate is responsible for the welfare o mony a family. It's a difficult task but we dae oor best. In fact it's oor priority and will remain so till sic times as things chainge for the better."

"Whit's that supposed tae mean?" Crichton stepped forward.

Isabella Brown looked at Crichton. Her voice remained calm but her eyes shone with defiance. "It means exactly whit I said. Hoo ye interpret it is up tae yersel."

"So ye ken naethin aboot a certain travellin preacher whae micht be passin thru this district richt noo? Yin whae's high on the wanted list wi 6000 merks reward on his heid?" Crichton leant closer and stared into the old lady's white face. "Yin by the name o James Renwick?"

Isabella Brown barely flinched. "Whitivver ye're aifter ye'll nae find it here. Noo, if ye'll excuse me." She turned away.

"Nae sae fast ma'am." Crichton grabbed her arm. "Afore ye go jist heed this warnin. Ye micht conseeder yersel a grand lady. But jist try defyin the law o this land ony mair and that same law will see ye swingin frae the gibbet as weel as ony common man or wummin."

"Leave aff," Bennet snapped. "We've said oor bit. Mistress Broun heard it loud an clear. Ah'm shair she unnerstaunds."

Crichton glared at Isabella Broun, then at Sergeant Bennet, then slowly stepped back.

"Noo wait ootside," Bennet spat out the words. "Ah'll feenish things here."

When Bennet came out the house he walked past Crichton and gave the signal for off.

The men waited till Bennet and Crichton mounted their horses then the whole platoon turned as one and made a fine show of military order as they trotted down the beech-lined drive and on to the next farm.

Crichton rode alongside Bennet as if unaware or unrepentant of his behaviour in Auchlochan. Neither spoke till they turned onto the track for Yondertoun farm. "Whit's the score on this lot?" Crichton shouted. "Whit dis it say in yer notes?"

Bennet didn't answer. He was engrossed in his own thoughts where a warning whispered, Tak care ma man. Crichton's oot tae best ye.

"Did ye no hear me?" Crichton reached across to slap Bennet's arm. "Whaur nixt?"

Bennet clenched his teeth and jerked back to the moment. "Yondertoun. The youngest son wis involved wi David Steel, went tae secret meetins wi him. At least that's whit oor spy said an he shud ken. He worked on the farm an saw whit wis goin on. The lad disappeared jist aifter ye shot his freend at Skellyhill. Maist like he thocht ye'd be comin aifter him nixt."

"Still a chance." Crichton grinned as if pleased with himself.

The platoon found Yondertoun yard deserted like the one at Neuck farm.

"Hidin again. We'll soon see aboot that." Crichton made to dismount.

"Bide still. Ah'll tell ye when," Bennet snapped and turned to signal for the platoon to wait. The men's smiling faces suggested they were amused by Crichton's attempts to assert himself. This encouraged Bennet who tried not to grin back as he said, "Ah suppose Captain Crichton cud luk in the hoose while the rest o us search the sheds."

Crichton jumped down and marched over to the house door. He didn't bother to knock, simply lifted the sneck, pushed the door open and barged inside to find a small, badly-lit hall with a steep stair at one end and a door to left and right. The one on the right was open. A few steps and he was into a simply furnished kitchen with a warm, friendly feel to it. He frowned and sniffed. They folk huv nae richt tae this. They need tae suffer, tae realise the error o thur ways.

He was about to leave when a soft voice said, "Manners wudna gang amiss, sir."

Wheeling round he saw a small, shadowy shape in the far corner. A few steps further into the room allowed him to make out an old woman sitting in a rocking chair. She was wrapped in a tartan shawl and appeared to be knitting a long, thick stocking.

"This is an official visit," Crichton snapped. "Onyway, this farm and the folk in it dinna warrant manners let alane ony respect."

The metal knitting needles clicked a few times then the old lady looked up. "Ah think ah've seen ye afore. Are ye yon captain as shot Davie Steel?"

"Indeed." Crichton stiffened. "Ah'm proud tae huv dealt wi

sic a rebel. He got nae mair than he deserved."

"Is that so." The needles clicked again. "Ah raither think ye shud feel black burnin shame for sic a cruel act. Oh ay. Ah heard aboot it. Hoo ye chased aifter pair Davie till he'd nae breath left then promised him quarter, an a fair trial. An he believed ye. But ye'd nae intention. Did ye? Nae when ye trailed him back lik a wounded beast, back tae his ain farmyard tae blaw his brains oot in front o his terrified wife. Quarter, or the rule o law, or even keepin yer word meant naethin. An ye've gone on lik that ivver since except the ither day it didna work oot the way ye expectit. Did it? Insteid o catchin yon young preacher ye wur aifter ye ended up a prisoner yersel an hud a wee dook in the Nethan. Did ye catch a cauld or wis it jist yer pride that taen a dunt when the likes o John Steel cam on the scene an made ye luk sic a fool? Ye wur lucky tho. He didna dae whit ye really deserved."

"Mind yer tongue auld wummin."

"Or whit? Will ye shoot me in ma ain kitchen fur tellin the truth?"

"Whit's that got tae dae wi onythin?"

"It hus ivverythin tae dae wi it. Fur here ye are hopin tae find oot whaur yon young preacher micht be. Ye're a bit late tho. The man's lang gone. On the ither side o Ayrshire by noo if he's ony sense."

"Hoo dae ye ken aw this?" Crichton stepped closer. "Did ye see hoo ah wis attacked while tryin tae dae ma lawfu duty?"

The old woman laughed. "Dinna be daft. Ah jist sit here by the fire. The news comes tae me."

"Whit aboot the lad as bides here and is on the wantit list? Dis he bring ye the news?"

The old lady laid her knitting in her lap and glared at Crichton. "An hoo wud ma grandson Jamie dae that? He got passage on a boat tae Holland a while back. He's weel awa frae ony harm." She smiled. "Ay. Jamie Lindsay will live tae tell the tale but whit aboot yersel, Captain?" She shook her head. "Will ye mak it tae the end o this awfy stramash us pair craiturs are livin thru?"

"Whit's that supposed tae mean?" Crichton leant forward to find himself held by a pair of bright eyes, so sharp they seemed capable of seeing inside his head. The eyes didn't blink. They dared him to look away as the soft voice said, "Ah see a chainge comin for yersel, ma man. A life chaingin yin. Yin ye canna avoid. An ken whit, it'll happen when ye least expect it." The old woman lifted her needles and began to knit again.

Crichton felt a prickle of fear so strong he seemed transfixed for a long moment before managing to turn and almost run from the room.

Once outside he banged the door shut. Mad wummin. Ah've a guid mind tae... But the thought of confronting those eyes and hearing that veiled whisper would mean feeling that fear again. He took a deep breath then hurried across the yard to wait for the other men to finish their search.

"Weel?" Bennet asked when he reappeared. "Onythin tae report?"

Crichton shook his head. "An auld wummin. Naebody else."

"Richt, we've done whit we came fur. Oor presence is as guid as a warnin. Nae point in hingin aboot. On we go tae the nixt place."

The track up to Auchrobert farm was twisted, narrow, and steep. This forced the platoon into single file and slowed the horses to walking pace.

Having to follow Sergeant Bennet's stout figure like a mere underling was testing Crichton to the limit. Whit dis he think he is? Jumped up naethin tryin tae lord it ower the man wi real experience, the man whae shud be in charge.

He was so wrapped up in himself that he almost collided with Bennet's horse when it unexpectedly stopped. "Whit's up?" he demanded.

Bennet pointed.

Ahead stood a large black bull with a fine pair of horns and a shiny silver ring through his nose. Close behind was a tight cluster of other black beasts. None of them seemed inclined to move nor did they look pleased at the strangers' arrival.

"They've been let oot on purpose tae haud us back," Crichton shouted. "Crack yer whip. Mak them shift. Whit are ye waitin for? Fire yer pistol. That'll fricht them."

"An then whit?" Bennet sounded exasperated. "Fur Chris' sake man. Aise yer brains. Whit if they run furrit? If that happens hoo dae we git oot the way? Luk at the high banks on baith sides an the hedges on tap."

"Dinna gie in tae mere beasts." Crichton took his pistol from his saddle holster and stood up in the stirrups.

"Pit that pistol awa," Bennet hissed.

"But – "

"But naethin. Dae as yer tellt."

The two men stared at each other then Crichton slowly pushed the pistol back into it holster and muttered, "Whit dae ye suggest? Sir."

Bennet ignored this obvious slight. "We turn oor horses slowly. Dae naethin tae upset the watchin beasts. Richt noo thur jist curious. If we dinna bother them like enoch they'll nae bother us ither than follow us as we walk back doon the track. By the time we reach the bottom they'll huv lost interest. Better safe than sorry an it'll dae nae harm tae miss this farm oot. The Auchrobert folk mibbe think they've scored on us wi sic a ploy but we'll be back anither day an then we'll see if thur still laughin." He twisted in his saddle and signalled to the men waiting behind.

With difficulty the platoon did turn and begin to retrace its steps. Sure enough, the beasts followed them most of the way.

Bennet and Crichton were the last to emerge onto the gravel road. The captain's anger spilt over. He rounded on Bennet. "Ah've seen mony a thing but this beats aw. Caw yersel a leader. A leader is supposed tae be in chairge. An luk at ye, giein in tae a pickle beasts. Chris' sakes it's pathetic. Ye dinna even deserve tae be a sergeant."

Bennet said nothing.

"Weel?" Crichton hissed. "Dis the truth hurt? Did ah hit hame?"

"Indeed ye did," Bennet agreed. "But nae in the way ye think fur it gies me nae pleesure tae see a man provin whit a complete eedjit he is. Yer stupidity is beyond belief. Whit ah did back ther wis richt." He stabbed a stubby finger at Crichton. "If ye'd hud yer way oor horses an men micht huv been injured or worse. An fur whit? Tae prove it hus tae be yer way or nae way an damn the consequences? Ye nivver seem tae grasp the fact that bein in chairge means sizin up a situation then makin the best decision fur the best ootcome. That's whit ah did." He waved a hand at the men now dutifully lined up in threes. "Go on, ask them."

Crichton glared at the rows of faces, saw their expressions then hunched in his saddle and waited for the signal to move off.

Westermains was the next farm on the list. John Steel's family lived there. Ah weel. Git on wi it. Bennet groaned and clicked his horse into a faster trot.

The platoon arrived in Westermain's yard to find two young boys bouncing a ball off the end wall of the byre. One look at the invasion and the ball was abandoned as the children ran into the house. A minute later a young girl appeared in the doorway and frowned at the mounted troopers.

Bennet seemed surprised to see her. "Whaur's Mistress Steel? The law requires a word."

"She's nae here." The girl didn't move.

"We'll see aboot that." Crichton jumped from his horse, pushed the girl from the doorstep and disappeared inside to march through the tiny hall and open the kitchen door.

Two sets of frightened eyes peered over the top of the settle by the fire.

"Oot ye come." Crichton struck the table with his whip. "Let me see ye richt."

"Whit are ye at? That's enoch." Bennet rushed into the room. "Git ootside an bide ther. Ah'll deal wi whitivver needs dain in here."

Crichton shrugged and turned to stare at Bennet.

Bennet scowled back.

Neither moved till the young girl came into the room. She looked at them both then shouted, "Ah tellt ye mistress Steel isna here. Ye've nae richt burstin in lik this. Naebody here hus done onythin wrang."

"Whae are ye tryin tae kid?" Crichton sneered. "This family—"

"Is ma business richt noo." Bennet lunged forward, grabbed Crichton by the arm and somehow managed to propel the larger man along the hall and out into the yard where he signalled to a young lieutenant. "Spencer. See this yin bides oot here. Mak sure he disna set foot on the doorstep till ah come oot again. If he dis shoot him for gross disobedience. That's an order." He turned and went into the house again.

The young man jumped from his horse and cautiously approached a scowling Crichton.

"Nae closer ma freend," Crichton sneered.

"Ye heard whit the sergeant said." Spencer's pistol appeared from his thick belt. "Commander Claverhoose gied him control ower the platoon. We baith ken that."

"Is that so?" Crichton made as if to step forward.

"Nae further sir." The pistol was levelled, the mizzen pulled back.

Crichton blinked then stopped. "Ah dae believe ye wud."

"Nae offence tae yersel but the sergeant must huv his reasons and it's nae for me tae argue." The white-faced young man didn't move. The muzzle of the pistol continued to point at Crichton. "Mibbe ye shud git back on yer horse an sit still till the sergeant comes oot."

Crichton slowly climbed onto his horse and sat there ramrod-straight while Spencer remained on guard.

Sergeant Bennet watched the young girl run over to the settle and stand in front of it as if defying him to come any closer. "Tell they twa tae come oot." He pointed at the two pairs of eyes peering at him. "Ah've nae intention o hurtin ony bairn."

She turned and nodded and both boys crept out to stand beside her.

"So," Bennet began again. "Ah tak it ye're feart o yon ither trooper."

One of the boys nodded. "Wur aw feart o him. He comes here noo an again an turns oor place upside doon lukin fur Pa."

"He nivver finds him tho," the younger boy piped up. "It's aye jist Ma an oorsels."

"So whaur is yer Pa?"

"Dinna ken\, sir." The older boy looked away.

"Hoo's that?"

The child blinked then dared to return the sergeant's stare. "He husna been at hame fur a lang time. He cud be onywhaur, sir."

Bennet smiled. "My but ye're a weel-trained young man wi sic a guid answer."

The boy shuffled his feet and said nothing.

"I've aready said thur's naething here tae interest ye." The young woman joined in.

"Is that so." Bennet kept his voice calm. "An whae wud ye be, young lady? Ye're nae a Steel. Whit are ye dain here?" He peered at her. "Here, wait a meenit, ah've seen ye afore. Ay. In this vera hoose only weeks ago when ma platoon wis dain a fu search. Ye wur supposed tae be ill. If ah mind richt an auld wummin wis lukin aifter ye. She blamed yin o ma men fur upsettin ye. No that it wis true."

The girl clenched her fists and glowered at Bennet. "Ay he did. And I wis ill. I'm nae richt yit itherwise I'd be awa hame tae Glesca. The auld wummin's ma aunt. She cudna wait ony langer and left the ither day on Gus MacPhail's cart."

"An yer name is?"

"Elsie Spreul. Ma aunt and masel cam on a visit a few weeks ago. Mistress Steel is a relative. Shairly wur allooed tae dae that withoot the law wantin tae ken?"

"Indeed."

"So whit's the problem? We've answered yer questions. Tellt the truth."

Bennet pursed his lips. "Is that so? Weel, ah'm wunnerin why Mistress Steel's nae here lukin aifter sic a frail lassie. An whit aboot the bairns?"

Elsie flushed. "She's nae far awa."

"An hoo far micht that be?" Bennet's voice sharpened.

"Ma's up at the bees," the younger boy whispered. "Thur wis a big swarm this mornin an she didna want tae lose them. She's sortin oot a new hive. She's richt guid wi them an they gie her guid honey. We aw like it."

"Yer Ma's a clever wummin." Bennet smiled at the boy. "If ah wantit a word whaur wud ah find her?"

The older boy gave his brother a hard stare then shuffled his feet again. "On the edge o the moor. Nixt tae the rough field we aise fur the sheep at lambin time. Thur's a path aw the way. But mibbe ye shudna bother. She's awfy busy. Onyway, she micht nae want tae see ye."

"Ay she will." Bennet left them staring after him as he hurried outside.

"Sir." Spencer looked relieved to see the sergeant.

Bennet disappointed him by calling out, "Bide whaur ye are. Keep an ee on the captain." He hurried past the platoon still lined up in the yard, out through the close and took the twisting path towards the moor.

Marion Steel had just managed to settle her swarming bees in their new home. She was well pleased. Another hive would mean more good heather honey to pot before winter, even a few to sell along with her eggs and unsalted butter that had a growing number of customers in the village. She smiled to herself. That wee excitement worked oot fine. Ay. If aw this trouble wis by wi ah cud be makin guid siller dain whit ah enjoy.

Her good mood vanished when she recognised the squat uniformed figure coming up the path towards her. Dear God, it's Sergeant Bennet. Whit noo? She waited while he puffed up the steepest part of the path and stopped by the gate to her little circle of hives.

"Ye're a hard wummin tae git haud o." Bennet leant on the top bar of the gate.

"An ye're raither red in the face aifter strugglin up here. Ah didna ken the likes o yersel hud an interest in bees."

"Ye ken fine whit ah'm aifter," Bennet snapped. "No that ah'm expectin tae find him. An dinna gie me the usual tale aboot yer man bein miles awa an ye huvna seen him fur months. Haurly a mile frae here he hud a wee run in wi Captain Crichton the ither day. Trust me, the captain isna best pleased aboot whit happened when yer husband stoaped him frae arrestin yon rebel preacher James Renwick. Ah tak it ye ken that name."

"Ah've nae idea whit ye're on aboot." Marion frowned at him. "Keepin oor farm goin day by day an lukin aifter ma bairns is mair than enoch." Her voice rose. "If ma John hus been hereaboots we nivver saw him, nivver heard frae him. We certainly nivver hud sicht o this rebel preacher. Why wud ah git involved wi that kinda danger when ah ken fine whit wud happen tae ma family?"

"An why shud ah believe a word?" Bennet sounded almost disappointed. "Commander Claverhoose will be stoapin by oor billet in the mornin an ah raither think he'll want a word wi ye."

"Whit aboot?"

"Dinna play the innocent, Mistress Steel. Ye ken fine, so here's a wee bit advice. Conseeder yer words when ye speak tae the commander. Ah unnerstaund ye've hud a difficult time up tae noo. In truth it's been yer ain dain. So, dinna mak things worse by tryin tae deceive the great man. He kens a lie as soon as he hears it. Jist mind that." He flapped his hands then turned to trudge back down the path to the farm.

Marion watched him go and felt more worried than she'd care to admit.

"Ah tak it yer wee walk wis worth the effort." Crichton sounded almost smug.

Bennet said nothing as he re-mounted his horse then led his men through the narrow close entrance and down the long, rough track.

As soon as Marion saw the red jackets fade in the distance she hurried down the steep path to find how the children and Miss Elsie had coped with yet another intrusion.

As the platoon approached the wooden sign for Logan Waterhead Bennet glanced at Crichton who was riding alongside. He could see the captain beginning to pull on the reins of his horse. Still intent on visitin Steel's farm. *If ah say naw it'll only add tae his resentment an mak the rest o the day even mair unbearable. He's an eedjit as weel as bein his ain worst enemy. If he wisna sic a trial ah cud almost feel sorry fur him.*

Bennet slowed his own horse then veered left onto the farm track. "Single file. Tak it easy. Thur's a ticht turn at the bottom o this slope then a narra wee bridge ower a burn. Aifter that the track widens the rest o the way up tae the farm."

Crichton fell into line and followed. By the look on his face he seemed to think he'd scored some point over the sergeant. If Bennet sensed this he gave no sign as they crossed the little stone bridge and trotted up to a cluster of grey stone buildings.

Minutes later they entered an overgrown courtyard. No smoke curled up from the house chimney, the paint on each tight-shut door was already faded and peeling while tiny web-infested windows stared at the uniformed platoon with dead eyes and confirmed no sign of life. Once upon a time the cobbles where the horses fidgeted had been well swept twice a day and regularly doused with clean water. Now they were beginning to disappear under a creeping carpet of green moss while each corner was filled with tall nettles and clumps of pink willow-herb.

"It wis a fine farm. An cud be again." Bennet sounded almost wistful.

Crichton gave a harsh laugh. "Nae if ah've onythin tae dae wi it. Aince Steel swings the nettles can tak ower."

Bennet shrugged. "In that case ye best mak sure he's nae lurkin in some dark corner waitin tae pounce. Tak a walk roond, try the doors, luk in the windaes. On ye go. Satisfy yersel. We'll wait here."

Crichton glared at Bennet and a few other grinning faces then jumped down and marched toward the house door. It was unlocked. He pushed the door open then looked back at the watching platoon.

"In ye go," Bennet said. "Dinna be feart. Wur oot here if ye need us."

Crichton banged the door shut behind him and a strange quiet seemed to settle on his shoulders. There was nothing gentle about it which made him feel as if he was being accused of something. Dinna be daft. He shook himself and walked from one empty room to another, the rattle of his boots against the bare wooden floor his only defence against this silent onslaught. Almost afraid to stop he forced himself on lest somehow whatever it was might wrap itself round and capture him. And then out of the eerie silence he thought he could hear the faint but steady click of metal knitting needles. In spite of himself he strained to listen. Now he caught the softest of whispers, "Ah see a chainge comin fur yersel, ma man. A life chaingin yin. Yin ye canna avoid." It came again. He froze. Chris sakes it's yon auld wummin. Hoo did she git in here? Nae way. He swung round and hurried down the dark little hall to push the outside door open.

It was a relief to breathe fresh air again. At least it was till he saw the expressions on the waiting faces, as if they knew something he couldn't quite grasp. Trying to ignore them he stalked past to begin a thorough search of the whole farm, kicking doors open, pacing the length of the byre and the stable, poking through every corner of every outhouse to find nothing disturbed; no sign of man nor beast.

Finally he stopped and returned to the courtyard.

"Weel?" Bennet asked. "Satisfied?"

"Naebody's aboot," Crichton admitted. "Nae sign o Steel. We'd best git on."

"Ay," Bennet agreed. "We best git on."

A brisk gallop across open country towards Starbirns farm seemed to improve the platoon's mood. Sergeant Bennet glanced at Crichton riding alongside and began to feel less miserable. This visit meant they were almost three-quarters of the way through a difficult day.

The last field before the farm was part of a long slope. After the gallop the strain began to tell on the horses. Gradually they slowed to a trot then a brisk walk before they reached the top of the incline.

Bennet stopped his horse and took in the view. "Ah like seein hoo the fields stretch oot fur miles, hoo they chainge wi the different seasons."

"Whit?" Crichton shook his head and turned to urge his horse onto the Starbirns track.

Bennet took a deep breath and followed the rigid back towards the farm buildings.

The platoon stopped in the middle of a quiet courtyard. Bennet noted the shut doors, no man. woman or child to be seen, no hens scraping about, no sign of the usual sheep dog, not even a bark in the distance. He shrugged. "It's a mystery hoo they folk can work oot whaur wur goin an then warn yin anither afore we even git ther. The commander often remarks hoo weel they manage tae bide a step aheid."

"Ah'll luk onyway." Crichton jumped down and marched towards the stable door.

Instead of ordering him to stop Bennet smiled as the captain pulled the door open and strode inside. Almost immediately the red-jacketed figure hurtled out backwards followed by a large white gander with wings spread, neck outstretched, beak wide open. It stopped just beyond the doorway and gave a loud hiss.

Crichton took a few more steps back then pulled out his pistol.

"Pit that awa!" Bennet roared. "Nae need tae shoot the beast."

"It's a monster askin for a hole in its chest."

"Dae as ye're tellt. It'll nae come ony further"

Crichton looked at the great bird with wings wide, neck outstretched and webbed feet thumping the ground while the sharp beak continued to hiss and spit. It was a fearsome sight but it made no move to come any closer. He stuck his pistol back in his thick belt then turned to the sergeant. "Hoo did ye ken whit it wud dae?"

"Ah've met it afore. Yon gander thinks the stable belangs tae him an sees ony veesitor as a threat. The first time ah opened that door the same thing happened an ah cam oot backwards lik yersel."

"An ye sat ther an let me go in," Crichton snapped. "Did ye enjoy makin me luk a fool?"

"Why wud ah? Ye mak a guid job o it yersel."

Crichton opened his mouth as if to argue but Bennet leant forward and pointed a stubby finger at him. "Ah ken fine ye see me as naethin but a lowly sergeant. Nae worth botherin aboot. Weel mister high an michty, git this in yer heid. Whither ye like it or no ah'm officially in chairge an ye're supposed tae dae as ye're tellt by this same lowly sergeant whae nivver gied ye permission tae jump aff yer horse an wander aboot as ye pleased. Git back in line, sir."

Crichton didn't move.

"Did ye hear whit ah said?"

Crichton shrugged and stalked back to his horse muttering, "Yin o they days ye'll mibbe realise whit bein a real leader is aw aboot."

"That's rich comin frae yersel." Bennet's eyes blazed. "In ma experience thur's aye mair than ane way tae skin a cat. That's whaur us twa differ." This time he spat out the words. "Git on yer horse an keep yer tongue atween yer teeth." He waited while Crichton slowly obeyed. "Richt men." He signalled to the waiting platoon. "Turn roond. We'll mak fur Dykeheid farm."

The Dykehead yard was not deserted. Two red-faced boys were hurrying in and out of a stone building, carrying boxes of vegetables which they loaded onto an open-backed cart. A stout figure dressed in rough grey tweed was supervising the operation.

No one stopped their work nor acknowledged the sudden arrival of a mounted platoon.

Bennet sat a moment then jumped down and walked towards the cart. As he did the stout man turned and looked at him. "An whit micht ye be aifter?"

"Guid day sir." Bennet remained polite. "Sorry fur disturbin ye but needs must. Wur on official business seekin information on a certain James Renwick. Ah dare say ye've heard aboot him."

"Ah dare say ah huv," the stout figure snapped. "An whit ah've heard confirms ma opeenion aboot sic treasonous behaviour. Ah want naethin tae dae wi ony Covenantin rebel whae's only aim is tae spread dissent amang decent folk. Ah dae ma best tae fight back and uphold the law, mak ivvery effort tae support whit's richt. Indeed, the sheriff himsel hus shown his appreciation. This farm is weel enoch thocht o tae supply Lanark garrison wi vegetables ivvery week. If ye dae richt ye benefit frae it."

"Ah see." Bennet blinked.

"Ah'm gled ye dae. Noo git oot o ma way. Ivvery meenit wastit speakin tae ye hauds us back frae deliverin oor order on time. The cook wants his order afore nicht an it's a guid ten miles frae here tae Lanark."

Bennet held up his list of farms. "Yer farm is doon here as worth the watchin. Ye hud a worker accused o bein at Bothwell Brig."

"Indeed he wus. An when he cam back ah haunded him ower tae the sheriff masel. Yer list's oot o date ma man. Ah wis commended fur ma action. Indeed, ah'm weel kent an respectit as a stoot supporter o this lawfu government. Wi that in mind ah'll be makin a complaint aboot this harassment. Ah dare say the sheriff will pass it on tae yer commander an ask him tae deal wi yer unwarranted interference. Git yer facts richt afore ye come botherin a law abidin citizen."

Bennet took a deep breath. "Apologies sir. Ah'll see the list is pit richt. Ye'll nae be bothered again." Bennet retreated to his horse, remounted and led his men out the yard.

Once the platoon was trotting through the ornate gates to the Blackwood Estate Crichton turned to a red-faced Bennet. "Ah thocht ye'd ken aboot McInally at Dykeheid."

"Ken whit?" Bennet seemed surprised.

"Him and Sheriff Meiklejon are richt thick. In fact thur family. McInally's married tae the sheriff's sister. Ye dug yersel intae a hole back ther. McInally's nae a man tae cross. He'll huv the law on ye as soon as luk at ye. The sheriff will ken aw aboot yer stupid mistake afore the day's ower." Crichton laughed. "Dear me. Ye shud huv kent better. But ah suppose that jist shows hoo unsuited ye are tae responsibilty. A richt leader maks it his business tae find oot whae micht be his freends an whae his enemies." He tapped his nose. "Information gaitherin comes naturally tae a richt leader."

"Is that so." Bennet spoke through tightly clenched teeth and edged his horse in front of Crichton.

When the platoon arrived at the top of the sweeping drive they found what seemed to be another deserted house facing them.

Crichton's smile widened. "Whit noo, sir?"

Bennet looked back at the grinning face. "Sit whaur ye are, same as the ither men while ah check oot the place. Ah've nae intention o wastin precious time on onythin that disna warrant it." He jumped down and walked round the end of the grand facade while the platoon obediently waited yet again.

The backyard was also deserted, no sign of any activity, every door and window tight shut.

Bennet wasn't surprised. This estate had supported the rebel cause for a good number of years. Right now William Lawrie, the factor, was locked up in Edinburgh's Tolbooth, and likely to remain there till he stumped up a few thousand merks as the price of his freedom.

An nae sign o his stalwart hoosekeeper. He stared at the thick clump of trees beyond the walled garden. Nae doubt a pair o een is watchin me staundin here lik an eedjit. He shrugged. Nae point in forcin an entry. Whaeivver is oot ther kens why wur here. Ay. An that's whit maitters. Thank God oor sweep roond the district is nearly feenished. It seemed a guid idea this mornin but aw ah did wis gie Crichton the chance tae carp, an niggle, an try tae git the better o me. Talk aboot buyin a stick tae hit masel. The hale day hus been yin disaster aifter anither.

With a set expression Bennet returned to the waiting platoon and ordered them to head on to the village.

Chapter 6

Sergeant Bennet's mood improved as he led his platoon past Blackwood Cross. He turned to Crichton's arrogant profile. "Anither hoor shud see us feenished."

Crichton glared at him. "A hale day wasted wi the way ye went aboot yer so-cawed inspection. Dinna imagine this will impress the commander."

"Ah think Clavers will unnerstaund ma motives withoot me huvin tae explain or justify masel. He kens fine whit wur up against." Bennet's hands tightened on the horse's reins. "We'll mak oor last stoap by the wee inn at the heid o the brae. The landlord micht huv somethin worth hearin."

"Ay, richt," Crichton sneered and pulled his horse back to trot behind Bennet.

Joseph Smeaton heard the approaching horses and was waiting outside the Kirk Inn to receive the soldiers. "This way sirs. Ah've somethin tae show ye."

Bennet dismounted and signalled for Crichton to do the same.

Smeaton led them round the back of the inn, past the open door of a wash-house where two women were struggling to lift sodden sheets from a steaming cauldron.

"Is this it?" Crichton peered through the fug at the women.

"Naw, naw." Smeaton laughed. He hurried on through an orderly vegetable garden to stop on a patch of rough ground at the edge of a steep slope that reached into the Nethan Valley. "Ower ther." A podgy finger pointed to the other side, to a large house surrounded by well-laid out gardens. "Ye git a guid view across tae yon big hoose; whit's comin an goin. This aifternoon ther wis mair than usual."

"Nae sign o onythin noo." Bennet frowned at Smeaton.

"Ah, but earlier on thur wis a wheen folk staundin in a circle unner yon spreadin tree in the middle. They bid lik that fur mair than an hoor then maist o them went intae the big hoose itsel."

"Did they noo." Bennet seemed to consider this. "Yon hoose belangs tae Thomas Ferguson Esquire, as he refers tae himsel. He's nae a sir but rides aboot in a fine carriage. Behaves as if he's a richt laird. Mind ye, he can afford tae wi twa coal mines bringin in plenty siller. Hauf the villages aroond here work fur him. They say he's a decent maister. Ay. An if ah mind richt that same man wis fined twice last year fur non-attendance at the kirk."

"Wis he noo? Crichton seemed to perk up.

"Ten meenits wud tak ye ther," Smeaton suggested.

Crichton turned to Bennet. "Since ye're supposed tae be in chairge ah'd say it's yer boundin duty tae check oot this Ferguson."

"As ye say, it's ma boundin duty." Bennet frowned and slipped a tiny silver coin into Smeaton's eager palm.

Thomas Ferguson looked terrified as he stood in the hall of Auchenheath House and listened to many horses' hooves kicking up the finely raked gravel of his grand driveway. Staff and villagers had disappeared. He was on his own to face whatever the approaching law might demand. Trying to summon up enough courage for this confrontation he slowly walked towards the front door.

"Stoap sir. Dinna touch yon door haundle." James Lawson suddenly appeared from the kitchen and ran towards the stout figure.

"Whit are ye back for?" Ferguson stopped short and turned to gape at Lawson. "Ye brocht the warning. Is that nae enoch?"

"Ah'm here tae help ye."

"It's ower late for that."

"No if ye dae as ah tell ye. The troopers are likely tae send a man tae ring the bell an demand entry. Staund a meenit. Mak him ring again. That way he'll git annoyed."

"Whit guid will that dae?"

"The trooper's attention is on the door, waitin fur it tae open. When ah gie ye the sign ye can turn the haundle nice an slow. Aince the door sterts swingin in he'll huv baith een fixed on the space an mibbe yersel." Lawson pulled a heavy pistol from his belt. "Ah'll be richt ahint ye ready tae step oot an dae the needfu."

"Naw. Naw." Ferguson shook his head.

"Dinna luk lik that, sir. It'll work a treat. Aw ye huv tae dae is open the door then jook tae the side while ah tak aim then fire. At the vera least the blast will fricht the wits oot the man. If ah git it richt it'll stoap him deid. Aifter that us twa turn an run afore the troopers ken whit's whit. It's thaim or us an ah've nae intention. Think aboot it. Troopers are scourin the countryside, huntin aifter Maister Renwick. Whit if they find oot he's been here?"

"They dinna ken that yet."

"Mibbe no but ah'm jaloosin somebody whae's nae a freend hus spied aw the folk gaithered ootside, pit twa an twa thegither an tellt the law. If they troopers git haud o ye it's intae the Tolbooth at Lanark an torture till ye canna staund it. An then whit? A wee swing frae the gibbet maist like."

Ferguson shivered then shook himself. Here he was in the middle of his own grand house, a man of substance, with a good reputation for business. He shook himself again. Ay. I'm weel respected. That shud mak a difference. He looked round his hall, at the walls decorated with ornate leaf-patterned wallpaper specially imported from France, the long carpet woven to match, the fine console table of inlaid-cherry topped by a cut-glass vase of fresh flowers, carefully arranged to impress any visitor. He'd chosen each piece himself and was well satisfied with the result.

He stared at Lawson.

A pair of determined eyes stared back.

That did it.

"Gie me a meenit." He headed for his study, tore open the bottom drawer of his desk to lift out a small wallet stuffed with papers and a leather pouch of gold coins before running back to join Lawson.

"It'll be fine sir. Trust me." Lawson smiled as he finished priming his pistol.

"Leave this tae me." Crichton jumped from his horse before the animal had time to stop then strode past Sergeant Bennet's lead horse.

Bennet flapped a hand and did nothing to stop the swaggering figure approach the front entrance of Auchenheath House then up the white marble steps to grab the long bell chain hanging beside the heavily studded wooden door.

The bell jangled loudly.

A long minute passed. The door remained shut.

"Open in the name o the law." Crichton's gloved hand reached for the bell-chain again then his fist hammered on the door.

Another moment passed before there was a loud click and the heavy-studded door began to swing slowly inwards.

"Aboot time. Whit kept ye?" Crichton stepped confidently into the widening space. His next word was lost in a deafening explosion.

The force of the lead ball from Lawson's pistol sent a searing pain through Crichton's body as it dug into bone and flesh. He staggered back in a cloud of white smoke to wobble briefly on the top step before keeling over. Hands clawing at the ragged hole only an inch above his metal breast plate he dropped and rolled sidewards. And then willpower and shock seemed to take over. He half-rose, hovered a second then crashed down again. The polished edge of the next step sliced into his brow as a final blow before he quietly slid onto the waiting gravel below.

"Chris sakes." Bennet jumped from his horse and raced towards the crumpled body to find a pair of indignant dark eyes staring up yet seeing nothing. Even worse, a flow of red was beginning to seep between gloved fingers now clamped together as if trying to hide the evidence of what had just happened.

Trooper Sneddon reached Bennet's side and leant down to press his ear against Crichton's chest. "Naethin." He looked up. "Atween the hole in his thrapple an the dunt tae his heid he didna staund a chance."

Bennet turned to wave his platoon forward. "Inside. Search the place. Ivvery meeneit maitters."

The troopers raced past Crichton's body and into Ferguson's grand hall. Minutes later they were back to report. "Naebody aboot."

"Search roond the back. Miss naethin." In spite of his angry sounding defiance Bennet had a strange sense of relief.

The shock of Lawson's attack on Crichton created enough space for escape. Ferguson turned to run for the cellar and the tunnel John Steel and Renwick had used but Lawson grabbed his arm and propelled him out the back-door. "Ah'm nae scurryin thru the dark an dirt lik a mole. C'mon man. This way." He released his grip and raced across the paved courtyard while Ferguson did his best to follow.

Even as Sergeant Bennet was barking out his orders the two fugitives were already on a steep, muddy path that twisted in and out young birch trees clinging to the slope below the ornate gardens of Auchenheath House.

The need for speed was a problem for a man who spent hours

sitting at a desk, dealing with columns of figures, signing official documents, writing orders. Any visits official or personal always involved a drive in a comfortable trap, sitting on a cushioned seat while the world rolled gently past. Most meals were accompanied with the best of wine, and of course a glass of brandy always completed each evening. The result was a stout little man who needed a burst of energy he was ill-equipped to provide. It was little wonder he slipped and struggled, and gasped at the relentless pace set by a man whose way of life bore no resemblance to one of pampered indulgence.

Lawson pointed to a thick patch of dark broom a little further down. "We'll be oot o sicht amang they thick fronds. But we need tae git ther first."

Several of Bennet's men did lean over the garden wall and peer into the little valley but didn't seem to notice the two figures now well among the trees. There was no warning shout, no musket shot.

When they reached the broom Lawson allowed a brief rest. As they sat hunched together he smiled at the usually-grand gentleman. "Yer claes huv taen a richt pastin, sir. Yer jaiket's covered wi glaur, so's yer fine breeches. An luk at yer shuin. An mind, they'll be worse afore ye're feenished."

Ferguson studied the mud on his clothes then grinned at the state of his shoes. "The only thing I'm bothered aboot is sweating lik a pig wi this on." He pulled off his grey wig, flung it among the bushes then stood up to wipe his sweat-streaked face. "That's better. If ye're ready Maister Lawson, I'll dae ma best tae follow."

They ploughed on, pushing their way past thick bushes to eventually emerge on a long grassy strip beside the river. It was well protected by taller overhanging trees, a well-hidden, bonny spot which felt safe. Lawson responded by slowing to walking pace.

Further along the valley seemed to become ever narrower until the tree-lined slopes were almost touching one another. Whatever space was left seemed to be taken up by the river.

Ferguson stopped and pointed.

"Nae worries," Lawson said. "We'll climb oot afore we git that far. It'll be steep an a fair pech but worth the effort when we come oot jist afore Craignethan Castle. Frae ther the Nethan draps thru a steep gorge. Thur's a track frae the castle that skirts yin side o the gorge an avoids the dangerous rocks aw the way doon tae Crossford whaur the Nethan meets the Clyde. It's nae weel kent so we shud be safe enoch."

"And then whit?" Ferguson persisted.

"Thur's a stable an blacksmith's shop ahint Crossford village," Lawson replied. "Ah ken the man weel. Can vouch fur him. He's in sympathy wi the Cause. Aince ah explain the problem he'll sell ye a horse nae bother an nivver let on he's even seen ye."

"Thank ye." Ferguson looked relieved. "I'll be gled tae stoap walking."

"Ah dare say, sir. Ye're nae built fur this rough way across country."

"Tell me aboot it. This pair specimen has nae stamina compared tae yersel. But aince on a horse I can easily cover the miles tae Hamilton. Ma wife and son are there visiting her brother. Whit a blessing they were awa frae hame when this happened."

Lawson frowned. "Ah think ye need tae conseeder jist stoapin aff then travellin on a lot further. Ye'll need tae tak yer family as weel if ye want them tae bide safe."

"Really?"

"Ay sir. The arm o the law will come aifter thaim as weel. Pit as mony miles atween yersels an Auchenheath as possible. An dinna expect tae see yer grand hoose again fur a lang time. Aince word gits oot ye'll be a marked man. Like enoch them as govern will clap a reward on yer heid as weel."

Within an hour they were on the track through the gorge, the same one Renwick and Houston had travelled up only a week before. As they walked along Lawson told Ferguson about a quiet route along the banks of the Clyde. "It taks mair time tae reach Hamilton but disna pass ony villages."

Ferguson nodded. So far so good. His nerves began to steady. He turned to Lawson. "Aince I'm settled somewhaur safe I'll need tae work oot a way tae manage ma mines and the proper running of the estate."

"Is that whit ye're expectin?" Lawson gave him a quick glance.

"Why no? Trying tae organise my business frae a distance will be a problem. I ken that. But if I appoint a steady man tae oversee whit happens day by day, yin whae listens, follows my instructions, and reports back on a regular basis – "

"Stoap ther, sir." Lawson grabbed Ferguson's arm. "Ye dinna unnerstaund. Ivverythin's chainged. Ye best git this in yer heid. Whit ye hud yesterday is lost. Dae ye hear me ... lost? Yer mines an yer grand estate are gone. Fur a stert, ye allooed yersel tae git involved wi the Cause. Ye even welcomed a renegade preacher intae yer hoose. An whit aboot a government trooper gettin shot at yer front door?"

"But ye said it wis them or us. We'd nae choice."

"Neither we did. If ah hudna pued the trigger we likely be deid oorsels by noo. We need tae be gratefu fur that but we also need tae mind whae seen as the maister aboot here. The Privy Cooncil passed a law which states that ivvery landowner is responsible fur ony misdemeanor that taks place on thur property. In this case it'll be conseedered treason – which alloos the government tae step in an seize yer assets."

"Hoo dae ye ken?"

Lawson shrugged. "Aifter a wheen years on the run ah mak it ma business tae ken. That's why ma farm is listed in ma faither's name. As lang as he keeps his nose clean an breks nae law it bides safe. Trust me, the great an the guid winna hesitate in grabbin whit they can, takin ivvery chance tae line thur pockets at yer expense. Aw done in the name o the law as they see it. Ah hope ye've plenty siller stashed awa somewhaur safe frae thur lordships. Ithewise ye'll loss it as weel. Mibbe ye shud think aboot crossin the border, or even further afield."

"Dear God." Ferguson seemed close to tears.

"Ah'm only sayin." Lawson spoke gently.

Ferguson nodded slowly. "I unnerstaund whit ye're sayin. I've been stupid as weel as naïe. Naw, mair lik a prize eedjit. I shud hae kent better, realised the consequences. Aince I reach Hamilton I need tae explain whit happened tae ma son and my guid wife, mak them unnerstaund whit it means for oor future." He blinked at Lawson. "But here I am. As yet a free man, escaping frae arrest or worse. Wi determination and guid luck I micht jist reach safety and mak a future for masel and my family. Ay. And aw doon tae yersel and yer foresicht. I expected tae talk ma way oot the problem, thocht ma position wud help mak a difference hoo I wis treated. Ye kent itherwise. Withoot whit ye did – " his voice dropped to a whisper " – it disna bear thinking aboot."

Lawson flushed. "Nae hassle sir. It'll be a pair day when we canna help yin anither."

The blacksmith was surprised to see Lawson and his exhausted mud-spattered companion. He was even more surprised to learn who the stranger was and the reason for the visit. "Whit noo fur the maister?" He stared sympathetically at a red-faced Ferguson. "Pair soul's worn oot."

"That's why ah brocht him here," Lawson explained. "Ah'm hopin fur a horse tae git him on his way."

The blacksmith scratched his head. "Richt noo ah've only yin spare in the stable. A rough-coated piebald. Guid an strang but nae the kinda beast the maister's aised tae."

"I'd be mair than gratefu," Ferguson spoke up. "Guid and strang soonds fine. And aw the better if he luks a bit rough." He pointed to his filthy clothes. "We'll belang thegither. Whae's likely tae guess I'm the fine gentleman I think I am?"

The two men grinned at him then the blacksmith fetched out the pony from his tiny stable and offered it at a good price. Ferguson gladly paid extra.

"An here." The blacksmith took a battered hat from a peg on the wall and handed it over. "The wide brim shud help hide yer face. If naebody gits a richt luk whae's tae guess ye're a grand gentleman let alane yin on the run?"

Ferguson nodded his thanks, crammed on the hat and took the horse's reins.

"Richt, on ye go." Lawson helped him into the saddle. "An mind gang the way ah tellt ye, an keep yer hat brim pued weel doon."

Ferguson leant over to shake Lawson's hand then edged his horse through the open gate of the little yard and turned onto the track towards the river Clyde.

Lawson stood beside the blacksmith and watched the stout figure fade into the distance. "Maister Ferguson's genteel way o life is feenished. He disna realise it but he'll need a stoot hert fur the stey brae as lies aheid."

"An yersel?" the blacksmith asked.

Lawson shook his head. "Dinna fash yersel aboot me. Ah've been on the run since Bothwell Brig an still free. Ah intend tae bide that way."

Trooper Sneddon hurried out the front door of Auchenheath House and signalled to Sergeant Bennet who was still standing beside Crichton's body at the foot of the marble steps.

"Whit is it?" Bennet looked up at Sneddon.

"Thur's somethin ye need tae see, sir."

"Nae afore we shift the captain. Git twa o the biggest men oot here an lift him ower tae the grass"

Sneddon nodded and quickly returned with two other troopers who struggled to lift the limp body.

"Deid or alive he's an awkward yin." Bennet watched the men stumble across the gravel to place Crichton beside the nearest flower bed.

"Richt sir?" Sneddon asked. "Lik ah said, ye need tae see this."

Bennet followed his trooper along the grand hall and into the large dining-room where he stopped short. The long table was almost covered with half-empty plates of delicious looking food. "My, whit a selection. Bowls o puddin an fancy cakes as weel. Luks lik a big pairty wis in fu swing afore we arrived. An noo thur's naebody. It seems as if yon innkeeper at Kirkmuirhill wis richt." He pursed his lips. "Somethin wis bein celebrated. An whaeivver wis here wants it tae bide secret. Why else wud they scatter raither than face ony questions?" His fingers fastened on a small pie from the nearest plate. He lifted it and sniffed. "Smells guid." Half of it disappeared in one bite. "Ay, an tastes guid." He took another bite and went out to the hall to shout, "In here men. Thur's plenty tae eat so help yersels."

"Whit aboot the captain?"

Bennet grinned. "It'll only tak a meenit or twa. The captain's nae goin onywhaur an we deserve a treat aifter whit we've pit up wi the day."

The men needed no second invitation. Within minutes they cleared all the plates and emptied several jugs of ale.

"Richt." Bennet wiped his lips. "We best git on."

"Thur's somethin else ye need tae see," Sneddon persisted.

"If ye must." Bennet followed the excited trooper half-way along the hall.

Just before the grand staircase was a narrow, unvarnished door with a lit lantern sitting beside it. Sneddon pointed to a heavy velvet curtain which was obviously used to cover the door. "When ah wis searchin the place ah minded whit ye said aboot missin naethin. This fancy curtain attracted ma attention so ah pued it back an ther wis a door. In ahint thur's steep wooden steps doon tae a cellar so ah fetched a lantern frae the kitchen. Whit a job ah hud lichtin it."

"Ye thocht ye'd find some rebel hidin in the daurk but naebody wis ther wur they?"

"Naw. But it wis still worth ma while. But ye need tae see fur yersel" Sneddon lifted the lantern. "Ah left this ready tae tak ye doon." He opened the little door then held the lantern steady to guide the sergeant down the narrow wooden steps into the cellar. The faint lantern glow picked up the shadowy outline of tall wine-racks. "Ower ther." Sneddon led Bennet past the furthest away rack then stopped to swing the lantern at arms-length. "See. Anither wee door in the wa." He yanked the door open. "It's the stert o a tunnel."

Bennet leant forward to stick his face into a freezing-cold, pitch-black hole. "Dear God, ah dinna fancy in ther." He sniffed the musty smell of damp soil.

"But if ye're desperate…Ah think Ferguson an his freends escaped this way."

"Raither them than me." Bennet stepped back. "Naethin wud persuade me. Ah wunner whaur this tunnel comes oot?"

"Likely by the Nethan. That wud mak sense. Dae ye want the men tae gang doon an search aboot?"

"Nae need. The culprits are weel awa by noo. Onyway, the evidence speaks fur itsel. This is as guid as admittin guilt ower whitivver they wur up tae afore we got here. An thur's the captain's murder as weel. Ferguson mibbe thinks he's gotten awa but aince the sheriff hears an passes on the word tae the government he'll soon find oot thur's mony a way tae skin a cat. His fine hoose, his acres o land, his mines that bring in as muckle wealth will aw be seized. It'll nae be easy bein on the run wi haurly ony siller in his pocket. An when he's caught, weel, we ken whaur that ends. As fur the villagers, the law will soon pit the fear o death in them. It's wunnerfu whit persuasion can dae tae root oot the truth."

"Ye seem tae huv ivverythin covered," Sneddon suggested.

"Ah hope ye're richt," Bennet admitted. "It'll kick aff aifter the news reaches the garrison at Lanark. If yin o the men rides ower wi the news we can git on wi transportin Crichton tae Lesmahagow fur a decent burial. The commander arrives the morn an ah want awthin as needs daein either feenished or weel unnerway afore the great man asks fur a report aboot whit's been happenin. This is a maist serious maitter. The quicker we git stertit the better."

"Cud yon preacher Renwick be involved?" Sneddon asked.

"Ah wudna be surprised. But first things first." Bennet began to sound anxious. "Gang up tae the village an find a horse an cairt."

"Why dae ye want a cairt?"

"Tae cairry Crichton up the road." The sergeant's voice sharpened. "The last thing ah want is tae ride up Lesmahagow main street wi hauf the0 place smirkin at the captain's body draped across a horse lik some huntit beast."

Back in the hall Sneddon snuffed out the lantern and waited while the sergeant stood blinking in the sudden change from dark to light.

"Ye did weel," Bennet smiled at the young trooper. "Ah'll mak shair the commander hears. Noo, on ye go an bring back a cairt. Try an git a high-sided yin. The less onybody sees the better. While ye're awa ah'll git the men tae mak windaes an doors secure then line up ootside. Quick as ye can. Thur's a lot tae dae."

Gus MacPhail's horse and cart rounded the last corner before Auchenheath village and trundled along a straight stretch of road towards the first line of low, thatched cottages. His day had gone well. No hassle with his deliveries around Lanark. Now on his way home he puffed on a well-earned pipe.

As he drew near he noticed how everything was unusually quiet. No children running here and there. No women tending their tiny gardens. No man to be seen. Each stout little door was shut. Not even a wisp of smoke spiralled from any chimney.

Somethin's wrang. He tapped out his pipe on the metal rail in front of the driving seat. His feeling of well-being began to slide away. An here's me aboot tae pick up John Steel an yon Renwick at the big hoose gate.

Gus was so preoccupied he only became aware of a mounted trooper riding towards him when the man yelled and waved.

Whit's that yin aifter? He stopped the cart till the trooper drew alongside.

"Ah believe ye're Gus MacPhail." Sneddon leant over to grab hold of the horse's reins. "An come frae the Gow."

"An ye're yin o the troopers billeted in the village. Ah recognise ye fine. Whit hus that tae dae wi onythin?"

"Ma platoon needs yer cairt."

"Is that so." Gus peered at the young man's flustered face. "Whit fur?"

"Ma sergeant hus sent me urgent like tae git a horse an cairt frae the village. When ah saw ye comin by the hooses – "

"Ye thocht ah wis yer answer."

Sneddon flushed. "Ay. Yin o oor men needs cairryin back tae the Gow. Since ye bide ther it maks everythin easier."

"Dis it noo. Ah'm ah allooed tae ask why this man needs cairryin? Hus he had an accident?"

"He's deid."

Gus stiffened.

By now Sneddon's face was bright red. "A rebel at the big hoose opened the front door an shot him at close range. The sergeant disna want tae hing him ower a horse lik a piece o meat fur awbody tae see."

"Lead on. Ah'll follow." Gus's mind whirled with questions he daren't ask.

Minutes later Gus was at the end of the long gravel drive to Auchenheath House, staring at a very dead Crichton laid out on the manicured lawn in front of the grand house while a mounted platoon fidgeted behind the body as if ready for the off.

Sergeant Bennet recognised Gus and nodded to Sneddon. "Weel met, young man." He turned to the nearest troopers. "Ye twa, dismount an gie Sneddon a haund tae pit the captain in the back o yon cairt." He glanced at Gus's shocked face. "Ah tak it ye huv a hap tae cover the man?"

Gus nodded and jumped down to lower the tail-gate and stand aside while the red-coated body was wrestled aboard before he unrolled a length of rough canvass from front to back. "Will that dae?" he asked the sergeant.

"Fine. Noo jump intae yer drivin seat an git movin. Hauf the platoon will ride in front. The rest will ride ahint yer cairt."

"Ay sir. But whit's the plan when we reach the village? Soonds lik ye want tae keep this maitter discreet. Shud ah mibbe drive intae ma stable an shut the doors afore ye mak ony move wi the body?"

"Guid thinkin, Maister MacPhail." Bennet signalled five men to position themselves in the front of the cart. "The rest o ye at the back. Bide in close order."

Gus looked at the fine uniforms, the gleaming helmets and polished boots, the figures sitting straight and proud astride the best of horses then glanced back at the expanse of canvas covering the cart.

The sight of this winged him back to a stormy day not so long ago when he'd come across a half-conscious Crichton slumped over his horse in freezing rain. It wis a guid chance tae feenish ye aff. But ah didna. Noo somebody else hus done it. He sighed and clicked the horse forward.

The cavalcade slowly made its way along the gravel drive, past the ornate metal gates then turned right to follow the road as it wound down the hill, and away from Auchenheath House.

John Steel and James Renwick came out of the field below Auchenheath House and crossed the road at the corner before the bridge they'd passed over that morning. They then climbed the wooden fence opposite, pushed through a patch of scrub then scrambled down the steep slope towards the river. Here they disappeared under the stone arch.

Half-way along, as John had promised, a small stone hut seemed to cling to the bridge itself only a few feet above the bubbling water. "This way." John pointed at the boulders below and quickly edged his way along them to reach the narrow entrance.

"Nae door," Renwick remarked.

"Nae need," John replied. "It aye floods oot aifter heavy rain swells the river."

Renwick peered into the tiny, dark space with a roughly cobbled floor, no window, empty apart from a narrow stone shelf wedged into the back wall. It smelt damp, and cold. He was loathed to step inside.

"Dinna ken whae it belangs tae. As far as ah can mind it's nivver been aised fur onythin. It's a richt oddity." John pointed towards the stone shelf. "Sit yersel doon while we wait fur Gus tae appear."

Renwick shook his head. "I'd prefer tae staund oot here. I want tae check a parteeclar scripture passage. The licht's nae guid inside." He pulled his Bible from his pocket and began thumbing through the pages.

"Please yersel." John shrugged. "But dinna think aboot strayin ony further. The less onybody sees the better." He crossed to the narrow shelf, stretched out and closed his eyes.

After that the only sound was the constant trickle and flow of water.

Renwick seemed engrossed in his reading and John appeared asleep till the thud of approaching hooves disturbed the quiet.

"That's nae Gus." John slid off the stone shelf and pushed past Renwick. "Bide here till ah tak a luk."

He hurried to the edge of the overhanging arch as the sound of many horses came down the winding road. Among the sound of many beasts he could hear the heavy rumble of wheels then feel the stonework vibrate from a heavy procession passing only feet above his head.

He waited till the sound faded then crawled up the slope to see the back of a mounted platoon beginning to wind its way up the other side of the little valley. A familiar cart was in the middle of the line-up with Gus perched in the driving seat.

He slid back down to find Renwick still reading his Bible. "That wis a fu platoon. Gus MacPhail's cairt is in the middle o it. Ah hope it's nowt tae dae wi him gien us a lift ower here."

"Mibbe he jist met up wi the platoon," Renwick suggested.

"Why wud he?"

Renwick shrugged. "Whitivver it is there's nowt we can dae."

"Weel ah intend tae try an find oot. Somebody in the village must ken somethin."

"But I'd raither get back tae Logan Hoose. Cud we go tae yer uncle's farm at the corner? The yin we passed this mornin on the way doon frae Kirkmuirhill? Mibbe he'd lend us a horse."

John stiffened. "Ma uncle hud a bad time when he wis locked up fur supportin the Cause. He's kept his heid doon ivver since an ah've nae intention o makin ony trouble fur him. Onyway, ah'm set on findin oot whit's happened tae Gus."

"But – "

"But naethin," John snapped. "Gus MacPhail hus stood by me an ma family fur years. If he's in trouble ah need tae ken. If ye're set on heidin oot on ye go."

Renwick followed John as he climbed back up to the shingly track then stood watching the angry figure stride back up the road to Auchenheath. He was almost out of sight before Renwick reluctantly began to walk after him.

When they reached the open gates to the big house John turned into the drive.

"Is this wise?" Renwick asked.

"Ah've nae idea." John kept walking. "We'll soon find oot."

The gravelly drive led them past the pristine lawn with the lace-covered table still standing under the enormous beech tree. Other than that there was no sign of what had taken place only a few hours ago.

The house itself appeared to be locked up. John frowned, approached the front door then stopped as he saw a dark-red stain at the bottom of the marble steps. He hurried round the back of the building, found nothing and no-one. He returned to Renwick who was now studying the red stain.

"Weel?" Renwick looked up.

"Naethin tae suggest whit happened. Mibbe we'll find oot up at the village."

Minutes later John was hammering on the back door of the first cottage. A scared face peered out a tiny window, seemed to recognise John and signalled him to wait.

"Whit's happened?" John demanded as the door opened.

"Whit are ye dain back here?" A young man shook his head at the two people he least expected to see. "The troopers as came lukin fur ye an the preacher got mair than they bargained fur. Yin wis shot deid at the front door."

John blinked. "Did Maister Ferguson dae it?"

"Ah dinna think so. Maist like it wis Lawson. He's been ettlin aifter sic a thing fur a while. The hale place wis in sic a confusion that whaeivver did it got awa afore the troopers cud stoap them."

"Hoo dae ye ken?"

"Ah luked ower the high wa ahint the hoose an saw a trooper gang up tae the front door an ring the bell. Nixt thing thur's an almighty bang an he's stretched oot at the bottom o the steps."

"Whit aboot Maister Ferguson?"

"Nivver seen hide nor hair o him. If he's ony sense he'll bide weel oot the way."

"Indeed," John agreed. "Thank ye. Jist a wee request– dinna let on we wur here."

"Nae fear o that." The door banged shut.

John crossed the Lanark road and passed a wooden sign marked Nethertoun farm.

"Whaur noo?" Renwick almost ran to keep up with him.

"We'll cut across the field afore the farm and gang doon tae the Nethan. If we jist follow it we come oot by Craigheid Mill at Lesmahagow. Frae ther ah'll see ye across the moor tae Logan Hoose."

From the field below Nethertoun farm John could see the green canopy of trees poking above the rim of the Nethan valley. On the opposite side sat a squat building, snug in an oasis of calm where a small herd of black and white cows were wandering back to their pasture after evening milking. Behind them fields of crops were gently ripening. Further back came rougher ground which gradually became moorland stretching all the way to the distant hills of Ayrshire.

The sun had just set. The sky was bathed in deepening pink and orange. All might seem wrong with John's world but a sight like this suggested otherwise.

He sighed. If only things cud always be lik this. He glanced at Renwick. An here's yin as thinks this struggle is worth it. If ivver a man wis set on bein a martyr it's him.

"Luk." Renwick interrupted John's thoughts. He pointed to the left as a flash of reddish-brown showed a tiny Roe buck leap from his hiding place beside a patch of sprawling bramble to dart through the nearest gap in the hedge. Another three jumped up to follow their leader in close order. John smiled as four white rumps disappeared over the edge of the slope ahead. "They bonny wee beasties ken the way. Gang aifter them thru that brek in the hedge an doon the slope tae the river whaur we'll find a wee path as taks us back tae the Gow."

Soon they were walking along a well-trod path beside the riverbank. Tired and nerves frayed by the last few hours it was a relief to almost stroll along.

The closeness of the overhanging trees kept them well-hidden with little chance of being surprised yet able to glimpse hints of life by the river where grey wagtails and finches hopped among a maze of branches. Nature didn't seem to mind their passing. Only a fat robin on the edge of the path seemed annoyed at having to duck back as two pairs of boots almost scuffed against his sharp little beak. And then a woodpecker rose from the long grass, its head like a flash of fire before green wings carried this apparition across the water towards a meal of hovering insects.

Renwick seemed preoccupied and barely noticed. John relished the sight, especially being so close to such a beautiful bird. He began to relax, to almost smile at the thought of this outing about to end. Aince ah git ma freend back tae Logan Hoose ah'm fur hame an some time wi ma wife an bairns.

Renwick seemed to sense the improvement in John's mood. He commented on their surroundings, how much he was enjoying this walk by the river.

John nodded. "An evenin lik this is aye a pleesure."

They walked on then Renwick said, "I wis thinking aboot the journey we made thegither tae Holland. I ken ye had tae be persuaded tae come wi me."

John stiffened. "It worked oot fine till yon Robert Hamilton came on the scene flauntin his ain importance an makin claims aboot his pairt in the cause."

Renwick sighed. "Ye made yer feelings aboot him braw plain. I didna realise hoo bad it wis till ye upped and left afore ma ordination."

"Ye wudna listen when ah tried tae warn ye aboot yer new freend wi his forked tongue."

"Indeed." Renwick held up his hand. "Mony a time since I've reproached masel. The way I reacted wis wrang. Whit's said canna be unsaid but I'm sorry for the pain it must hae caused."

"Save yer breath. Robert Hamilton is aw aboot whit's in it fur him."

"But the cause is bigger than ony o us. Surely we must lay aside oor differences and move thegither in a concerted effort tae mak oor resistance mair effective?"

John said nothing and kept walking.

Neither spoke for several minutes then Renwick tried again. "Ye kent Richard Cameron. I nivver had the privilege. Ye saw whit he achieved in sic a short time. I intend taking his work furrit. I'm planning a public protest at the same cross, in the same toun. I'm hoping ye'll agree tae tak pairt."

John stopped to glare at Renwick. "If ah'm unnerstaundin ye richt ye're talkin aboot Cameron's declaration in Sanquhar only a year aifter the battle at Bothwell Brig?"

Renwick nodded. "Whaur Cameron condemned king and government in ivvery way. This new declaration will reinforce whit he did and whit he stood for."

"In that case ah must remind ye hoo he wis caught twa weeks later on Airds Moss an ended up deid wi his heid an haunds in a sack. An whit aboot yer ain protest in Lanark afore ye left tae study in Holland? Ah ken it went weel, ridin up the High Street wi supporters tae pin up yer words on the Mercat Cross. But whit aboot aifterwards? A man wis arrestit on a trumped up chairge an hung at that same Mercat Cross in front o folk as kent him. The toun itsel wis accused o treason an fined 6,000 merks fur allooin yer demonstration tae tak place. God sakes man, thur still payin it."

Renwick flushed. "If that's hoo ye feel so be it. At least I can thank ye for the way ye've helped me on mair than yin occasion withoot ony thocht for yer ain safety."

"Luk here Maister Renwick, ah'm nae agin ye. Far frae it. Ah respect yer conviction an dinna doubt yer sincerity. Ah wisna agin Richard Cameron either. It wis mair the way he went aboot things. His way or nae way. Ah tellt him as much tae his face. No that ma opeenion wis weel received when ah warned aboot ootricht confrontation makin a bad situation worse. As it turned oot ah wis richt. Aifter yon declaration in Sanquhar the pair soul wis hounded tae death. No that he went doon withoot a fight. An then the law came aifter onybody an ivverybody. Hoo dis that further the cause? Ma ain experience hus reinforced hoo ah feel. Ah dinna expect ye tae agree or even unnerstaund. But that's hoo it is. As fur whit taen place earlier the day, ye baptised a wheen bairns an impressed a crowd wi yer eloquence. Ye did weel. Ah'll gie ye that. But whit aboot the law comin aifter us an the stooshie it caused? We wur lucky tae escape even if it meant crawlin thru yon horrible tunnel. An whit aboot a trooper bein shot? Whit kinda future is Maister Ferguson left wi? Whit aboot the villagers aboot tae be questioned within an inch o thur lives or worse?" Before Renwick could answer John crammed his bunnet over his ears and marched on.

Now they walked in single file, John leading, Renwick close behind. Not a word was said till they emerged from the tree-lined path to cross a narrow metal footbridge and begin to climb the long slope that led to Craighead Mill.

A horse and cart were tethered in the mill-yard. John recognised the horse and hurried to the door beside the loading bay, lifted the latch and stepped inside to find a shadowy figure stacking bags of meal by the light of a lantern perched on a tall barrel.

The figure turned at the click of the latch and peered towards the open door. "God's sake it's yersel. Whit huv ye been at this time?" John's brother-in-law Gavin sounded more relieved than accusing.

John hustled Renwick inside then closed the door. "Why are ye workin this late?"

"Baggin up extra meal fur the big grocer's shop in Lanark. His customers keep askin fur ma twice roastit meal. In fact they've stoaped buyin onythin else."

"Worth yer effort then?"

"Ay an naw. Jist aifter ye left here wi Gus ah hud an unexpectit veesitor accusin me o takin business awa frae him, demandin tae ken whit wis sae special aboot ma meal, wantin tae ken ma secret. Richt unpleasant craitur, moothin aff aboot bein ill done by." John listened quietly as Gavin described the run-in between Wull Gemmel and Andra Timmins.

"Yon miller an his freends near killed me at the tap o Lanark Brae." John's fingers felt for the deep cleft hidden under the hair at the back of his head. "They say that ivvery dug hus its day. Soonds lik an Maister Timmins got his. But it's by wi. Leave it be."

"If ye say so," Gavin nodded. "Noo whit aboot yer visit tae Auchenheath?"

"It got raither excitin but here we are." John grinned at Gavin's anxious face.

"Ah heard thur wis a shootin. Yin o the troopers. Dae ye kin whae it wis?"

"Naw."

"It wis yer freend Crichton. He's deid."

"Crichton?" John gaped at him.

"Ay. Lang overdue in ma opeenion. Gus musta come alang jist aifter it happened an got inveigled intae cairryin the body back tae the Gow."

"Hoo dae ye ken aw this?"

"Aifter Timmins left Wull stayed on an gied me a haund. Ah think it helped work aff his temper. The least ah cud dae wis tak him up tae the inn fur a bite tae eat an a drink. Ah wis comin oot the kirk square on ma way back here when the platoon arrives wi Gus an lines up while he pits his horse an cairt intae his stable. The door wis shut ahint him but ah heard the troopers mutterin amang themsels aboot whit had happened at Auchenheath an the need tae bury Crichton as quick as possible. Thur expectin Claverhoose himsel in the mornin an seemed worried aboot his reaction."

Chapter 7

Sergeant Bennet jumped down from his horse to follow MacPhail's cart into the stable then signalled for his men to close the doors behind him.

He watched Gus unhitch the heavy cart and begin to undo the horse's harness. "Noo mind, keep this wee obligement tae yersel. Crichton wisna the maist popular craitur hereaboots an ah want nae bother afore he gits buried."

"Ye'll git nane frae me." Gus shook his head and turned to hang the heavy harness on the nearest hook. "But ye're richt. Ithers micht think different. The quicker he's buried the better." He hesitated then added, "A word wi Forsyth the joiner doon the street micht be worth a try. He aye hus a spare coffin stashed in his back shop."

"Hus he indeed? Ah need tae veesit this man. Ony chance ye can bide a bit langer tae keep an ee on the occupant o yer cairt? He'll be as quiet as a moose. Not a soond. Nae hassle."

"That'll be a first fur that yin." Gus laughed. "On ye go. Ah've still tae feed an watter ma horse an see him settled fur the nicht."

James Forsyth, joiner and furniture-maker for the village, was about to shut the door of his workshop and go home for his supper when a red-faced Bennet appeared at his side.

"Maister Forsyth?"

"Ay." Forsyth stiffened at the sight of the soldier. "Whit is it?"

"Gus MacPhail the carrier suggestit ah huv a word wi ye."

"Why wud he dae that?"

"He seemed tae think ye wur in a poseetion tae offer me some assistance."

"Assistance?" Forsyth blinked. "Ah'm jist a joiner. Ken naethin aboot military maitters."

"Ah'm aifter a coffin."

"Are ye noo?" Forsyth began to look anxious.

"Ah unnerstaund ye're likely tae huv sic a thing in yer back shop."

"Ye cud say so. Bein prepared can save time an effort in the event o unexpectit death an a family wantin a quick burial. It dis happen. The yin ah huv at the meenit is solid oak an weel oiled.

Aw the haundles are in place, screws ready tae fasten doon the lid. Wud ye care tae step thru an see fur yersel?"

"Nae need. Hoo much is it?"

"Ah'd need tae ask ten shillins Scots."

"Ah'll tak it. Can ye bring it tae Gus MacPhail's stable richt noo?"

This time Forsyth's eyebrows almost disappeared into his hairline. "If that's whit ye want ah can load it on a barra an wheel it ower."

"An mibbe fling a hap ower it afore venturin up the street?"

"Ah'd dae that onyway." Forsyth coughed. "Yer special request will mean anither three shillins on the price. Micht ah ask whae's payin?"

"Dinna worry ah'll see ye richt come mornin."

"As ye say." Forsyth nodded. "Nae offence meant."

"An nane taen." Bennet turned and hurried away.

Forsyth watched the burly, red-coated figure almost run along the street towards the church square. Weel, weel. He pursed his lips. This cud be interestin.

Gus had just finished settling his horse when Bennet burst in. "Ye wur richt. The joiner hus a coffin ready tae aise. He's bringin it here in a meenit or twa. Noo ah need tae think aboot gettin a hole dug in the kirkyard."

"Ye're a bit late in the day." Gus shook his head. "The twa men as dae that kinda work fur the kirk are awa hame by noo. Onyway, they need a day's notice. But whit aboot yer ain men? Big strappin lads. Ah'm shair they can aise a shovel wi the best o them."

"That's an idea. Thank ye. Ay. Ye've been a richt help. Mair than maist aroond here."

"Nae problem. But whit comes nixt is best left tae yersels, if ye git ma meanin." Gus took a key from his pocket and offered it to Sergeant Bennet. "Dae whitivver needs dain then lock up. Ah'll come by yer billet an pick up ma key in the mornin. Jist yin thing. Try an nae upset ma horse. He's aised tae peace an quiet aifter a day's work."

"Yer horse will haurly ken wur ther."

"Jist so. Ah'll leave ye tae it." Gus slipped out the door as Forsyth arrived with the new coffin.

The troopers had seen to their horses before hurrying into the inn for a well-deserved drink. The first mug of ale was being ordered when Sergeant Bennet stuck his head round the door and shouted, "Ootside. At the double."

One look at his expression and they turned to obey.

Bennet now barged past them and confronted the innkeeper. "A word if ye please."

"Ah wis only servin yer men lik they asked," Davie Davidson began to bluster.

"Wheesht man." Bennet lowered his voice. "Ah'm jist aifter askin a wee question. Huv ye ony shovels aboot the place?"

"Shovels?" Davidson gaped at the sergeant. "Ay. We keep three stacked in the wee shed ahint the kitchen. Thur whiles needed tae deal wi the privies."

"Bring aw three thru tae oor billet richt awa. An nae a word if ye value oor continued custom."

"Ah'll see tae it masel. Ye'll huv them in a meenit or twa." Davidson tore off his apron, laid it on the counter, and scurried out the back door.

Bennet returned to his men now waiting outside. "Back tae the billet an aff wi yer jaickets. Davidson's bringin three shovels fur us an ah want three strong volunteers whae ken hoo tae aise them."

"Ay sir." Three men stepped forward.

"Richt. We need tae dae a bit diggin in the graveyard. Ye can guess whit fur." Bennet turned to the others. "We'll aw gang up an seek oot the best spot fur the captain."

Bennet walked up and down the rows of simple headstones then pointed towards a spot in the farthest corner. "Hoo aboot ther? Luks aboot richt tae me."

"Shud we nae ask permission frae the kirk?" one of the men asked.

"Whit fur?" Bennet snapped. "The law decides ivverythin these days. We are the law so git stertit. The quicker this is done the quicker this awfy day is ahint us."

Three men began to dig.

Bennet watched them for a minute then said, "The rest o ye back tae MacPhail's stable. Thur's an empty coffin waitin tae be filled. While they three git a hole dug ye can box up the captain an see that the lid's weel screwed doon afore we cairry him roond here an feenish ivverythin aff. In fact, ah'll come wi ye an mak shair it's done richt."

"Whit aboot a meenister or a curate?" young Trooper Neilson asked. "Whae's gonna conduct the service at sic short notice?"

"Service? Whit service? It's a buryin Captain Crichton needs. Naethin else."

"But sir," the young man persisted.

Bennet stepped closer. "Listen here laddie. In case ye've forgotten, Claverhoose himsel will be here in the mornin. Ah want him tae see a platoon weel able tae deal wi ony emergency, includin yin o oor ane bein murdered while aboot his lawfu duty. The commander is keen aboot dain whitivver is necessary withoot wastin ony time. That's whit ah intend tae dae." His fist thumped against the young man's chest. "Ony mair questions?"

"No sir." Neilson gulped and stepped back.

The troopers stood behind MacPhail's cart and watched as a heavy tarpaulin was pulled away from the body which had been hidden beneath.

Neilson, who was closest, studied Crichton's stiff figure then the open coffin sitting alongside. "If ye dinna mind me sayin sir, it'll be a ticht fit. He micht nae gang in."

"Dinna even think it. Nae ifs nae buts. He's goin in." Sergeant Bennet pointed at the captain's long leather boots. "It'll be easier withoot them. His stockin feet will be fine whaur he's goin." Bennet frowned at the boy. "Whit are ye waitin fur?"

Once the boots were removed Bennet grabbed Crichton's ankles and began hauling the heavy weight towards the end of the cart. "Aince the body is edgin ower the rim ah want twa men tae staund on either side an keep it steady. Aifter that ah'll gie a big pu while anither twa o ye dae the same wi the shooders afore we lower him intae the box."

This was achieved without mishap and Crichton rested face up in his coffin.

Bennet nodded to Neilson. "Ye wur richt. He's a bit snug but nae maitter, he's in an ready fur the lid tae be fastened doon. Stert dain that while ah gang an see if the hole is ready tae receive oor freend."

Under cover of darkness eight strong-shouldered troopers carried the loaded coffin the short distance across the church square and into the graveyard.

Three shovels stood ready while the box was lowered into the gaping hole. Clods of earth immediately followed. No prayer was said, no salute given as soft soil was patted down before a long strip of turf was unrolled and put back in place.

"Richt, job done. Back tae the billet," Bennet ordered. "A guid feenish tae the maist God awfy day."

As Bennet's platoon left the graveyard by the main gate the shadowy figure of the man who'd shot Crichton earlier that day was only yards away, sneaking past the little side-gate that led to the manse.

Lawson had led Maister Ferguson to Crossford and seen the terrified man continue on horseback to meet his family and hopefully escape further afield. Now he was heading for the hamlet of Foulford beyond Lesmahagow, to lie low for a few days at his sister's farm. Just outside the village he happened on Gus trudging home. "Ye're late on the go are ye nae?"

"An worn oot wi a day ah'd raither forget. Thru nae fault o ma ain ah wis forced tae pit a deid trooper in ma cairt an bring him back tae the Gow. Ah hud a fu military escort nae less. Mind ye, it wis yon Crichton so mibbe ah shudna complain. The military seemed in an awfy hurry tae git him buried. When ah left they wur aboot tae pit him in his coffin ready fur the kirkyard. No that sic a deil shud be allooed tae lie in hallowed ground alangside some as he himsel killed fur resistin the injustice we aw suffer unner."

"Ay. He disna deserve a quiet rest." Lawson's voice hardened. "Whit goes aroond shud come aroond."

Gus nodded. "When ah think hoo he shot ma partner John Broun. The way he did it wis inhuman. Blawin the pair soul's brains oot in front o his wife an bairns."

"Whit aboot young Davie Steel, John's cousin? He did the same wi him. An a wheen ithers as weel." Lawson paused then added, "Tae ma way o thinkin sufferin lik that is cryin oot fur a wee act o retribution."

Gus nodded. "Ah like the soond o that."

"Ay. Ye've jist gied me a wee idea tae pit things richt. It's nae fur the faint hertit tho."

Gus listened. At first he was horrified. But the more he heard the more he felt inclined to agree. Finally he whispered, "Why no?"

The troopers had almost reached their billet when a loud thunderclap rolled across the sky. They stopped to listen as the noise rumbled closer till it seemed to shake the whole village. A brief moment of silence followed then every window of the old kirk lit up before a long streak of forked lightning danced across the graveyard itself.

"The captain wis aye yin fur a show." Bennet shook his head and looked back at this sudden spectacle. "Seems lik his last attempt tae prove himsel afore he meets the deil."

Everyone laughed except young Neilson.

"Whit's up wi ye?" Bennet pointed at him. "Somebody stolen yer scone?"

"No sir." The boy blushed. "It jist seems wrang tae mak sic a joke. The guid buik says 'be still and know that I am God.' Shud we nae tak heed an fear his wrath?"

The laughter froze.

Bennet's temper broke. "Tak care Alfie Neilson, lest ye find yersel accused o bein yin o they Covenantin eedjits."

"Gie the lad a brek, sir," Trooper Stevens spoke up. "He didna mean ony harm. Think aboot it, the lad's hud a day an a hauf lik the rest o us. We aw react different."

"Ay. Ye're richt." Bennet shrugged and hurried into their billet, through to the tiny dining-room to open the cupboard along the back wall. "Here." He lifted out a glowing bottle of single malt. "This shud help pit us aw in a better mood."

Glasses appeared. Each one was filled to the brim then Bennet held up one and proposed a toast. "Here's tae the morn an a better day."

"Ay!" Every voice joined in and the usual camaraderie returned while outside the thunder and lightening faded to be replaced by a steady downpour.

Ella Watson came out of a dark vennel at the top of Lanark High Street and gaped at the crowd and noise in front of her so early in the morning.

As one of the garrison washer-women she was about to return there with a basket of officers' linen, now pristine white and perfectly ironed.

She caught sight of her friend Jinty among the crowd and called out, "Jinty. Jinty Dawson. Whit's aw this aboot?"

Jinty turned and waved then pushed back to join her. "A hangin, that's whit. But nae the usual. It's a trooper this time."

"Whit? At this time in the mornin? It's haurly daylicht. A trooper? Hoo come? It's usually thaim as tak the condemned tae thur fate then staund back an watch."

"Ah ken," Jinty agreed. "Folk seem tae think it's some kinda protest. Tae mak a fool o the law."

"An weel they micht." Ella handed Jinty her washing basket. "Haud this a meenit till ah git a luk fur masel." She dived into the mass of bodies and gradually squeezed her way through to see a red-coated figure swinging from the gibbet. "Dear God," she whispered. "Whit nixt when the law itsel gits hung? Luk at the pair soul. Nae jist deid but soaked tae the skin wi watter drippin aff his taes. He wisna ther when ah went hame aifter work. So whit been happenin ower nicht?" She was about to turn away when something made her peer again. "Jeesus," she gasped. "It's yon same trooper ah found a year or twa back. God sakes, whit hus he done this time?" She shivered. "Nae richt so it is. The sheriff needs tae ken."

Minutes later an astonished sheriff was listening to Ella's garbled account of a naked trooper who'd once been tied to the Mercat Cross and was now swinging from the town gibbet. "Ye must mind sir," Ella insisted. "It wis masel as found the man. Me that came an tellt ye."

Meiklejon frowned.

"A big man. Richt hoity toity. Aye flingin his weight aboot, wantin his ain way, an blamin ithers if onythin went wrang. Naebody liked him."

This seemed to jog Meiklejon's memory. "Ay. He wis yin o Clavers men. John Crichton if ah mind richt. It jist so happens ah received a note last nicht aboot a Captain Crichton bein shot by a rebel at Auchenheath Hoose. The note came frae the platoon sergeant at Lesmahagow. A treasonous place if ivver thur wis. Chris sakes." He gaped at Ella. "If the man ye're on aboot is the same yin whit are they damned rebels up tae noo?"

"That's fur yersel tae find oot an deal wi, sir. Ah jist thocht ye'd best ken." She laid her basket on the sheriff's desk. "Here's yer officers' linen, aw ready as requestit. Thur wis raither a lot this week so it'll be five shillins if ye please."

Stunned by her news Meiklejon forgot to argue and handed over the money.

"Thank ye kindly." Ella gave a quick curtsy. "Ah'll awa an let ye git on."

He followed her round figure to the door then roared for his sergeant to muster the men. "At the double man. We've an almighty problem waitin at the tap o the toun."

Sword drawn and raised, Sheriff Meiklejon galloped up the street at the front of his men.

The crowd drew back as the horses arrived.

Meiklejon waved his sword then pointed it at the pathetic figure dangling from the gibbet. "Cut that man doon." He then drove his horse towards the crowd. "As fur aw ye gawpin eedjits– git aboot yer business afore ah huv ye arrestit fur aidin and abettin this heinous crime against the law."

The crowd scattered leaving the military to deal with the mangled body of a man who'd obviously been dead before being strung up.

Ay, it's Crichton richt enoch. Meiklejon stared at the blackening face. Whit a sicht. Chris almichty, whit kinda folk are we dealin wi as dare dae somethin lik this? He signalled to his sergeant. "Tak this pair soul and git him intae the ground ahint Saint Kentigern's. He deserves tae rest in peace. And – " he raised a tight fist " – we dinna want him dug up again so mount a day and nicht guard till wur shair naethin else is likely tae tak place. While ye're seein tae that I'll awa and draft a letter tae Edinburgh. The government needs tae ken afore somethin lik this gits a grip."

Back in the garrison Meiklejon yelled for Thrum, his long-suffering clerk.

Astonished at what he heard Thrum ran back to his cramped little room, drafted the required letter then returned for the sheriff's approval and signature.

"Fine." Meiklejon barely read the words and scrawled his name at the bottom of the page. "Noo see that oor fastest rider taks this message tae Edinburgh. Aifter that draft anither letter fur the platoon at Lesmahagow. Let them ken whit's taen place here. Warn them that rebellion's in the air again."

"Ay sir." Thrum hurried away.

Meiklejon stared at the empty doorway and almost ground his teeth with frustration. Here wis me thinkin we hud the measure o they rebels. This cairry-on is mair than it seems an smacks o defiance against the law itsel. He began to pace up and down across the filthy carpet in front of his grand desk.

Chapter 8

"Morning gentlemen. Still at breakfast?" John Graham of Claverhouse strode into the cramped dining-room of his platoon's Lesmahagow billet. The famous white-plumed hat was swept off to reveal a fine-boned face framed by long dark curls while a pair of sharp grey eyes took in the whole room at a glance.

"Sir." His men sprang to attention.

"Nae need." The commander flapped a gloved hand. "Sit doon. Feenish whit ye're at. I micht be a kennin early for I must hurry on tae an urgent Privy Council meeting in Edinburgh. Traitors are conspiring against the lawfu governance o this country and need tae be stoaped. Plans must be made. Action taen." Clavers signalled to an anxious-looking Bennet. "I'll tak a luk at yer report for the past few weeks and be on my way."

"Some refreshment first? A bite tae eat?"

"Nae need."

"As ye wish, sir. If ye care tae follow me thru the back ah'll gie ye ma report." Bennet pushed past the men and led his commander down the dark hall and into a tiny room swamped by a trestle table which seemed to serve as a desk. "Please. Sit yersel doon." He offered the only chair then pointed to a neat pile of papers in the middle of the table.

Clavers scanned the lines of laboriously written words. Everything seemed fine till he reached the final page. "Whit's this?" He gave Bennet a sudden frown then slowly read the whole page again. "So." He looked up. "Captain Crichton is nae mair?"

"Sadly so, sir." Bennet met his commander's gaze. "As ye see frae ma report we wur at Auchenheath Hoose yesterday, followin up information aboot possible rebel activity. The captain wis maist insistent aboot confrontin the occupant. First aff his horse an first on the doorstep. The door opened an he wis shot, point blank tae the chest."

"Nivver yin for hauding back," Clavers nodded. "And jist suppose ye'd stepped furrit yersel?"

Bennet looked away. "Ah'd raither nae think aboot it."

"Indeed." Neither spoke for a moment then Clavers pointed to a particular line on the page. "I see here that ye wasted nae time in dealing wi this unfortunate matter. As weel as notifying the sheriff at Lanark."

"Ye aye say it's best tae be decisive – " Bennet got no further.

The door banged open and an ashen-faced Sneddon appeared.

"Whit is it?" Bennet rounded on the trooper. "The commander disna want tae be disturbed."

"But it's Captain Crichton, sir. He's nae ther. We buried him last nicht. Aw richt an proper. An noo he's gone."

"Gone?" Clavers' fist banged down on Bennet's carefully prepared report. "Step furrit man. Explain yersel."

"Ay sir," Sneddon obeyed. "Afore breakfast ah went ower tae the graveyard tae mak shair ivverythin wis nice an tidy in case ye'd want tae pay yer respects tae the captain. Ah cudna believe it when ah saw the hole, the pile o dirt an ..." Sneddon hesitated. "Things lik that shudna happen. It's nae richt. Diggin a man up. Ah've nivver heard the like. As fur the coffin bein empty... Nae sign o his body. He's been taen awa. But ye best come an see fur yersel."

"Lead on." Clavers jumped up and hurried after Trooper Sneddon.

In the graveyard, at the far corner, by the wall, sat a new, mud-spattered, open coffin with its lid lying alongside a gaping hole.

"In the name o God." Bennet stared at the evidence then at his grim-faced commander. "Ah can assure ye the captain wis safely buried an left tae rest in peace."

"Seems like somebody else had ither ideas."

"Hoo cud they? We acted wi the utmost discretion. The villagers kent naethin aboot whit happened."

Clavers shook his head. "Nivver under-estimate they folk. Frae ma experience they hae ways o finding oot. Mony a time they seem tae ken whit I'm aboot afore I even issue ony orders."

"But sir – "

"In that case can ye assure me that ye didna involve ony villager in ony way?"

Bennet went very white. "The coffin came frae the local joiner."

"Did it noo. Weel that's a stert." Clavers' grey eyes bored into the sergeant's head.

"The innkeeper lent us three shovels."

"Noo we're getting somewhaur."

"Dinna forget MacPhail the carrier," Sneddon blurted out.

"He brocht the body frae Auchenheath in his cairt,"

Clavers shook his head. "That's three aready Bennet, yet I read naethin aboot it in yer report." He turned to Sneddon. "Git haud o this joiner and fetch him tae yer billet. Ay. And bring the ither twa while ye're at it."

Trooper Sneddon turned the corner from Church Square and saw Gus MacPhail pacing up and down outside the platoon billet. The verra man. He ran towards him.

"Whaur's yer sergeant?" Gus demanded. "He's got ma stable key. Ah need tae git in, sort ma horse an load up ma cairt or ah'll be late wi ma deliveries."

"The sergeant will be here in a meenit. But ye need tae bide. Commander Claverhoose hus arrived an wants a word wi ye special like. Maister Davidson at the Black Bull is wantit as weel. Gang intae the inn an tell him while ah fetch the joiner." Sneddon turned and raced down the street.

Gus watched him go then took a deep breath before he went into the inn.

Davie Davidson was on his knees cleaning out the grate in the tap-room. He looked up and frowned at this interruption. "Whit are ye aifter sae early? We dinna open fur anither hoor."

"Wur baith summoned afore Commander Claverhoose."

The dreaded name had Davidson abandoning his pail of ashes.

Gus shook his head. "Lik yersel ah dinna want tae cow-tow lik this. But whit choice huv we?"

"Nane." Davidson stood up and wiped his hands on his apron. "Clavers ye say?"

"Ay. The man himsel."

"Is it aboot yon Crichton as wis shot deid last nicht?"

"Maist like," Gus replied. "Ah cairried his body here in ma cairt. Unner escort micht ah add. In fact ah'd nae choice. Ah even tellt the sergeant whaur he'd git a coffin."

"An ah lent him shovels tae dig the hole." Davidson's voice dropped to a whisper. "Did ye ken that somebody dug the body up again an cairried him awa somewhaur?"

"Are ye shair?"

"Of coorse ah'm shair but ye best speir aff yer sister Jessie."

"Oor Jessie?" Gus blinked at Davidson. "Whit fur? Hoo wud

she ken? Hoo can sic a thing huv onythin tae dae wi her? She jist works in yer kitchen."

"It wis Jessie as tellt me. On her way here this mornin she jist happened tae cut thru the graveyard an saw the hole an the coffin sittin alangside. She even taen a closer luk an says it wis empty. Nae corpse tae be seen. She soonded raither pleased aboot it."

"Ther ye are." Sneddon appeared in the inn doorway. The joiner stood behind him. "C'mon." Sneddon sounded impatient. "We best nae keep the commander waitin."

"Hurry up." Bennet ushered the group into the front room of the platoon billet.

"Whit aboot ma key?" Gus held out his hand. "Will this meetin tak long? Wur aw busy men."

"That depends whit answers ye gie the commander." Bennet handed back the key. "In ye go."

John Graham was sitting with his back to the window. He indicated three chairs set out in front of him. "Gentlemen. Apologies for ony inconvenience I micht be causing ye but the matter I'm concerned aboot is raither pressing. I also feel it important tae speak face tae face. But please, tak a seat."

Forsyth frowned. "If ye dinna mind ah'd raither staund."

Clavers glanced at the other two who sat down.

"Whit are ye aifter, sir?" Forsyth frowned again. "Ask awa, ah've naethin tae hide."

Clavers' face tensed. "I unnerstaund ye supplied a coffin tae ma sergeant yesterday?"

Forsyth nodded. "Last nicht. He came askin fur yin as ah wis shuttin up ma shop. Ah aye keep a spare coffin ready fur ony emergency so wis able tae obleege. He seemed relieved an wantit it delivered tae Maister MacPhail's stable richt awa. Ah agreed an did as he askit. He promised ah'd be paid come mornin."

"Is that so." Clavers took a small leather pouch from his pocket. "Alloo me tae pit that richt."

"Thank ye sir. Thirteen shillins wud cover it includin the special delivery."

Clavers counted out the little silver coins and placed them in a neat pile at the edge of the table. "Onythin else ye can tell me?"

"Naethin o interest." Forsyth reached forward and took the coins.

"Whit aboot the man as wis buried in the coffin ye supplied?"

"Whit aboot him? Yer sergeant nivver said whae the coffin wis fur. Ah nivver asked, jist delivered it lik ah said then left. Is thur onythin else?"

"No, Maister Forsyth. Thank ye. Guid day tae ye." Clavers waited till the joiner left the room then glanced at the two men still sitting in front of him. "So whae's nixt?"

"Me, sir." Gus sat up straight. "Ah've a wheen orders waitin tae be loaded on ma cairt."

"Richt." Clavers' grey eyes scanned Gus's face. "Oor conversation will be a wee bit different. Aifter aw, ye dae ken whae the coffin wis for?"

"Ay. Captain Crichton frae the platoon here." Gus told his story then finished with, "Maister Davidson here jist tellt me that he heard aboot some unfortunate happenin in the graveyard last nicht. He wunnered if ah'd heard onythin. Ah said nae a whisper. Is that whit ye're concerned aboot, sir?"

Clavers' gaze never left Gus. "An supposing it is?"

"Ah canna help ye."

There was a loud knock at the door. Bennet opened it and marched in with a sealed packet. "Jist been delivered frae Lanark, sir. Frae the sheriff. The rider says it's urgent."

Clavers slit the seal, unfolded the stiff paper and began to read. He read it again before looking up at Gus. "Ken whit Maister MacPhail, this wee letter maks me think. Whit if the likes o yersel, sitting here aw innocent like happens tae be spinning me a tale withoot a sparticle o truth in it?"

Gus stiffened and waited for the commander to continue.

Clavers' finger stabbed at the open letter. "Whit's here maks me want tae ask if ye cud be hiding something. Something lik the fact that ye taen pairt in a maist heinous act against a man aready deid and supposed tae rest in peace. I'm talking aboot the violation o law and order and ivvery sense o decency. Mibbe ye ken fu weel whit I'm referring tae so tak care hoo ye answer. Yer ain life micht depend on it."

"Ye've jist heard aw ah ken." Gus spoke slowly and steadily. "Ah've tellt ye hoo ah gied yer men ivvery assistance they asked fur, explained hoo Forsyth the joiner came tae deliver the coffin, hoo yer sergeant taen ma stable key an ordered me tae gang hame an bide ther till mornin. That's whit ah did. So hoo cud ah commit ony crime against ony man deid or itherwise?" He pulled the key from his pocket and held it in his open palm. "See. He gied me it back only meenits ago as ah came in the door. Ask him."

Bennet stepped forward. "He's richt enoch. He's been helpfu. An nae jist on this occasion. A wheen weeks ago he wis the yin as found the captain hauf-conscious in a rain-storm an brocht him here tae safety. Wi respect sir, we huv nae issue wi Maister MacPhail." He turned to Davie Davidson who was visibly shaking. "Ah asked the innkeeper fur the len o three shovels. Ah nivver said whit fur. He nivver asked an simply fetched them frae his shed. As far as ah ken he's nae a problem either, sir."

"As far as ye ken." Clavers almost hissed the words then his lips shut like a trap.

The silence in the room grew till it seemed to fill the space. Minutes passed. No-one moved.

Finally Clavers shrugged and pointed at Gus and Davidson. "My sergeant seems prepared tae vouch for ye baith. For yer sake and his ain he best be richt." He glared at Bennet. "See they twa oot then back in here at the double."

When Bennet returned Clavers handed him the letter. "Here. See for yersel."

The sergeant read then gaped at his commander but wisely made no comment.

Davidson and Gus heard the billet door bang shut behind them. They both stood a moment before walking off together. Neither spoke till they rounded the corner into the church square. "Ah'll awa then." Davidson gave a quick nod and hurried off muttering, "Some thanks aifter aw the service ah gie them."

Gus struggled to turn the key in the stable door. His trembling fingers seemed to have lost all their power. It took several attempts before the key responded and the lock clicked.

Once inside he glanced round at the familiar normality of it all, drank in the fact that he was back where he should be, still in one piece, not accused of anything, not arrested, not about to be dragged off to the Tolbooth, not anything. Or so it seemed. Chris almighty. He sighed. Yon Clavers is somethin else. Touch an go so it wis. But sae far sae guid. His whole body shook with relief. Ay. Ah'd best sit doon a meenit an pu masel thegither.

Just then his horse Victor peered over the side of his stall and snorted as if saying, ye're late.

Gus couldn't help smiling at the wise, hairy face. Instead of sitting down he turned to lift the lid off the seed bin and fill a nose-bag with oats. "Here ma freend. Ye deserve it." He held out the welcome feed to Victor's twitching nose.

When Sergeant Bennet came into the little dining-room he found his commander staring out the window. "Whit noo, sir? Ah tak it this maitter needs mair investigatin?"

John Graham seemed lost in thought then slowly turned towards his sergeant. "Whae hauds the keys tae the kirk in this village?"

"Dinna ken. But gie me a meenit or twa an ah'll find oot." Bennet almost ran along the dark hall and out to the little courtyard that connected with the back-door of the Black Bull Inn.

Davie Davidson was helping Jessie MacPhail stack dishes in the scullery when Bennet burst in. "Whit is it noo?" Davidson glared at the sergeant. "Am ah nae entitled tae a bit peace aifter yer commander's tantrum? It wis oot o order so it wis. Here's me makin ivvery effort tae gie the best service ah can tae yersel an yer men. An whit happens? Ah git a richt slap in the teeth an made tae feel lik a criminal."

"Haud yer wheesht Davie. Ah spoke up fur ye." Bennet tried a smile. "The commander jist wants tae ken whae hauds the keys tae the kirk. Ah thocht ye micht ken."

"Jonas Rankin's yer man," Jessie cut in. "Bides in the last hoose ahint Langdykeside. He wis the beadle afore yon sheriff at Lanark taen the strunts at this village an shut doon oor kirk an forced us aw tae walk tae Blackwood ivvery Sunday. Hail, rain or shine that's whit we dae. Aw because the curate he pit in place thocht better o the job an ran awa as soon as he wis paid. An of coorse innocent folk hud tae suffer." She banged her pile of plates down on the nearest shelf. "Nae maitter whit happens it's us as aye gits the blame."

"Watch yer tongue," Davidson whispered.

"Ay Jessie, tak heed o yer maister." Bennet grinned and hurried away.

Davidson watched him go. "Ye ken fine that Rankin's at his work in the joiner's shop richt noo. Why are ye sendin the sergeant doon by Langdykeside only tae find Rankin's nae at hame?"

"Ah ken," Jessie smirked. "He'll huv tae ask again whaur the man is an then run aw the way back tae the main street."

Bennet first went to tell his commander the good news.

Clavers smiled. "The beadle ye say. Ye found oot whaur he bides?"

"Ay sir."

"Excellent. Fetch the man. Git him tae open-up the kirk then ring the bell for a guid while. Unless I'm mistaken it'll fricht the village and bring them running tae see whit's up. When they arrive I'll be waiting wi a warm welcome. Yin way or anither I'm set on justice for Captain Crichton. We'll stert wi a word or twa and see whit happens."

"Richt sir." Bennet nodded. "Wud ye like the men lined up in case onybody chainges thur mind aboot bidin tae listen?"

"Indeed. But first things first."

Bennet was almost out of breath when he reached Rankin's house. He hammered on the door. No-one answered. Hot and angry he tried the next door along. This time an old woman appeared. "Whit is it? Whit's wrang?" She seemed far from pleased to see Bennet's red-coated figure. "Naebody here hus done onythin wrang."

"Ah'm aifter Jonas Rankin. Ah wis tellt he bid here," Bennet snapped.

"Ay. Nixt door. But he's at work the noo. Forsyth the joiner's shop."

"Are ye shair?"

"Of coorse ah'm shair. He's worked ther for the past ten years or mair. Sterts at eight in the mornin, feenishes at six." She stepped back and the door banged shut.

"Bloody eedjit," Bennet swore as he headed back to the main street.

"Weel, weel sergeant. It's yersel again." James Forsyth seemed surprised to see Bennet. "If it's anither coffin ye're aifter ah've only jist stertit a man makin a new yin."

"Naw, naw." Bennet flapped his hand. "Ah'm lukin fur Jonas

Rankin. Dis he work here?"

"Ay. He's in the back shop polishin up a wee table ready fur collection this aifternoon."

"Fetch him thru. Ah need a quick word."

Forsyth shook his head and went off to find the man.

"The maister says ye want a word." Jonas Rankin appeared holding a small bottle of linseed oil and a muslin cloth.

"Ay. Wur ye the beadle afore the kirk here wis shut doon?"

"Ah hud that honour." Rankin looked wary and shuffled his feet.

"Did that include lukin aifter the key fur the front door?"

"Ah hud aw the keys."

"Dae ye still huv them?"

"Of coorse."

"Since ye're the man wi the keys ye need tae come wi me. Ma commander wants the kirk opened up again."

"Richt noo? Ah'm at ma work. Ah've a job tae feenish."

"Ah think that can wait," Forsyth said. "It soonds lik an order."

"Ay." Bennet lost patience. "Frae John Graham o Claverhoose himsel. A man as disna expect tae be kept waitin."

"In that case – " Rankin handed his bottle of oil and cloth to Forsyth then hung his apron on a peg behind the door "– ah'll need tae gang hame first. Ah dinna huv the kirk keys here."

Jonas Rankin turned the heavy key to open the kirk door then turned to Sergeant Bennet.

"Is that it, sir?"

"Far frae it. Ye need tae ring the kirk bell. In fact dinna stoap till ah say so."

"But it's only ivver rung afore the Sunday service. At least it wis till the Lanark sheriff shut us doon."

"Jist dae as ye're tellt."

"Whitivver." Rankin climbed the narrow stone steps into the belfry, unfastened the thick rope from its hook and began a slow, steady pull. High above his head the kirk bell swung back and forward as if glad to be heard again.

"Soonds lik yon sergeant found Jonas Rankin aifter aw." Jessie shook her head when she heard the first sound of the bell.

"Ay." Davidson nodded. "An nae guesses whae's ahint it."

John Graham took off his white-plumed hat, carefully laid it on the communion table then sat on the minister's big chair of dark mahogany. High-backed with broad, ornately-carved arm-rests and huge claw feet it was an impressive piece of furniture. Lined up on either side were three similar but slightly smaller chairs intended to accommodate the Kirk elders. Beyond this stood lines of empty pews awaiting his expected audience.

The passing of time had begun to dust over the clear-glass windows but a few sunbeams still slipped in to brighten the stark interior and bring a hint of warmth to the grey flagstones stretching all the way to the open door.

A few minutes passed. No villager appeared. Maybe the reaction to his summons was taking longer than he'd expected. Clavers leant back in the impressive but uncomfortable chair while he listened to the steady clang of the church bell as a reluctant Jonas Rankin obeyed Sergeant Bennet's orders.

The sound had a rhythm of its own as did the quiet seconds in between. He began to count the spaces. Each one as precise as the next. All due to Rankin's years of practice, pulling the rope slowly down till the frayed end touched the wooden floor before sliding it through his hand to rise again at exactly the same speed.

He sighed, closed his eyes and allowed his mind to wander. And it did, conjuring up a long-forgotten picture of another kirk, a tiny stone building nestling in Glen Ogilvie.

Inside were rows of hard, narrow pews. Depending how long the sermon lasted they'd grow even harder. And there he was wearing his best worsted suit with its stiff collar which always nipped his ears if he didn't sit up straight.

As the eldest son he sat next to his mother to represent his dead father while his brother David and his two sisters Anne and Margaret sat in the pew behind.

Clear in every detail he remembered them all.

Little did I ken then hoo big a pairt the Kirk wud play in my future. In they days I'd nae idea whit lay aheid. Mibbe jist as weel.

Reverend Robson wis the meenister in Glen Ogilvie. Ay. An auld man wi a lively mind and a way wi words if ye allooed yersel tae listen. Warmhearted and kindly tae, wi a sense o humour. Mither and faither baith liked him and enjoyed his company when he visited oor hoose.

He smiled and opened his eyes to watch his fingers trace one circle then another across the dusty surface of the broad table. Whit wis it the Reverend aye said when he held up the cup o wine and invited us tae share in the Lord's supper? Ay. 'When ye dae this dae it in remembrance o me.'

A knife-like voice cut through this nostalgia. That wis anither time. Anither place. Anither life. A different way o thinking.

John Graham blinked as the voice added, ye ken better noo.

Back where he really was he stared at the maze of patterns his fingers had created. Suddenly unsure if his plan would work he jumped up and glanced round the vast empty space.

And there was his answer, one he'd heard time and again from Reverend Robson himself. He could almost hear the old man's voice as he quoted from the Book itself: *Fear not, for they that are with us are more than they that be with them* –

He shook his head. Ay. Them as defy their king and try tae undermine this country's richtfu law and order. He leant forward to grab his hat from the table and cram it back on his head.

As the first anxious faces appeared at the open door there was Commander John Graham of Claverhouse waiting to greet them.

"Whae's that?" A small child pointed to the slim figure dressed in black at the far end of the kirk.

"Wheesht, he'll hear ye," his mother whispered.

"But whae is he?" the child persisted.

"A bad man."

"Is that why he's wearin yon hat wi the big white feather?"

"Nae doubt it maks him feel important. Noo haud ma haund." She pulled her child into the nearest pew by the door. "C'mon. Sit doon an nae a word or we'll baith be in bother."

Face set like stone John Graham stood ram-rod straight while pew after pew filled with anxious looking villagers.

So far so good.

Time now to create further impact as his raised hand sent Sergeant Bennet scuttling up the belfry stairs.

The bell rang one more time then stopped. A moment later Bennet reappeared with Jonas Rankin who was pushed into the last space on the back pew.

The sergeant gave another nod.

Clavers acknowledged the nod.

Bennet now turned to shut the kirk door with a loud clang while armed troopers lined up on both sides of the pews.

John Graham had his captive audience.

He waited another minute to make sure of complete attention then said, "Whit brocht ye here this morning?" An accusing finger pointed at the watching faces. "Wis is curiosity or mibbe a sense o guilt?" He paused and slowly shook his head. "I raither think it's the latter."

A brave voice spoke up. "We heard the kirk bell, sir. God kens when it last rang oot. Why wud we nae think somethin wis up?"

"Why indeed." The commander's voice sharpened. "And is that the only reason?"

The speaker stood up. "This is a peacefu place, sir. Nane o us seek trouble or even want it. Nor dae we aim tae cause ony."

"In that case – " Clavers voice softened "- alloo me tae tell ye a wee story and see if ye're still o the same mind aince I feenish." His grey eyes seemed to seek out each man and woman, to hold their gaze much as a stoat might transfix a rabbit. "Nae doubt ye're acquaint wi yin o my captains. Captain Crichton tae be precise."

The name brought a gasp but no-one nodded. No-one replied.

"And nae doubt ye've been aware hoo he's aye been a stickler for enforcing the law." Clavers smiled as a few faces found it hard not to betray a reaction. "Maist likely them as indulged in ony law breaking hud reason tae fear hoo he exercised that justice. It certainly didna mak him mony freends aboot here. No that he cared; his priority wis loyalty tae crown and government and making shair the law wis upheld as it shud be. That wis nivver in dispute. Weel, the ither day that exemplary service wis cut short when a heathenous rebel shot him deid."

There was another intake of breath as Clavers added, "Ay. Nae far frae here. Deid on the doorstep o Auchenheath Hoose. But mibbe ye ken that aready. Hoo his comrades did the needful and brocht him back here for burial in the kirkyard." Another pause. "It wis aw properly done. But that's whaur the respect ended. Ye see, the captain wisna allooed tae rest for lang. Oh no. He wis dug up again. Ay. Dug up. And then carried awa." His voice rose. "His body wis taen tae Lanark and come morning it wis found swinging frae the toun gibbet." The grey eyes scanned the faces as if searching for an answer. "Noo whae in God's name wud commit sic a terrible act o desecration? Whae indeed?"

There was a long silence.

Clavers shook his head. His voice sounded regretful. "But why am I bothering tae ask sic a question when I ken fu weel it has tae be somebody frae this village? Somebody here is either that man or kens whae he is."

Nobody moved. No-one spoke.

Clavers sighed. "In that case I must assume ye're aw tae blame. And ye're aw prepared tae face the consequences."

The earlier speaker stood up again. "Ye're wrang sir. Nane o us here did ocht tae yer captain."

"So ye say."

"A meenit ago ye heard me say this is a peacefu place."

Clavers laughed. "Ay, that peaceful it thinks naething aboot a heinous crime being committed in its midst."

"But sir – "

"Nae buts!" Clavers flapped a hand. "And nae arguing. Whit happened tae Captain Crichton is beyond ony sense o decency and cries oot for retribution. As the government's representative I am empowered tae mak shair this happens. In this instance I also intend tae alloo ye aw time tae resolve the matter tae yer ain advantage. Government business forces me tae Edinburgh for the rest o the week. When I return I expect tae find the guilty name or names written on a piece o paper and lodged wi my sergeant. Ye aw ken the military billet on the main street." He paused again. "If nae name is waiting I'll hae nae option but tae place judgement on the whole village."

"But why?" a quavering voice dared.

"Because there is a precedent. A richt guid yin. Ye see, back in Lanark, January '82 if I mind richt, there wis anither act o rebellion when forty religious fanatics rode up the High Street and dared tae post a declaration on the Mercat Cross. This scurulous piece o paper denounced their sovereign as a fraud and the government as a bunch o thieves and liars. Treasonous stuff ye micht say. And it wis. Aifter the renegades were feenished they jist turned roond and rode awa. Naebody questioned them. Naebody tried tae stoap them. Naebody did onything. As a result Lanark wis declared responsible for whit happened and forced tae pay a heavy fine." Clavers pursed his lips. "This situation seems much the same. Unless I receive the name or names o the culprits ivvery last yin in this village must carry the consequences o this inhuman attack." Clavers pointed his accusing finger yet again. "Each adult will pay a 20 shilling fine. Naebody wil be exempt." He nodded as if to reinforce this statement. "I advise ye tae think aboot my suggestion and respond accordingly."

The black-cloaked figure now walked down the centre aisle to wait while Sergeant Bennet opened the outer door. He then turned to make sure his audience were still watching. "Noo mind whit I said." He swept off his plumed hat and made a gracious bow. "Guid day tae ye aw."

Chapter 9

"Here we are." Gavin Weir stopped his cart by the track for Westermains farm. "Oor Marion will be pleased tae see ye back safe."

"Thanks fur the lift hame." John jumped down then turned to wait for Renwick to join him. "Gled ye wur still at the mill. Weel met."

"Nae bother." Gavin gave John a meaningful look, nodded to Renwick then clicked his horse forward.

John and James Renwick waited till Gavin's cart disappeared into the gloom then walked up the rutted track in silence as if still at odds with one another.

As they rounded the last bend Fly came bursting out of the gathering dusk to leap at his master. John bent to ruffle the big collie's ears and make a fuss of him.

"A fine dug," Renwick said. "Nae doubt whae's his master."

"Ma best freend. Nivver lets me doon. Nivver argues or annoys me."

Renwick smiled. "I doubt if I cud ivver compete wi that."

This seemed to ease the tension between them. They appeared almost companionable when they reached the farmhouse to be met by three excited children while Marion and Miss Elsie stood smiling on the doorstep.

Marion came forward, gave John a quick hug then looked at Renwick. "Hoo wis yer visit?"

"Eventfu." John gave her a hard stare as she made to usher them indoors.

Renwick stayed put. "I think I shud press on. Git back tae Logan Hoose. Maister McVey will be keen tae ken whit happened."

"Dinna even think it." John rounded on him. "When we stertit oot fur Auchenheath ah said ah'd see ye ther an back. An so ah will. But nae afore a decent meal an a nicht in ma ain bed. Ye're nae stravaigin across the moor by yersel. Ye did it aince afore an near ended up deid when Captain Crichton cam on ye."

"I'd be perfectly safe noo. Nae worries aboot the dreaded captain."

Marion looked from one to the other. "Thur's aye worry when yon man's aboot."

"He wis shot and killed." Renwick flushed. "Happened yesterday at Auchenheath."

"Whit?" Marion gaped at him. "When ye twa wur ther?"

"Not guilty," John snapped and stepped into the farmhouse. Renwick hesitated then followed him.

Marion served up a full pot of stew, dumplings, hunks of fresh baked bread and cheese, washed down with her best ale. Little was said. Politeness was maintained throughout the meal but no-one seemed inclined to conversation; even the children were unusually quiet.

Once Marion cleared away the plates she invited Renwick to come and sit by the fire. "Mibbe ye'd gie us a wee readin frae the guid buik."

"It wud be a pleasure." Renwick took his seat while Marion fetched the family Bible from the press at the back of the room. "Hae ye a parteeclar passage in mind?" Renwick asked as she handed him the Bible.

"Ye choose." Marion signalled for the others to gather by the fire.

Renwick flicked through a few pages then settled on the parable of the prodigal son. This seemed to amuse John although he made no comment other than giving a loud amen after the final word.

Renwick closed the thick book, said a brief prayer of blessing then stood up. "I'm keen tae be up and awa first thing in the morning. An early nicht micht be in order."

"Indeed." John also stood up. "Ah'll show ye thru tae the guid room. Ye'll be comfortable ther."

"Nae need. A stretch oot on the settle here will suit me fine."

"Not at aw." John opened the door into the hall. "This way an nae arguin."

"Weel?" Marion demanded as soon as John came back into the kitchen. "Whit aboot this Auchenheath visit? An whit aboot Crichton? Is he really deid?"

"He's awa. As fur oor visit ye cud say it went a bit wrang."

"Whit's new." Marion glanced at the children and Miss Elsie and asked no more.

Later in the privacy of their bedroom John told her all he knew.

Crichton was indeed gone, incapable of causing any more pain to her, to John, or anyone in her family. Or even anyone else.

She said nothing for a few minutes then whispered, "Yin less deil tae worry aboot."

"Naebody's mair surprised than masel." John kissed her brow and hugged her tight.

John and Renwick were up and away by first light. Marion walked with them as far as the top field then watched as they climbed the hill towards the moor. Luk at them. Baith lukin happier. Nae doubt John will be gled tae see the back o Maister Renwick fur a wee while. Nae doubt Maister Renwick feels the same. Yin as determined as the ither tae huv thur ain way.

After the children had breakfast Marion produced a wicker basket. "Richt Johnnie. Ah've six jars o ma best honey in here. The village shop hus run oot."

"But ah want tae gang wi Pa and Maister Renwick when they leave fur Logan Hoose."

"They wur awa lang afore yer een opened."

"I cud tak the honey for ye," Elsie volunteered.

Marion shook her head. "It's Johnnie ah askit. Onyway, ah'm nae keen fur ye wanderin intae the village. The less onybody sees an wunners aboot the better." She held out the basket. "On ye go an tak Will wi ye."

Johnnie took the basket and reluctantly signalled for his brother to follow him.

Once in the village the boys were heading along the main street towards the grocer's shop when up ahead they saw an important looking figure on a fine black horse. A red-coated trooper was standing alongside as if listening to orders.

"Stoap a meenit. Yon's Claverhoose on the horse." Johnnie grabbed his brother's arm. "The ither yin's Sergeant Bennet. Him an his men wur searchin oor farm the ither day."

"Mibbe we cud cross tae the ither side an bide oot the way," Will suggested.

"Dinna be daft. We'll gang furrit carefu like then jook intae the close-mooth nixt tae thaim an git an earfu o whit thur sayin."

"But Claverhoose is dangerous." Will sounded scared. "We've been weel warned aboot him. Onyway, why dae we want tae hear whit he's sayin?"

"That yin's aye aifter Pa. Why dae ye think the troopers keep comin tae the farm, harrassin us, askin aboot Pa? Mibbe thur talkin aboot him richt noo."

Keeping tight against the house wall the two boys tiptoed forward then slid into the dark little close-mouth next to the military billet. Johnnie was right – they could hear every word the two men said.

A few minutes earlier Sergeant Bennet had left his men to supervise the villagers as they left the church and hurried across the square. As he rounded the corner with the main street he saw his commander astride his horse, about to leave.

"Sir." He waved and ran forward. "A meenit. Please. Thur's somethin else."

John Graham frowned and reined back his horse. "Whitivver it is can wait. I need tae hurry on tae the Privy Cooncil. An invasion is aboot tae happen. In fact it micht aready be underway if yon traitor Archie Campbell has landed wi as muckle support as he claims. I've nivver trusted the man, huv said so on mony an occasion and noo I'm proved richt. No that their Lordships will mind ma words and gie me ony credit for a timely warning."

"But sir," Bennet persisted, "thur's a pile o official lukin papers in the captain's personal box. Ah'm shair he'd want yersel tae deal wi them."

Clavers flapped his hand. "Ye're in charge o the unit richt noo."

"But sir, ye ken hoo much he luked up tae ye."

"Whitivver." Clavers flapped his hand again. "Only aifter I'm back frae Edinburgh at the end o the week. Meanwhile, mak shair ye hae a word wi yer snouts. See whit information micht be forth-coming. And keep a high profile aboot the village. They folk need a guid frichtening. Mak shair awbody kens aboot my judgement. And double yer patrols aroond the district. I hud a wee whisper that yon rebel Renwick wis seen near by Logan Hoose. It's a lonely spot and nae doubt attractive tae sic a runaway. While ye're at it keep an ee oot for oor captain's freend."

Bennet looked baffled.

"John Steel," Clavers laughed. "Ah'm jist joking. There wis nae love lost atween they twa. Nae wunner. Luk at the way Steel cud tweek his tail."

"Ay. He's a clever yin. Cud he be ahint the captain's body

gettin hung on the Lanark gibbet?"

Clavers shook his head. "Whitivver else we can lay against Steel he's nae inclined tae that kinda revenge. Back at Bothwell Brig he hud the chance tae run his sword thru the Earl o Airlie. Instead he jist knocked the auld gowk aff his horse and dunted his precious pride. Airlie's been ragin aboot it ivver since. Hoo aboot this platoon proving itsel by rooting oot Renwick and Steel aince and for aw? Jist think aboot it. Airlie wud be singing yer praise till kingdom come."

Bennet let go his hold on the reins and stepped back as if stung.

"Ay weel, mibbe it's ower big an ask." Clavers dug his heels into the great black horse's flank and galloped away.

Two shocked boys stared at each other from the safety of the dark little close adjoining the military billet.

Wylie McVey saw two figures approach from the moor and hurried along the narrow path to meet them. "At last," he called out. "We've been concerned aboot ye baith."

"Nae worries," John Steel replied. "Ah said ah'd see Maister Renwick tae Auchenheath an back safe. An here he is."

McVey nodded. "We hud word aboot a shootin at Auchenheath Hoose and Maister Ferguson's escape frae the military. A terrible business for himsel and his family. They've a hard road in front o them tae bide free. But yersels, hoo did ye twa git awa?"

"The Lord guided us tae safety," Renwick replied.

John shrugged. "If ye've nae mair need o me ah'll wish ye baith weel an heid back hame."

McVey stepped forward. "No afore ye tak a bit refreshment. Ma guidwife wud be affrontit itherwise."

Moments later they were sitting in the dining-room at Logan House while Mirren McVey fussed round with plates of food and jugs of ale.

John enjoyed the slices of cooked ham with pickle on thick, round slices of oatmeal bread then slowly sipped the cool ale while watching the faces of the two men sitting opposite.

Renwick seemed irritatingly calm as usual. McVey looked worried.

"So Maister McVey," John opened the conversation. "Whit can ye tell us? Ye said ye'd hud news frae the village?"

"Ay. Yon trooper as wis shot an buried wis dug up again tae re-appear nixt mornin swingin frae the gibbet on Lanark High Street."

"Whit?" John choked on his ale.

"We live in desperate times whaur extreme things can happen. Whaeivver wis responsible must hae a compelling reason for sic action." Renwick sounded unmoved,

John glared at him. "Apairt frae bein a despicable thing tae dae it'll cause mair trouble. Revenge will spread fur miles aroond. Onybody conseedered suspeecious will be made tae suffer." He frowned at Renwick. "The military will be oot here afore lang."

"We've hud warnings afore." McVey didn't seem concerned. "The last yin persuaded us tae disband the men practicing for the nixt declaration Renwick's been planning. Noo we huv reliable word that the Duke o Argyll has stertit his threatened invasion. That shud keep the government busy elsewhaur."

Renwick's eyes gleamed. "We want naething tae dae wi Argyll or his cock-eyed rebellion. But thur's naething tae prevent us frae aising it tae oor ain advantage. We'll bring furrit oor planned declaration. Stir up the resistance in the south o the country." Renwick now turned to John. "Whit aboot yersel?"

John stiffened. "Ah tellt ye afore. Ye're wastin yer time. The only guid thing aboot yer proposed declaration is ye've chosen a better month this time. In '82 at Lanark it wis a freezing day in January."

"If I mind richt," McVey cut in, "ye wur in nae state tae tak pairt aifter yon attack ye suffered at the heid o the braes."

John frowned. "That's aw by wi. Onyway, ah wisna on wi yon declaration. Ah feel the same aboot this new proposal. Us twa spoke aroond this maitter yesterday. Ah made ma feelins braw plain an ah'm nae likely tae think itherwise. Ma ain experience maks me worry aboot ootricht confrontation an its consequences." He stood up and held out his hand. "We best pairt company afore we baith say mair than we shud. Aw the same ah wish ye weel, James Renwick. Ye're nae the easiest man tae git alang wi but a sincere yin in whit ye hope tae achieve fur the Cause."

Renwick held back a second before grasping John's hand.

"Gang weel yersel John Steel. I appreciate whit help ye've gied me." He paused. "Whither it wis willingly done or no."

They looked each other in the eye and both nodded then John left the room and went to the kitchen to thank Mirren McVey for her hospitality.

"Nae bother Maister Steel. Thank ye for luking aifter oor veesitor sae weel."

John grinned. "It's ower tae ye an yer man noo. Guid luck wi that."

Mirren McVey flushed. "Am ah richt that ye're nae exactly in the same mind as oor freend or his plans?"

John looked at her kindly face and nodded.

"Nivver mind." She patted his arm. "We canna aw be richt aw the time."

Johnnie and Will's feet barely touched the ground in their hurry to get home with their news.

"Whit's this?" Marion gaped at them as they banged the full basket of honey on the kitchen table. "Why did ye nae deliver lik ah asked?"

The reply came out in a garbled rush with both boys speaking at once. Gradually she began to realise what they were saying. "Ye did whit? Claverhoose himsel? Wur ye nae warned tae bide awa frae yon deil?"

"Ay," Johnnie admitted. "But shairly it wis worth the risk tae keep Pa aheid o they folk as want tae catch him?"

"Whit if ye'd been caught listenin?"

"We wurna." Will joined in. "We thocht ye'd be pleased."

Marion flushed. "Ay, weel it wis an awfy risk. But ah'm gratefu fur whit ye found oot. So will Pa when he comes in."

"But we dinna want tae wait," Johnnie persisted. "Can we heid oot across the moor an meet him on his way frae Logan Hoose?"

"On ye go."

Both boys were gone before she could say any more.

Marion listened to their boots rattle along the wooden floor of the tiny hall, out onto the cobbled yard then fade away. She sighed and turned to Elsie who'd been quietly observing the brief moment of excitement. "Nae doubt whae they twa tak aifter."

"An nane the worse for it," Elsie smiled. "I'd raither hae they twa on ma side as agin me ony day."

John was more than half-way across the moor when two figures appeared on the brow of the next hill. They were easily recognisable. He waved a greeting then stopped to watch them stride confidently through the rough heather and ferns. Luk at them. Near as tall as masel. Haurly bairns ony mair. Hoo did this come aboot withoot me noticin?

As soon as the boys reached their father the whole story spilled out, along with how worried they were, even offering advice about avoiding capture.

"Here. Haud on." John held up his hand. "It's me ye're talkin tae. Ah've been dodgin troopers fur a year or twa an keepin aheid o them. Gie me the benefit o daein somethin richt."

"But we heard Claverhoose challenge his sergeant aboot gettin haud o ye."

"An Maister Renwick as weel," Will added.

"Ah canna answer fur Maister Renwick but ah intend tae be extra carefu frae noo on. Onyway, ah'm shair them at Logan Hoose will keep him safe."

"Mibbe we shud gang back wi the warnin." Will seemed disappointed.

"Naw, naw. Best leave them tae it. We'll walk hame thegither an see whit Ma thinks is best fur oorsels. Rest assured she'll huv her ain ideas." John looked at the two anxious faces. "Ah'm gratefu fur whit ye've tellt me but nae happy aboot the risk ye taen. Ah dare say Ma felt the same."

This seemed to please the boys as all three turned to retrace their steps to the farm.

Johnnie led the way into the kitchen and announced, "Pa says we need tae talk aboot whit nixt."

"Is that so." Marion smiled at his eagerness. "No afore Pa reads this." She took a small sealed packet from her apron pocket and offered it to John. "Oor Gavin brocht it nae hauf an hoor ago. Gus MacPhail stoaped by the mill an asked him tae deliver it. He said it's frae Mirren Spreul in the toun."

"I wis beginning tae think she'd chainged her mind aboot me." Elsie looked anxious. "Mibbe that's why she's written insteid o coming hersel lik she promised."

John shook his head. "Nae fear Miss Elsie. Trust me, yer aunt hus yer best interest at hert. No jist that, she's keen fur ye tae work wi her. She unnerstaunds hoo yer skill an knowledge o herbs an sic like will help keep the apothecary side o her brither's business goin the way it shud." He tore open the packet. "Nae doubt this will explain."

They all watched while he read the contents then handed Elsie the letter. "Here, see fur yersel."

She almost grabbed it and scanned the tight lines of script. "Uncle John has been summoned tae appear again afore the Privy Council. He's being brocht frae the Bass Rock. Aunt Mirren had tae hurry thru tae Edinburgh and mak shair his lawyer is prepared tae represent him. She says she'll be back in Glesca by the 28th o this month. Aifter that she'll mak arrangements tae visit here."

"Mibbe we cud mak a visit oorsels." John smiled and glanced at his wife and sons. "Keep me oot the way if ony troopers decide tae come callin."

The members of the Scottish Privy Council were in the midst of an emergency meeting in their Parliament Hall. Archibald Campbell's forthcoming attempt to topple the government was the sole agenda and had their collective attention.

So far there had been little argument. Instead, several good suggestions were proposed about the deployment of troops and the most able men to command them. Indeed the great lords were feeling confident that all would soon be in place to stop their enemy.

Sir George Mackenzie, the Lord Advocate, was pleased with the progress and about to propose a pause in the proceedings when William Douglas, recently elevated from Marquis to Duke of Queensberry, cut through the discussion. "Onybody ken ocht aboot Clavers?"

Many a wigged head swivelled but no-one spoke.

"Weel I think it's raither strange. Nae sign o him as is aye moothing aboot his concern for richtful governance."

A few lips pursed but no-one spoke.

Queensberry's ornate brocade waistcoat puffed out as he stared at the collection of owl-like faces lined up in front of him. "Weel, weel gentlemen ye surprise me. Here we are making vital preparations tae counter serious insurrection and that vera man is absent."

Mackenzie's normally smiling mouth tightened. "Clavers will hae guid reason. Nae doubt a maist pressing yin."

"Indeed," a familiar voice rang out in response. "As the Lord High Treasurer will hear in a meenit or twa." John Graham marched into the Great Hall, threw his sodden cloak on the nearest table then removed his famous plumed-hat to shake a myriad of sparkling raindrops across the parquet floor. "I've had a lang, wet ride here thru the worst o storms. In spite o the difficulties I apologise for my tardiness. But rest assured yer lordships, my lack o appearance wisna o my ain making. It wis caused by a maist serious happening in whit shud be a quiet law-abiding village in south Lanarkshire. I conseedered the matter worthy o immediate attention lest it developed intae something worse. Aince it wis dealt wi I made aw haste. But when I arrived in the capital ye werena meeting at Holyrood as I expected. I wis forced tae turn roond and gallop back up the High Street."

"Whaur else wud we discuss sic important matters o state but in oor Parliament Hall?" Queensberry snapped back.

"Whitivver." Claverhouse glared at Queensberry. "I'm here noo, ready and willing tae gie ye aw my support. No that I expect ony welcome frae the likes o a Douglas."

"Whit kept ye?" Charles Middleton intervened and flapped a warning hand at Queensberry. "As a Secretary o State I'd appreciate yer explanation. Ye mentioned a village. Which yin?"

Clavers had the lords' full attention as he related the incident in the graveyard at Lesmahagow and the subsequent sight on the Lanark gibbet.

"Something lik that taks a bit o nerve," Middleton admitted.

"Mair tae the point, whit action are ye planning?" Queensberry persisted. "Aifter aw, yon parteeclar village and toun lie within yer jurisdiction. And," he added viciously, "I thocht the king himsel had tasked ye wi enforcing strict law and order."

"And so I dae." Clavers whirled round to face Queensberry. "That's exactly why I wis late arriving here. The village is noo facing the same fine as wis meted oot on Lanark in '82 for allooing yon rebel Renwick and his bastardly mob tae pit up a declaration against king and government. Mind ye, I've added a special condition tae the possible lifting o the fine and allooed them time tae conseeder my judgement. I expect the hale village tae see the sense o it and be ready wi the richt answer when I return aifter oor deliberations."

"Nae need tae delay yersel," Queensberry smirked. "Relevant plans and decisions were made and agreed afore ye showed face."

Mackenzie took one look at Clavers' expression and stood up to rap the table with his gavel. "Gentlemen. It's been a lang session but we've achieved much. Might I suggest a short withdrawal for some deserved refreshment? Meanwhile, I'll hae a word wi oor freend and gie him the jist o oor plans against yon deil Campbell."

John Graham shrugged and the possible escalation of hostility between himself and Queensberry seemed to fade for the moment as the assembled lords rose from their seats and wandered off for the promised refreshment.

"See yon man," Clavers muttered as Mackenzie steered him from the Great Hall and into a quiet corner.

Mackenzie nodded. "Noo that he's a Duke thur's nae living wi him. Ower fu o his ain importance."

"And worse by the day," Clavers added. "But tell me the news. Are we weel enoch organised tae deal wi Campbell?"

Mackenzie quickly related the plans.

Clavers nodded. "The Marquis o Atholl marching against a Campbell maks guid use o mutual resentment. And there's the fresh memory amang the lowlanders aboot that same man chasing aifter and torturing their precious preachers nae lang ago. They kinda folk are unlikely tae join his mad scheme." He nodded again. "Fur aince the Privy Council seems tae hae gotten it richt. I approve. Ay. And gled tae staund back and concentrate on the rebellious stirring aroond the south o the country."

"I thocht ye had a guid measure o things." Mackenzie frowned. "Yer reports are aw guid."

"Ay. But lately yon Renwick's been oot and aboot spreading his poison and filling ears wi the need for resistance against the government. Ivverywhaur that deil goes trouble for the law comes nixt. The ither day I heard a whisper aboot him planning something big. As yet there's nae hint o when or whaur. But rest assured whitivver he's up tae I'll mak shair it comes tae nocht. As for Argyll I canna see a radical lik Renwick gieing the great earl ony support." Clavers smiled at his friend. "Nivver heed Queensberry. He'll keep for anither day. Richt noo I'm mair thinking aboot a glass o yer best claret tae help me thole Queensberry till this meeting's ower. Aifter that a decent meal and a seat by a warm fire wudna gang wrang."

Gus MacPhail's horse was a sensible beast and knew where he was supposed to go and which route to take. Just as well, for Gus seemed worse than useless, sitting in the driving seat, reins loose in his hands, staring unseeingly at the hedgerows they passed, not even noticing the road ahead.

Only half-an-hour ago he'd seen James Lawson sitting in the kirk among the crowd listening to John Graham.

Some nerve so he hus sittin ther as innocent as ye like while the great man dieved oor lugs wi his threats. Ay. An masel, three rows ahint. Jist as weel the commander didna realise that twa as made sic a fool o Crichton wur starin straight at him.

On the way oot ah didna dare luk at Lawson, let alane speak tae him in case it drew attention. Why did ah agree tae git involved wi him? It's nae as if ah dinna ken hoo the law reacts tae ony criticism nivver mind sic a challenge tae its authority. An the sicht o Crichton's body dangling frae yon Lanark gibbet…Stuff o nichtmares so it wis. But Lawson's twa freends whae joined us frae Kirkfieldbank thocht different an said ah wis daft fur feelin ony shame.

Wunner if they think the same noo that this hale village is bein made tae pay the price? Ah dare say they didna expect that.

But it happened, a small voice reminded him. It's nae richt. Is it?

Naw. Gus shook his head again as waves of guilt swept over him.

So whit's tae be done? the voice persisted. Are ye willin tae confess? Willin tae step furrit an face the consequences?

Gus shut his eyes and shivered as his faithful horse plodded on.

For the rest of the day Gus struggled to complete his deliveries while trying to ignore the voice still whispering in his head.

Everything seemed to take longer than usual. It was almost dusk before he turned the cart to trail back home. Indeed it was well-dark by the time he reached his Lesmahagow stable.

Once the horse was unhitched Gus cleaned and oiled the harness as usual, brushed Victor down then led the beast into his stall. A pair of wise eyes watched as he ladled out fresh feed then filled the trough with fresh water. Finally Gus nodded at Victor's reproachful face. "Ay, auld freend. Ah ken. Ye're richt. Ah huvna thanked ye fur the day. Ye wur the sensible yin. Puin the cairt whaur it needed tae go, stoapin an stertin at aw the richt places while ah sat ther dumbfoondered. Whaur wud ah be withoot ye?" Victor snorted and suddenly Gus felt his mood lift.

It didn't last. By the time he was turning the key of his own door he was still arguing with himself when someone came up behind him and whispered, "Huv ye a meenit?"

Gus jumped and spun round to see Lawson's familiar shape. "Chris sakes. Quick. Come inside afore onybody sees ye." He pulled Lawson in and closed the door. "Noo bide whaur ye are an dinna move till ah close the shutters."

Lawson waited while Gus locked the door, closed the shutters then stumbled across the dark space to light a candle on the mantelpiece.

"Richt." Gus turned to peer at Lawson. "Whitivver ye're aifter this time the answer is naw."

"Ah jist want tae tell ye whit's tae happen."

"Ah ken fine. Lik yersel ah heard Claverhoose mak his threat in the kirk this mornin. Ah cudna believe ma een when ah saw ye sittin ther. Ye've some nerve so ye huv."

Lawson grinned. "Nae mair than yersel. Unner the enemy's nose is whiles the best place tae be."

"Mibbe so," Gus snapped. "But whit we did husna worked oot the way ye expectit, hus it?"

"Ah regret naethin. It needed dain. It's jist..." Lawson's voice faltered.

"Ye didna bargain on this village takin the blame. An it's ower late noo unless we aw step furrit an confess whit we did."

"Nae need." Lawson sounded firm.

"Weel ah think thur's nae option. An whit aboot the ither twa as wur involved?"

"Ah spoke tae them an gied ma suggestion. They think it's a guid way roond the problem. Thur baith willin tae bide stoom. An so will ye aince ah explain."

"Explain whit?"

"Ah've confessed tae shootin yon bugger Crichton, an diggin

him up, an takin him tae Lanark fur his richtfu hangin."

"Ye've done whit?" Gus gaped at Lawson. "Hoo come ye're still walkin aboot?"

"Jist listen." Lawson pulled a thick piece of folded paper from inside his jacket. "It's aw written here an signed. A declaration o truth. Hoo ah shot the bugger. Whit ah did nixt. An why. Claverhoose said it wis a heinous act. Ma arse. We aw ken itherwise. Nae that it maitters noo. Ma letter leaves him in nae doubt that James Lawson's responsible fur it aw. That way the village is proved innocent. Claverhoose canna gang aheid wi his threat tae fine ivverybody. No if he's a man o his word lik they say. Aifter ah leave here ah'm straight up tae the military billet tae post this ablo the door. An then ah'm awa lik a whippet. An dinna ask whaur. The less ye ken the better."

Gus was speechless as Lawson walked to the door then stopped to look back at Gus. "Noo mind. Keep yer mooth shut. Nae a word frae yersel."

The key clicked. The door opened, and Lawson stepped into the dark.

Chapter 10

James Lawson kept in the darkest shadows as he reached the military billet in Lesmahagow Main Street. In his jacket pocket was a carefully composed letter. Ay. He smiled. Nae way back aince this is postit.

He looked up and down the street. Naebody aboot. Richt, dae it. Without breaking step he bent low to push the carefully-folded sheet of paper through the narrow space between the bottom of the wooden door and the flagstone step. Job done he quickened his pace along the street, hoping no unseen face was watching from any of the tiny windows he passed.

At the end of the first row of houses Lawson's shadowy figure cut through a narrow close, past the midden then climbed a rickety old fence to join a narrow lane. Minutes later he reached a line of elegant elm trees standing alongside two stone lions atop the granite plinths guarding the entrance to Birkwood Estate.

Once through the gate he looked back. All seemed quiet. No movement. So far so good. Sheltered by the trees he skirted the broad gravel path to the big house till he reached the manicured lawn below the formal garden. Hunching into a tiny shape he tiptoed past the shrubs and lines of flowers to reach the high protecting wall. Here thick trailing ivy helped him scramble over to land on the long grass of a sloping field which stretched from the estate boundary to rougher ground and then to the edge of the moor.

Tonight no stars blinked through the clouds to bring any guiding light but innate fieldcraft helped him avoid houses or farms where a dog might bark. Once on the moor itself he became the only moving dot in a vast space of heather and fern and scrubby bush.

Ay. Jist me an the nicht. Nae worries. He adopted a slower pace as a gentle greyness began to appear and grow into the light of day. Now he could see more, he realised he'd covered a few miles for off to his left was a small green valley, a welcome change in such a wild landscape. Without realising he veered towards it rather than keeping straight on to further moorland.

The Poniel Burn cut through this little valley, bringing fresh water to feed the grass and be fed itself by an underground stream which ran all the way from the high ground on the Douglas estate to emerge near the top of the little hill overlooking a cluster of stone, slate-roofed buildings sitting snug against its lower slope.

This was Folkerton Mill, perfectly placed to make use of the constant water pouring from the underground channel to drop into the deep mill-lade. Once this pool was full a gentle trickle was allowed to slip over the high barrier and down to the burn below. But once the thick wooden barrier was lifted the water surge was powerful enough to turn the great mill-wheel, and go on doing so till the barrier shut it off again.

Although this seemed an isolated spot it was well known to farmers of the district who regularly brought their bags of grain along the rutted track to the mill. A rough grind was available for animal feed. Extra turns of the heaviest stone yielded the finest flour. This was sought after by the farmers' wives who rarely complained of the extra price for the extra time needed to achieve such quality.

Lawson stopped to admire the lush green fields then turned away. His plan was to reach the distant Lowther hills then disappear further south before mounted troopers began a serious search for him. He glanced at the slate-roof of the mill and thought about the miller, his cousin Andrew Beck, a good friend since childhood. He also noticed a quiet spiral of smoke rising from the mill-house chimney. Ay. Thur micht be the chance o some breakfast as weel afore ah press on.

He followed the valley rim till he met the rough cart-track that led directly to the cluster of mill-buildings. Soon his boots were crunching on loose stones, away from the soft swish of ferns and scented heather.

He opened the wide wooden gate at the main entrance and walked along the raked path past the piggery, byre and barn which were almost tucked into the valley slope. On his left lay a narrow vegetable garden bordering the Poniel Burn. A single plank acted as a bridge to the other side where a much larger garden bulged with a wide variety of vegetables. Behind this was a gate to a meadow which gently sloped towards two fields of growing barley and one used to graze cows. He'd been here many times, felt almost at home as he reached the two-storey building with its main door facing the well-brushed flagstone yard where carts would stand to be loaded or unloaded.

Lawson glanced round. Naethin oot o place an as neat as a pin. Awthin in guid workin order.

His thoughts were interrupted by loud barks from inside the house. He called out, "It's me. Yer cousin Jamie Lawson."

A heavy bolt was drawn back. The door opened then a large black and white collie burst through the space to race towards him. He stood still and waited. "It's me Blaze. Whit's the fuss aboot?"

The dog wagged his tail and leant forward to lick the outstretched hand and have his woolly head ruffled. Behind him a voice called from the doorway, "My but ye're a surprise this mornin."

"Ah wis jist passin," Lawson replied. "But mibbe ah'm ower early in the day."

"Not at aw. In ye come. Ye're welcome whitivver the hoor. Breakfast is on the go."

"Thank ye." Lawson stepped forward to shake his cousin's hand and follow the stocky figure into the dark hallway.

"Guid mornin Mistress Megan." Lawson sniffed the delicious smell of sizzling bacon as he doffed his cap and smiled at Andrew Beck's wife.

"An yersel Jamie." A red-faced Megan turned from her cooking over a glowing range and gave him a quick hug. "We wur jist talkin aboot ye the ither day. Hoo are ye? Still managin tae keep aheid o the troopers?" She held him at arms length. "Ye luk lik a man as cud dae wi a decent breakfast."

"Ay. Still on the run an hungry wi it."

"Sit yersel doon. Hoo aboot a bowl o porridge then a plate o ham, eggs, an a slice o currant puddin? An then ye can gie us yer news?"

Andrew joined his visitor at the table as Megan Beck handed out two steaming bowls of porridge. This was followed by heaped plates of bacon, egg, and the promised currant pudding along with several slices of buttered toast.

"So." Megan offered a jug of hot ale to finish off. "Whit huv ye been up tae since we last saw ye?"

"It disna mak guid listenin." Lawson looked uncomfortable. "Peen back yer lugs an be prepared fur a shock."

Husband and wife gaped at the story. Megan's face paled as the detail grew. Once Lawson mentioned the gibbet her hands clenched and unclenched on the scrubbed tabletop. "An this captain. This Crichton. Ye said he askit fur it?"

"Of coorse he did." Andrew frowned at her. "Why else wud Jamie ivver think aboot dain sic a thing?" He nodded to Lawson. "Peety aboot the village. Ah tak it ye wurna expectin that?"

"No indeed." Lawson flushed. "But ah wrote a letter confessin the hale thing wis doon tae masel. Ah'm hopin it'll mak a difference. Last nicht ah postit it unner the door o the military billet an then made masel scarce."

"An noo ye're here." Megan reached over to squeeze Lawson's hand. "Ye're a brave man Jamie Lawson. So whit nixt?"

"Tae pit a wheen miles atween masel an whit's ahint me. Ah need tae find somewhaur safe fur a while."

"Whit ye've done is as serious as it gits. Ye'll need tae huv somethin mair lang term in mind."

"Fine ah ken. Claverhoose will be on ma tail as soon as he finds oot. An that yin disna gie up easily. He's awa in Edinburgh at the meenit. Some high meetin in the Privy Cooncil. Naethin's likely tae happen till he comes back nixt Friday."

"Which gies ye a bit time tae mak a sensible plan. Are ye conseederin foreign pairts?"

Lawson nodded. "Mibbe London. Or further if ah can git a cheap passage across the Channel. Painful as it is Scotland an masel need tae pairt company fur the foreseeable future."

Megan pursed her lips. "In the meantime ye best aise the space tae git yer strength up fur whit lies aheid. Ye can bide here a day or twa. Ye'll be safe, weel fed, an restit. An awfy lot hus happened in nae time. By the luk o ye it's taen its toll."

"But ah'm nae guid at sittin aboot," Lawson replied. "If ah bide ah'd like tae gie a bit haund aboot the place?"

"Ah'd be the same," Andrew nodded. "Megan's richt tho. A quiet day or twa wud dae ye the world o guid. Clear yer thochts as weel as helpin yer body. Ye've been thru mair than ah cud cope wi in the past few days. Ye say Claverhoose isna back till nixt Friday. Even then he'll need tae read yer letter an ask questions afore decidin whit tae dae. He'll nae be gallopin aifter ye richt awa. Onyway, he'll nae ken whaur ye went, whaur ye are noo. Dinna worry we'll see ye're up an awa in guid time."

"Wi a horse tae speed ye on yer way," Megan added.

Lawson looked at the two concerned faces and stammered,

"Thank ye."

Sergeant Bennet heard the church clock chime five and reluctantly rose from his bunk in the upstairs dormitory of the Lesmahagow platoon billet. As acting platoon leader he should have been in the tiny single room at the back of the building. It had been Crichton's space. His personal stuff was still there waiting to be sorted out and Bennet had no urge to enter the room let alone sleep in the bed.

Today's orders meant visiting each farm where hostile faces were guaranteed when the commander's judgement was read out. Bennet groaned. Ah dinna blame them. Whae wants tae suffer sic a heavy fine? But ah suppose the commander kens best hoo tae deal wi the maitter. Nivver thocht ah'd see the day when Crichton got mair than his due reward. Mind ye, he wis deid afore the worst bit happened, kent nocht aboot it. Whit a sicht that musta been, the law itsel swingin frae the Lanark gibbet lik ony felon. He almost smiled at the thought then seemed to remember his duty to a fellow soldier. Naw. Sic a thing's nae richt.

Sergeant Bennet dressed quickly and clattered downstairs where he spied a folded sheet of paper sticking out below the outside door.

Whit's this? He lifted it. Nae sealed. Whae's it fur? He turned it over to find the name Claverhoose scratched in capital letters. He unfolded the stiff paper and saw regular lines of well-formed words. Somebody wi a guid writin haund. Maist like a complaint aboot the commander's judgement. He carried the letter into the small dining room, lit a candle and began to read:

> *'My name is James Lawson, farmer frae Auchnotroch farm beyond the village o Auchenheath.*
> *I hereby confess tae shootin Captain John Crichton on the front doorstep o Auchenheath Hoose three days ago. The hoose belangs tae a Maister Ferguson. He hud naethin tae dae wi the attack. Indeed, he tried tae stoap me but I wis determined tae mete oot lang overdue justice on that parteeclar captain. He deserved aw he got and I huv nae regrets ower shootin him deid. Neither am I sorry for diggin up the deil aifter he wis buried and*

then cairtin him tae Lanark for a swing on the toun gibbet.
My only regret is discoverin that Lesmahagow is bein made a scapegoat for whit I did. This isna richt. In fact it's grossly unfair. I ken fine it's Commander Claverhoose's way tae try and root oot the culprit. Weel, here I am, the guilty man, confessin tae plannin the hale thing by masel and cairryin it oot withoot ony ither help. Commander Claverhoose, ye huv the reputation as a fair-minded man and I trust this letter will persuade ye tae lift the threatened fine on each and ivvery villager and spare them the concern aboot payin oot hard-earned siller for somethin they hud nae pairt in.
Sincerely,
James Lawson.
Written by my ain hand on 30th April 1685 in the village o Lesmahagow.'

Bennet laid the open paper on the dining-table and walked over to stare out the tiny window at the brightening dawn. He stood a few minutes then turned to lift the letter and read every word again.

Whit a nerve. God kens whit Claverhoose will mak o this. Weel, it's nae ma decision so it can wait fur the great man himsel. He folded the letter again then carried it through to his tiny office and carefully placed it in the tin box reserved for important papers.

He returned to the foot of the stairs and roared, "Up an at it. Ivverbody at the double. Breakfast's aboot tae be brocht thru frae the inn."

Minutes later his men were crammed into the little dining-room, supping their porridge and listening as Bennet recounted the strange letter that had secretly arrived.

"When did it come in?" one of the men asked.

"Hoo wud ah ken?" Bennett snapped. "Ah wisna sittin aw nicht at the foot o the stairs watchin the door."

"Whit's tae be done aboot it?" the man persisted. "Is it up tae yersel?"

This time Bennet laughed. "Ah'm only a humble sergeant whae dis as he's tellt. This kinda maitter is fur the great an the guid tae decide, nae fur the likes o masel. We dae naethin ither than mak enquiries aboot this Lawson, try tae find oot whae kens him, an if this letter is likely tae be true. Ah suspect it micht be fur ah've aready hud a luk at the buik wi the list o wantit names. A James Lawson frae the farm as mentioned in the letter is ther, named as a rebel aifter Bothwell Brig. He hus 500 merks on his heid."

"Dae ye want us tae spend the day askin aroond the village insteid o ridin roond the farms?" The same man sounded hopeful.

"Nae way," Bennet snapped. "Oor orders frae Claverhoose bide the same. Ye've a fu day in the saddle in front o ye. Aifter breakfast git roond tae the stable an prepare yer beasts. Ah expect ye aw ready tae ride oot in proper order in hauf-an-hoor. First things first. Aifter the farm visits we'll ask aboot the village, try an gaither whitivver micht be usefu afore the commander returns."

"Richt Jamie," Andrew Beck pushed back his chair and stood up from the kitchen table. "Ye said ye'd raither be dain somethin. Hoo aboot giein me a haund rakin grain in the kiln room? It's been dryin ower-nicht an ready fur turnin."

"Nae bother," Lawson nodded. "Ah'll tak aff ma jaiket. It soonds lik warm work."

"Ye wudna last ten meenits dressed lik that." Megan pointed to a row of metal pegs by the door. Hing yer jaiket ther." As she spoke the kitchen clock chimed the half-hour. "Oh my. An me sittin here lik a lady o leisure." She jumped up and bustled through to the scullery to fetch a large basket then hurried out the back door to the vegetable garden.

The sudden movement disturbed Blaze who'd been snoozing by the range. With one bound the big collie left his corner by the range and followed the two men out to the yard where he settled himself below the delivery platform at the front of the mill, eyes fixed on the track from the gate.

"Nae muckle gits past that yin." Andrew smiled at Blaze. "Best dug ivver." He opened a side-door and led Lawson up the steep narrow wooden stairs to the floor above where they could feel the heat from the kiln room.

It was half-dark inside the room, with only one tiny window

giving a smidgen of light. The two men took the long-handled rakes from the hooks on the wall and began to lift and turn the thick layer of grain spread across the kiln floor.

Neither spoke but concentrated on keeping up the slow, sweeping movement needed for best results. Or maybe they were glad to put Lawson's grizzly story to the back of their minds for a while.

After an hour Andrew hung up his rake then opened the door to the stairs and stepped out to take a deep breath of cooler air.

Lawson joined him then asked, "Is that us feenished?"

"Fur the time bein."

"So whit nixt?"

Andrew grinned at him. "My ye're a glutton fur punishment. Huv ye forgotten hoo Megan said ye shud rest up a bit? Why no spend some time in the kitchen wi her? She enjoys company while she's dain her chores. She'll want tae hear mair o yer craic."

"Ah'd rather be dain somethin."

"In that case whit aboot cleanin oot the byre while ah bag up the animal feed that wis ground yesterday? An auld farmer frae Douglas will be collectin it later the day."

"Nae problem." Lawson was about to head for the stairs when Blaze gave several loud barks.

"Veesitor." Andrew stiffened. "Ah wisna expectin onybody. Bide here till ah see whit's whit." He crossed the platform to the window overlooking the yard, pushed it open and leant out to find the customer due later in the day was backing his cart against the delivery platform while Blaze stood watching as if on guard.

Andrew frowned and called down, "Ye're ower early Maister Kennedy. Ah've still tae bag up yer order."

A stout, elderly man who was driving the cart pulled off a crumpled hat, looked up and waved it at Andrew. "Ah'm on ma way back frae Lanark wi ma freend here. He's frae the Gow. Ah'm gien him a lift tae the main road. By the luks o they daurk clouds gaitherin ahint me thur's gonna be a thunder-storm afore lang. Ma knees are gien me gyp which is a guid sign o whit's comin. Ah see nae point in passin by only tae come trailin back an end up lik a drookit rat if ah git caught oot."

"As lang as ye dinna mind waitin," Andrew called back.

Kennedy turned to the man sitting beside him, muttered

something then looked up again. "Us twa will come in, huv a seat, an a draw on oor pipes while we watch yersel workin."

"Whitivver." Andrew sounded less than pleased.

Lawson stepped up behind Andrew and said, "If ah'm up here, sendin the grain doon the chute when ye want it yer sacks will git filled in nae time an naebody gits tae see me."

Andrew nodded and hurried downstairs to meet his customers who were already inside the side-door. "Ower ther." He pointed to a narrow bench by the door. "Ye an yer freend can sit ther. It's nae a problem as lang as ye leave the door open while ye smoke. Ah dinna want ma best grain bein reekit oot. Ah tak a lot o care gettin the flour jist richt as yer ain wife wud tell ye."

"So ye say." Kennedy and his companion settled themselves an lit up their pipes while Andrew called up to the top of the chute for the first batch of grain to flow and fill the sack placed ready to catch it. Before it was full he shouted stop, tied the neck of the first sack then dragged it towards the edge of the delivery platform.

"Whae's helpin ye?" Kennedy asked as Andrew moved back and forward so smoothly.

"Naebody ye ken." Andrew didn't look round. "Jist a passin stranger wantin an hoor or twa work."

"If ah wur ye ah'd keep him." Kennedy's friend leant forward and a pair of sharp eyes peered up at the top of the chute. "Weel done whaeivver ye are. Ye an the miller mak a guid team."

Andrew ignored the comment. "Wis it ten o the cattle feed Maister Kennedy?" He hooked the first sack onto the hoist and began lowering it to the waiting cart.

"Ay." Kennedy knocked out his pipe on his thigh and stood up to take a small leather pouch from the pocket of his grimy jacket. He counted out five small silver coins and laid them on the bench. "The amount agreed when ah placed the order. Unless ye want tae check yer order buik?"

"Nae need. Ye're an honest man an a guid customer." Andrew lowered the last sack and nodded to the old farmer. "Ah didna mind baggin up yer feed early. But noo ah need tae git on. The grain in the kiln room is ready fur turnin again."

"Can yer hired-help nae dae it?" Kennedy's friend suggested. "Ye're red in the face as if needin a sit doon."

"Ah dinna think sae. Turnin grain's a skilled job." Andrew

frowned at the sneering expression and stepped forward to help the old farmer climb down to his cart. He then turned and said, "Whit aboot yersel? Need a haund doon?"

"That'll be richt." The man scowled at Andrew and slid off the edge of the platform, into the back of the cart where he squeezed past the bulging grain-sacks to join the farmer at the front.

"Guid day Maister Beck. Ah've nae doubt ma guid wife will be orderin some mair o that special flour ye wur on aboot." Kennedy clicked the reins and the cart trundled out the yard towards the main gate.

Andrew joined Blaze in the middle of the yard and watched till his customer reached the gate. Up above Lawson was also watching and saw the old farmer's companion turn in his seat and look back at the mill, as if expecting to see a face in the upstairs window. Lawson stepped back. When he looked again the cart had disappeared round the corner.

Thank God that's ower. Andrew Beck sighed and went back inside the mill to call out, "Thur awa."

There was no reply from the floor above so he climbed up the stairs to find Lawson standing near the open window. "Did ye nae hear me? Thur awa."

"Ah'm jist enjoyin the view. Nearly as guid as the yin ah huv frae ma ain bedroom windae." He slowly turned and shrugged. "Maks me realise hoo much ah'll miss whit maitters." He shrugged again. "But whit's done – "

"Needed dain but brocht its ain consequences."

"Ay." Lawson nodded. "Nivver mind me."

Andrew gave a half-hearted smile and shook his head. "Richt noo ah'm mair thinkin aboot a bowl o Megan's soup. C'mon, ye must be hungry by noo." He began to clatter back down the narrow stair.

Megan was ladling out three large bowls of thick vegetable soup when a sudden flash lit up the dark kitchen. It was followed by a long roll of thunder which seemed to shake the building before rumbling into the distance. A few moments later a deluge began.

Andrew pointed towards the water streaming down outside the kitchen window. "Auld Kennedy's knees wur richt aboot a storm. Wunner if he made it hame in time."

"Ay. An his nosy freend." Lawson frowned as he took another

spoonful of soup.

Sergeant Bennet was glad to be in the village stable, out of the rain after a miserable day going round local farms. He brushed down his horse and was enjoying a few minutes to himself when a trooper stuck his head round the stable door. "Ye best come quick. The commander's back."

"Shit." Bennet gave his horse a quick pat. "Nae rest fur the wicked." The horse seemed to snort in agreement as he threw the grooming brush on the nearest shelf and hurried outside.

Claverhouse had dismounted. His horse was already being led towards the stable as Bennet rounded the corner onto the Main Street to find his commander waiting in the billet doorway. He seemed to sense Bennet's approach and turned towards the flustered figure. "Surprised tae see me?"

"Ay, sir." Bennet saluted. "An gled tae see ye. Thur's been a development while ye wur awa. But come in. Ah'll order ye a bite tae eat first."

"That can wait, sergeant. A development. Weel, weel. And dis it tak things the richt way?"

"Ah think sae. Come thru tae the back office an see fur yersel."

Claverhouse read Lawson's letter twice then glanced at Bennet. "Micht jist dae the trick."

"Ah dinna unnerstaund, sir."

"Ye will ma freend. Last time I spoke tae they villagers I aised the stick. Noo it's time tae dangle the carrot. Summon Cornet Adamson, send him tae blaw his bugle in the Kirk Square. That shud draw a crowd. Aifter that I'll try a wee bit sweet-talking. I tak it the news o this confession has gotten oot?"

"Ah thocht it wud dae nae harm tae stert the tongues waggin."

"Jist so." Clavers nodded. "And nae doubt curiosity is up as tae whit nixt. Jist whit I want. I'll speak tae whaeivver answers the summons and tempt thaim wi a wee suggestion."

"Thur's nae mony aboot on sic a rainy day."

"Alloo me tae prove ye wrang," Clavers laughed.

Within minutes of the bugle call Clavers was surrounded by a silent, worried-looking crowd. He waited a moment, took off his feathered hat, shook the raindrops from the brim then carefully replaced the hat at exactly the same angle.

Everyone watched the performance and waited to see what this terrible man might say or do.

Face calm, expression almost friendly Clavers looked round his audience. "So, curiosity hus gotten the better o ye? Ah weel, jist as I thocht. And nae doubt ye're staunding here, wondering if this summons hus ocht tae dae wi a certain felon's confession ower whit he did tae my brave captain."

One or two heads nodded.

"I see ye ken whit I'm referring tae." Clavers smiled. "Ay. And this confession maks me think that I cud alter ma judgement." He paused. "Of course it comes wi a condition. The richt response tae a special request I'm aboot tae mak." He pulled a small leather pouch from his coat pocket and held it up. "A hundred merks are in here." He jangled the pouch a few times. "I'm offering the fu amount for the richt word that alloos the law tae apprehend this Lawson and bring the deil tae face justice. Nae questions will be asked. Anonymity is assured. Whit's nae tae like?" The leather pouch slid back into his coat pocket. "I'll leave ye tae think aboot it." With a nod to his silent-watchers Commander Claverhouse walked slowly from the Kirk Square.

"That was a guid meal." John Graham pushed aside his empty plate and lifted a glass of fine port to his lips.

"Ay sir," Sergeant Bennet agreed. "The innkeeper dis weel by us. But ah think he's made a special effort fur yersel."

"Ah weel." Clavers turned his chair towards the glowing fire in the corner. "I appreciated it aifter a cauld, wet journey frae Edinburgh."

"Will ye be goin on tae Douglas in the mornin?" Bennet asked. "Or mibbe ye mean tae bide an see if ye git ony response tae the carrot ye offered?"

Clavers nodded. "They say siller talks and I'm hoping the thocht o it will loosen a tongue or twa." He looked round the empty room. "But whaur are the men? Is something wrang? They jist got up and left whenivver thur meal wis feenished."

"Ah tellt them tae gang thru tae the inn fur a while. Ah thocht ye'd like some peace tae gaither yer thochts aboot whit nixt."

"Ye're very considerate, sergeant. And ay, it's pleasant tae sit here quietly in front o a warm fire."

"Jist so, sir."

The two men sat in companionable silence, thinking their own thoughts till there was a soft tap at the door.

Clavers signalled to Bennet to stay put.

Neither of them moved.

The tap came again then a man's whiskered face peered round the edge of the door. "Wud ye spare me a meenit sir?"

Clavers half-turned in his chair. "Only if it's worthwhile."

The door opened a little further and a tall, gangly figure took a step into the shadowy room. "Ah wis tellt ye've offered a hunner merks fur some information aboot yon felon Lawson."

Clavers turned to face the figure. "I did. If ye've ocht tae say on the subject git on wi it and dinna waste ma time. Aince I've listened tae yer story I'll test the truth o it. If it then brings the richt result the promised benefit will be forthcoming."

The figure took another step forward. "Weel sir, ye shud tak a ride alang the Douglas road. Aboot hauf-way alang veer aff tae the left alang a rough track as leads tae a wee mill. It sits snug in a sheltered valley. Mibbe ye dinna ken aboot it?"

"Go on." Clavers' voice sharpened.

"That mill is cawed Folkerton Mill. The miller is Andra Beck. Been ther fur years. His work is weel thocht o."

"And?" Clavers began to sound impatient.

"That's whaur ye'll find the man ye're aifter."

"Whit maks ye sae shair aboot this?"

"Ah saw him in the mill yesterday."

"The richt man?"

"Ay. James Lawson. Noo an again ah work at Auchnotroch farm near Auchenheath. That's whaur he's frae. We've ploughed an harvested thegither. Even shawed turnips. Why wud ah nae ken his face? Yesterday ah happened tae git a lift back frae Lanark market wi an auld farmer frae Douglas. He stoaped by the mill fur his order o cattle-feed. Ah didna see Lawson at first. He bid oot o sicht on the flair abuin, sendin the grain doon fur the miller tae bag up. He shoutit oot each time he opened the chute. Ah kent that voice but nivver let on. When the auld farmer askit Andra Beck whae wis helpin he jist said it wis a passin stranger gettin an hoor or twa work. Weel that hud ma nose twichin so ah luked back as we drove awa frae the mill. Ther he wis, watchin us frae the tap windae. Nae doubt he kent me as weel so ye best high-tail it tae the mill afore he dis a disappearin act. He's guid at that. Been on the run since Bothwell Brig an nivver caught."

There was a brief silence. "Ah think that's aw ye need tae ken so ah'll leave ye tae it an caw back in a day or twa aince ye've been succesfu." The figure stepped back into the dark hall and pulled the door shut.

"Did ye hear aw that?" Clavers spoke quietly.

"Ivvery word, sir," Bennet replied from the shadows. "An ah ken whae the man is. Merchison's the name. Bides at the tap o Bakers Brae wi his auld mither. She's a quiet wee wummin. He's an unlikeable craitur wi a reputation fur dodgy dealins."

"Ye're weel informed aboot this village, sergeant."

"Ah've made it ma business tae find oot whit ah can aboot the folk hereaboots. It whiles maks oor task a bit easier. As fur Merchison, he's a bit o a chancer but – "

"Ye'd be inclined tae check oot his story?"

"Indeed."

Clavers nodded. "First thing the morn we'll tak the platoon tae this Folkerton Mill. Wi luck Lawson will still be ther."

Bennet stood up. "In that case ah'll best gang thru tae the inn an warn the men aboot an early stert."

Jessie MacPhail was about to open the door to the military-billet dining-room when she heard Claverhouse's voice. She stopped and listened and was tempted to turn and run.

Instead she pushed the door open and went into the room with the tray prepared by the innkeeper to seek favour with the commander. "Maister Davidson sent this fur the commander, courtesy o the hoose." She bowed and placed the laden tray on the table nearest to John Graham.

"Thank ye." Clavers smiled at the offering of a moist fruit cake, two sparkling crystal glasses and a full bottle of best French brandy then turned to his sergeant who was now standing beside him. "Aince ye've gien the men thur orders come back and share a toast tae oor success in the morning."

Bennet nodded and followed Jessie from the room, along the dark hall, across the little inner courtyard and into the noisy, smoke-filled room of the inn.

The men stiffened when he appeared and seemed to guess he was about to curtail their enjoyment.

"Whit's wrang?" Trooper Sneddon frowned.

"Ye'll be up an awa afore daylicht the morn."

"Are ye shair?" Sneddon persisted.

"Commander's orders," Bennet snapped back. "Special duties."

"In that case." Sneddon nodded to the others and they all stood up to reluctantly abandon the warmth and chatter.

Jessie slipped into the kitchen, grabbed her shawl from the peg beside the pantry door. Oor Gus needs tae ken aboot this afore it's ower late. She hurried out to the Church Square then round the corner to the Main Street towards her brother's cottage at the end of the village.

There was no sign of light or sound inside the house. Undeterred she hammered on the door till it opened a crack and Gus's face appeared behind the spluttering flame of a tiny lantern. "God sakes it's yersel Jessie. Whit is it?"

Jessie pushed him aside and marched inside to stand in the middle of the tiny kitchen. She turned to face Gus as he shambled in behind her and began to light a candle on the mantelpiece. "Nivver mind that. Jist listen. Ah'm here aboot yer freend Lawson."

"Oh." Gus looked scared.

"Ah've jist come frae the military billet whaur ah heard Claverhoose himsel gie his sergeant orders aboot a visit tae Folkerton Mill first thing in the mornin. Some deil hus tellt him that's whaur Lawson is richt noo."

Gus sat down with a thump. "Naethin tae dae wi me."

"Ah nivver thocht it fur a meenit. Why wud ye clype when ye wur pairt o whit Lawson did tae Crichton? An dinna luk lik that, ye tellt me yersel."

"An mibbe ye'll mind that ah tellt ye hoo ah regret ivver huvin onythin tae dae wi the hale thing."

"Chris sakes." Jessie rounded on Gus. "A while back ye cairried a hauf-deid Crichton oot o a storm an intae safety insteid o feenishin him aff when ye hud the chance. Panderin tae the military lik that shocked me. But when ye helped Lawson ah thocht ye wur tryin tae mak amends aifter bein sic a coward."

"It wisna lik that," Gus protested.

"Ay it wis. Ah wis that angry wi ye ah tried tae dae the needfu masel."

"Shairly no?"

"Ay ah did. The military asked the innkeeper fur help. Maister Davidson sent me tae undress an wash the deil, an pit him tae bed. They left me on ma ain tae sort him oot. A perfect chance. Ah hud a pillow ower his face an aboot tae press it doon when a trooper cam intae the room. Ah wis forced tae let go an mak an excuse. The trooper gied me a funny luk but that wis aw."

"Thank God ye didna." Gus gaped at his sister. "Ye'd be swingin frae the Lanark gibbet yersel."

"Mibbe so. But luk at aw the ill Crichton hus done. Lawson stoaped him. An whit he did aifterwards wis a warnin tae the law that us folk are nae jist daft eedjits but weel able tae push back against the way wur treated."

"So?"

"Ye need tae warn yer freend afore it's ower late."

"Jist suppose ah jump on ma horse an ride oot tae Folkerton Mill tae tell Lawson. Like enoch he'll say thank ye an tak aff. When Claverhoose arrives he'll find nae Lawson an tak his wrath oot on the pair miller. Ye're nae thinkin straight Jessie. Dae ye want that tae happen?"

"But Lawson wrote a fu confession."

"Fine words on paper dinna dae it fur the likes o Claverhoose. He's aifter revenge, gettin haud o the man as wrote that confession an seein him swing on the same gibbet whaur he made a fool o Crichton. If that disna happen Clavers is bound tae slap yon fine back on the hale village. Yin way or anither somebody hus tae pay fur whit happened. Naw, naw Jessie. Ah'm goin naewhaur."

"If that's yer answer ye shud feel black-burnin shame." Jessie whirled round and stumbled back out to the street.

Later as Jessie lay in bed she admitted there was sense in what Gus had said but try as she might her heart refused to agree.

Each trooper was allowed a quick dip in the hard-tack tin and a gulp of water before the platoon set out before dawn with stinging rain in their eyes and jackets soon to become sodden like sponges.

The men were not in the best of moods when their commander turned off the Douglas road and followed the sign for Folkerton Mill.

In spite of his drenching John Graham felt glad of this chance to end the worst local challenge he'd encountered in months. A few meenits mair and this Lawson is in for a surprise and on his way tae face the justice he deserves.

This reminded him of Archibald Campbell with his attempt at a national challenge; indeed, his invasion was already moving across the north of the country. Claverhouse shook his head. The man's delusional thinking he'll conquer Scotland while his freend Monmouth dis the same in England. Whae's gonna support yon eedjit and his attempt tae tak the crown awa frae his uncle James, the only legitimate heir tae pair deid Charles? Monmouth micht be a king's son but he's only yin amang his faither's ither bastards. As for Campbell and Monmouth. The Privy Council hus the measure o they twa. Whitivver grand plan they huv it's doomed tae failure. Meanwhile, I've a nuisance o a felon tae deal wi. He smiled as darkness began to fade.

On the ridge above the cluster of buildings known as Folkerton Mill Claverhouse could see how still and peaceful it looked. Excellent. The place seemed asleep. He signalled for the men to form single file, keep the horses on a tight rein, to tread carefully and keep as quiet as possible.

Chapter 11

James Lawson lay in a comfortable bed in the attic of Folkerton Mill. Try as he might to fall asleep constant waves of guilt kept him awake.

This aifternoon wisna guid. Yon veesitor wi the auld farmer wis Merchison. His voice gied him awa. So why did ah huv tae mak shair, lukin oot the mill windae when the cart rolled oot the yard? God kens whit made the deil luk back. Or hud he somehoo guessed it wis me sendin grain doon the chute tae Andra? An if he did catch sicht o ma face afore ah jooked back? Suppose the bugger lets oot whaur ah am? He's the vera yin as wud.

This made him feel more guilty. Andra an Megan are kindness itsel. Me bidin here pits them baith in mair danger than is richt. Ah shud huv passed by insteid o stoapin. That wis selfish. Best git oot o here in the mornin. If troopers dae come by Andra an his guid wife can deny ivver seein me. Thur word agin Merchison. Awbody kens whit he's like.

Decision made he lay back to stare up at the skylight window and listen to the rain drumming on the glass above his head.

It was then his experienced ears caught a faint sound, somewhere outside but not far away. It seemed like a soft snort as a horse might make.

He sat up and strained to the sound. This time there came a soft jingle. Chris. Reins. Jumping up he pushed the window open. Through a curtain of rain he saw a faint outline of helmeted heads bobbing above the hedge as troopers made their way down the track to the mill gate.

Damn Merchison.

Lawson threw on his clothes, grabbed his bag, clattered down to the floor below and burst into Andrew and Megan's bedroom. "Troopers. Only a meenit awa. It's me thur aifter."

Even as he spoke Megan was out of bed. "Nae if they dinna git haud o ye. Doonstairs, oot the back door an alang tae the plank across the burn. Aince on the ither side jist mak yersel scarce. The burn's runnin fierce wi aw that rain. Nae trooper will dare tak a horse ontae yon plank nor will ony be daft enoch tae venture intae the burn itsel."

"Whit aboot yersels?"

"Dinna fash aboot us." Megan grabbed a metal box from the table by the bed. "We huv a guid hidey-hole upstairs, ahint the wa o the room ye wur in." She flung on her clothes then turned to her husband. "C'mon Andra. Move yersel." She clicked her finger at the big collie now standing in the doorway. "Ye as weel Blaze. The law's nae gettin the chance tae tak its wrath oot on ye."

Megan, Andrew, and Blaze ran upstairs. Lawson headed for the back door as John Graham's platoon lined up in the mill-yard.

John Graham signalled 'wait' then dismounted and confidently walked over to the main door of the house. Everyone obeyed except the youngest and newest recruit at the end of the line. His position allowed him to catch a glimpse of a man's figure dart from the end of the building. Ignoring his commander's orders he roared, "Halt," and spurred his horse towards the shape as it ran towards the vegetable garden.

Most days the Poniel Burn wandered through moorland, past fields, gurgling over stones, lifting fallen leaves and small sticks but little else as it rolled on towards its big sister the river Clyde.

Today was different. The past hours of constant rain had brought a transformation. Extra water saturated the land then found a way into the burn to swell the channel and tear up mud from its normally shallow bed. Instead of normal sparkling clarity here surged opaque brown topped with angry waves.

As the Poniel burn raced past the edge of Folkerton Mill it had become a force of nature. James Lawson was well-aware of this as he ran along the bank.

Behind him a pistol fired. A voice roared, "Halt!"

A horse galloped after him. Ahead was the plank he must cross to have any chance of escape. A few more yards and he leapt onto the narrow strip of wood. Below him water swirled and danced and almost touched the soles of his boots. Keep goin. Git tae the ither side. And then he made the mistake of looking down.

Dizzy terror held him.

C'mon. Move yersel. He took a deep breath. Luk aheid. Bide in the middle. Dinna fa aff. He managed a step, was about to take another when a pair of hooves crashed onto the plank. Dear God. His feet almost flew. He landed on the bank, boots sinking in the mud, almost holding him then he was away running through driving rain.

Desperate to prove his worth Trooper Ross tried to force his terrified horse across the plank. Such weight was too much. With a sharp crack the plank gave way and tipped sideways to send horse and rider into the torrent.

Ross let go of the reins as he hit the water. His feet slipped from the stirrups. The current took hold, twisting and turning his slim figure as he struggled against a force which was beyond him.

The burn claimed victory in seconds, filling his long boots with water then dragging him down. A powerful roar deafened his ears as his eyes stared up and saw nothing. Mouth choked by water he couldn't even scream.

Free of its rider the horse tried to swim against the current. Difficult as it was the strength of such a powerful chest and flaying legs gradually took the terrified beast towards the bank.

Sergeant Bennet heard the young trooper shout and turned to see him spur his horse past the end of the building.

He gave chase and reached the vegetable patch in time to see Ross and his horse fall from the plank.

On the opposite bank a figure ran off with never a backward glance.

He edged closer, saw how the horse was struggling in the surging current but seemed to be winning the fight. There was no sight of the rider. Chris sakes. Bennet walked his horse along the bank while scanning the surface of the dancing waves. Just foam and bubbles. Nothing else. He carried on round the first corner. Round the next then stopped to shake his head and retrace his steps.

The horse was now clawing at the side of the bank. Bennet leant down to grab the reins. The beast seemed to realise here was help and didn't resist as the sergeant used his weight and that of his own horse to haul the beast clear. Once on the bank it stood shaking and snorting.

Bennet stood beside the exhausted, trembling animal to stroke the brown neck. "Richt. Easy boy." He continued to whisper reassurance till the wild eyes began to blink at him. "Richt. Easy boy. Back we go. Nice an slow."

When Sergeant Bennet led Ross's horse into the mill-yard the troopers were still astride their horses. John Graham was marching back and forward with ill-concealed impatience. "Weel?" He glared at his sergeant. "Whit wis that aboot?"

"Young Ross is lost sir," Bennet replied. "He fell intae the burn an wis carried awa wi the current. It's richt fierce wi aw the rain we've hud. His horse wis mair lucky an made it tae the bank an seems nane the worse o near droonin. As fur the man ye cam tae arrest ah think he's awa across a field on the ither side. Thur wis a plank across the burn. Yer fugitive aised it. Ross thocht he cud dae the same. Except he forgot he wis on a heavy horse. It wis aw doon tae bein ower eager withoot the richt experience. Ah followed the burn a guid way alang but thur's nae sign o the lad. Ah'm richt sorry, sir. Tae lose yin o oor ain lik that is sair."

"Weel done, sergeant." Claverhouse no longer sounded annoyed. "This is mair than unfortunate but we still hae a job tae complete. The figure ye saw running awa micht nae be Lawson. We need tae be shair. The men will mak a fu inspection o this place. Us twa will hae a word wi the miller and see whit he has tae say aboot sheltering a listed felon. Aince that's dealt wi the hale platoon will mak a proper search alang the watter."

"Ay sir." Bennet signalled for the men to dismount and begin a thorough search of every corner of every building.

Sergeant Bennet twisted the large metal ring in the middle of the house door. The door remained closed. He tried again. "Locked sir. Likely barred as weel. But the runaway wis seen comin frae the side o the hoose. He musta cam oot a door roond ther."

"Whit are we waiting for?" Claverhouse turned and hurried round to the back of the house where the fast-flowing burn was only feet away and lapping over the edge of the bank.

Bennet passed him and stopped further along beside a narrow door. "Ah'll try this yin, sir. In fact it disna luk richt shut."

The door swung open and the two men stepped into a large well-laid out kitchen.

"Tidy place." Clavers nodded approvingly. "Noo let's meet the man o the hoose and see whit he has tae say for himsel." He walked into the hall and shouted "Beck. Andrew Beck. A word if ye please. Nae point in hiding we ken ye're here."

No reply.

Claverhouse frowned and turned to his sergeant. "Shout twa men tae come in and help ye gie each room a guid luk ower. The quicker it's done the quicker we git haud o the beggar."

Sergeant Bennet fetched a trooper and a methodical search began. Each room on the ground floor was checked. Each cupboard was opened and inspected. They even went back to the kitchen to check the large walk-in pantry. No-one was found.

"Richt," Clavers roared, "upstairs."

The first room they entered showed a bed with crumpled sheets and a quilt piled over the end rail but no sign of any occupant. Clavers smiled. "Somebody got up in a hurry. We must be getting close."

The other two rooms sat there neat, tidy and undisturbed. The commander looked annoyed again. "See whit's up the nixt set o stairs."

Here they found a small attic room. A single bed sat in a corner. Again the bedclothes were flung aside, a patchwork quilt lay on the floor. Clavers studied this then turned to see the sky-light window wide open. He stepped over and looked down on the yard where some of his men were scurrying here and there. More important, he had a view of the slope behind the cluster of buildings. "So that's it." He sighed. "Frae here ye can see the way we cam doon tae the main gate. If Lawson wis in this room maist like he heard oor horses' hooves on the gravel. Nae doubt he has ears lik a cat and jist as sharp een. Yin luk wud warn him whae wis coming and why." He turned to Bennet who was opening a cupboard at the far end of the room. "Ye're richt, sergeant. Lawson's awa, but whaur's his freend Beck?"

Bennet banged the cupboard door shut. "Only a rail wi auld claes in ther. The miller's nae in the hoose, sir. We've searched ivvery corner. Mibbe he's in the mill itsel or yin o the oothooses?"

"Ay richt." Claverhouse didn't sound hopeful.

Back in the yard the commander waited till his men finished their search and came back reporting no sign of anyone let alone the miller.

"Nae point in wasting ony mair time here," Clavers announced. "The miller hus somehoo sneaked awa. But he's only putting aff the inevitable. Frae noo on Andrew Beck is added tae the wanted list alang wi posters offering a reward. Somebody will ken whaur the rascal is and the promise o siller will help loosen a tongue or twa. But richt noo I think we need tae devote time tae young Ross. He deserves that."

The men nodded, tethered their horses to the rail by the delivery platform and left the yard for a long, slow walk along the edge of the burn.

The platoon covered more than a mile before they found the missing trooper. His watery journey had been stopped by a fallen tree with its maze of branches trailing across the surging burn like a fishing net. Almost upside down, his boots were still on although the metal helmet was gone allowing straggles of blonde hair to float on the dark surface. His uniform was torn, several metal buttons missing, caked-mud stuck to him like a protective coat.

Pair soul luks lik a doll some bairn hus flung awa. Bennet shivered at the sight. "Hoo dae we reach him wi the way yon watter's swirlin?"

"Ah ken." Ross's friend Samwell, the next youngest trooper, took off his own heavy riding boots and handed them to Sergeant Bennet. "In ma stockin feet ah can edge alang the trunk nae bother."

"Tak care," Bennet warned. "We dinna want ye in the watter nixt."

"Nae fear." Samwell began to crawl along the tree trunk. He was agile and strong with a good sense of balance. When he reached the branches holding Trooper Ross he leant over to study the tangle holding the dangling body then took a knife from his jacket pocket. One by one each twig and branch was cut away till he had enough clearance to haul the limp body up and onto the main trunk beside him. He sat a moment then, arms gripped round his friend's waist, he inched his way backwards along the trunk to the safety of the bank where willing hands took over.

The sodden weight was laid on the grass and gently turned over. Samwell was confronted by a blue-tinged face streaked with mud and slimy fronds. His biggest shock was a pair of wide-open eyes, still staring, still seeing nothing.

Bennet saw the boy's horrified expression and stepped forward. "Twa men lift the body. Hing the pair soul ower his ain horse then stert walkin back tae the mill." He turned to the young trooper. "Weel done son. Ye did mair than mony a man wud."

"He wis ma freend," the boy stammered and moved aside as two troopers leant down to lift Ross and gently drape his body across his horse's flank.

Claverhouse mounted his fine horse and signalled his platoon to form a guard on either side of their dead comrade. He waited while this was done then took his place at the front. Now two lines of silent men walked their beasts out of Folkerton Mill yard to the main gate. Here they stopped and waited for the signal to re-mount, to trot back up the long, rutted track, to the road that would take them back to Lesmahagow.

"Listen." Megan Beck squeezed her husband's arm as they sat together in their cramped hidey-hole at the top of the millhouse. "Soonds lik horses on the move? Mibbe the troops are leavin."

"Jist bide still." Andrew Beck peered at her through the light of a tiny guttering candle. "Better safe as sorry."

"Ah'm shair ah can hear metal hooves on gravel. That means thur on the slope ahint the mill." She stood up. "Ah'll tak a luk an mak shair."

"Naw, naw. Gie it a meenit or twa."

"Dinna be sic a feartie." Megan edged towards the little door of their hiding place, opened it a fraction and listened again. "Ay, hooves. Thur on the move. God sakes it feels lik they've been champin up an doon the place fur hoors. Jamie Lawson musta gotten awa itherwise they wudna huv caused sic a fuss."

"Ay." Andrew agreed. "The worst bit wis hearin the cupboard door open. Ah thocht they'd guessed whaur we wur."

"That's why ah insistit on huvin the door tae oor hidey-hole richt at the back ahint a rail o auld claes." Megan pulled the clothes aside, opened the outer cupboard door, and crossed to the window in time to see the last horse disappear over the top of the slope. "Richt. Aw clear. Oot ye come."

Andrew and Blaze crawled out to join her. Blaze wagged his tail and seemed happy to be out of the tiny space. Andrew's face showed a mix of relief and concern. "Thank God they didna find us. But they'll be back. An then whit? Whit'll happen tae us?"

Megan smiled. "Same as ah tellt Jamie."

"Whit ar ye on aboot?"

"Mak yersel scarce."

Andrew still looked baffled.

"It's nae hard tae work oot. We jist pack up an go. When the troopers come back we'll nae be here. They can search awa tae thur herts' content."

"Whit aboot ma work? Ah've a guid reputation aboot here as a miller."

"Reputation." Megan shook her head at him. "Forget it. As fur work, bide here an ye'll huv nae work. If the law arrests ye it's jail or mair like the gibbet. An dinna luk at me lik that. The voice ah heard in this vera room wis Claverhoose himsel."

"Hoo dae ye ken?"

"Ah saw him struttin his stuff at Lanark Cross a while back. He wis only feet awa an ah heard him speak. Aince heard nivver forgotten. He's a man wi an ill reputation, determined tae mak folk suffer. Whit choice huv we?"

Andrew Beck sat down on the single bed with a thump.

Megan gave a him a few minutes then said, "Wis ah or wis ah nae richt when ah tellt ye tae prepare a hidin-place, jist in case?"

Andrew nodded. "Ay, an ye made shair it wis weel hidden wi anither door oot o sicht at the back o a cupboard."

"Itherwise we'd baith be roped ahint a horse an trailin tae the Tolbooth at Lanark. Ay. An deid afore the end o the week."

"But wur no," Andrew insisted.

"An it'll bide that way if ah've onythin tae dae wi it. So jist listen. We pack up whit we need, load it on the cart an heid oot while we can. We go lukin fur a new life. Us twa an Blaze."

"But whit aboot aw ma orders waitin tae be done? An the rent's due nixt week."

"Nae oor problem ony mair."

"So whaur dae we go?"

"We mak oor way doon by the Rhinns o Galloway, find a boat willin tae tak us, dug, an cart tae Ireland. Ah've twa cousins in Ulster. They'll welcome us. Help us. Afore ye ken it ye'll be in demand wi plenty offers o work. Ye've a skill that travels weel. C'mon Andra, cheer up. We need tae dae this."

It seemed pointless to argue. Andrew nodded then he and Blaze followed Megan downstairs. Soon he was busy packing baskets and loading bits of furniture onto their cart while Megan dealt with the food they'd need for the journey.

Late that evening a fully-loaded cart with two figures and a large collie dog sitting up front trundled out of Folkerton Mill yard and into the deepening dusk.

"Dinna luk back. Luk furrit." Megan patted Andrew's arm. "This way we huv a future."

"So ye say. Richt noo ah'm jist gled the damned rain hus stoaped." He steered the big horse onto the rutted track, towards the road.

Alex Merchison was half-way down Baker's brae when Claverhouse's platoon turned into the Church Square. Among the riders he spied a limp body draped across a quietly trotting horse. His heart leapt then he noticed the red jacket. "Chris sakes, it shud be Jamie Lawson." He ran down the steep little hill but not fast enough to gain a closer look for the military stable door had closed behind the horse with its still passenger.

In the square the other troopers began to dismount. One look at their expressions told Merchison that his information hadn't borne the fruit he expected. He swore, turned and barged into a man carrying a large basket of vegetables towards the inn.

"Here, watch oot." The man staggered back and almost lost his balance. The basket banged down on the cobbles.

"Bugger aff." Merchison pushed past the stout figure.

"Say that again." The man made as if to follow Merchison.

David Davidson saw this and ran out the inn-door to grab a brawny arm. "Leave it be, Archie. Ignore yon eedjit. He's nae worth the bother. Ah want they vegetables intae ma kitchen nae lyin oot here. Thur's soup an stew tae git ready afore denner time."

"If ye say so Maister Davidson. Gie me a haund afore ah chainge ma mind an gang aifter yon bugger."

Davidson nodded and bent to lift the basket.

Merchison went home to find his mother in their tiny kitchen, sitting in her favourite chair, cat curled at her feet as she knitted away at a long grey sock. He glared at this picture of contentment. Luk at her. Whit's she got tae be happy aboot? An me naether, livin frae haund tae mooth. At least it wis till ah hud a chance o chaingin it. He thought about the bag of silver he'd heard jingling in the Church Square just yesterday. Ay, an ah gied yon high an michty commander the word he needed tae catch the man he wis aifter. Ah even tellt him whaur tae go. Why wis a deid trooper hingin across yon horse insteid o yon rat bag Lawson? He kicked at a nearby stool, up-ended it and swore loudly before stamping outside again.

Elena Merchison looked up from her knitting. "Dear me." She shook her head as the outer door slammed shut. "Whit's up this time?" Her gentle face tightened before the metal pins clicked again.

Sergeant Bennet stood beside two of his troopers as they lifted Ross from his horse and laid him on a pile of straw in the nearest stall. "Richt. Clean him up then gang roond tae oor billet an fetch a clean sheet tae wrap roond. While ye're dain that ah'll run doon tae the joiner's shop an see aboot a coffin. The commander's in the billet richt noo writin a report aboot oor lack o success. By the luk o him he's far frae pleased aboot this ootcome. Only way oot o this is seein the lad buried afore the day's oot wi as little fuss as possible." Bennet opened the stable door and summoned another two troopers to come inside. "Git a shovel each frae the inn-keeper and gang ower tae the graveyard. Ah want a proper hole dug within the hoor."

"Whit aboot the yin we dug fur Crichton? It'll still be empty," Trooper Sneddon suggested.

"Dinna even think it," Bennet snapped. "That young man deserves his ain spot tae rest in. Whit happened tae Crichton wis diabolical an ah dinna want ony o that horror taintin young Ross in ony way. Unnerstaund?"

"Ay sir." Sneddon flushed and hurried outside.

"Weel, weel." Forsyth the joiner looked up from his bench as Sergeant Bennet bustled into his workshop. "Whit are ye aifter in sic a hurry the day? Shairly nae anither coffin?"

"An if it is?"

"Naethin." Forsyth swallowed a smile. "Ah jist wunnered. As it happens ah huv yin aboot feenished. It's jist needin tae be varnished."

"It'll dae fine as it is."

"In that case ah'll tak a bit aff the price. Will ye be wantin delivery same as last time?"

"Indeed. Ah'll expect ye in ten meenits. Noo mind, ten meenits." Bennet wheeled round and left Forsyth staring after him.

The sergeant now hurried back to the barracks where Claverhouse was finishing his report. "We shud be ready tae bury young Ross within the hoor, sir."

Claverhouse looked up from his scraping pen. "The quicker this unfortunate incident is ahint us the better. We want nae loss o face if we can help it."

One hour later John Graham was standing beside a newly-dug grave, removing his feathered hat before saying a carefully-worded prayer for the soul of his youngest recruit. Even as he intoned Amen the unvarnished box was already lowered into its resting place and covered by shovelfuls of muddy soil.

He waited while a rolled-up strip of grass was replaced before signalling for the men to line up on either side to give a formal musket salute. This done he gave a final bow, crammed his hat on again then led his silent platoon from the graveyard, past the front door of the church, across the square, round the corner to their billet on the Main Street.

As they passed the rows of houses many eyes watched behind the privacy of their windows, and many villagers worried about the commander's dark figure and what he might do next.

Worn out with disappointment and resentment Merchison drifted into sleep till cool dusk air made him shiver and sit up to rub his eyes. Hoo lang huv ah been here, wastin ma time? Walkin up the hill ahint the village tae sit in a huff lik a bairn. Ah shud be doon at the inn listenin tae whit's bein said aboot Clavers' escapade. If onybody kens whit went on wi they troopers it's yon lot. He lurched upright, dusted damp leaves and grass from his clothes and made his way back down to the village.

Once in the inn he slipped into the only space left in a far corner.

"Whit dae ye want?" Jessie MacPhail appeared by his side.

"Jist ma usual."

Jessie made a face at him and pushed through the the crowd to the serving hatch where she poured a mug of ale then returned to Merchison. "Here ye are. Nae that ye deserve it." She leant closer. "Ah ken whit ye did." She pointed a finger at him. "An ah'm nae the only yin so tak care, Maister Merchison." She whirled away before he could answer.

After that he sat listening while the gossip flew back and forward. One thing was clear, James Lawson had not been captured. Merchison digested this and felt more depressed, felt the need for another mug of ale, then another till he'd no more coins in his pocket. Chris sakes. He banged his empty mug on the table.

"Whit noo?" Jessie shouted at him.

"Anither drink. On the slate this time."

"Nae chance. Ye've hud mair than enoch onyway."

"Ye're a hard wummin, Jessie MacPhail."

Jessie glared at him and pointed towards the door.

For once Merchison didn't argue. Muttering, "Please yersel," he stumbled from his seat and pushed his way outside where the sudden blast of cold air had him gasping and leaning against the inn-wall.

He blinked and tried to steady himself as he peered towards the grey shadow of the church. Ah cud dae wi a sit doon. They kirk steps luk invitin. Ay. But ah need tae cross the square first. With a mixture of wavering steps and good luck he reached his goal. Kent ah cud dae it. He thumped onto cold stone, leant against the heavy door then allowed himself to slowly slide right down. That's mair like it. He sighed. Even better if ah shut ma een.

Minutes later he was snoring; he didn't hear or see a dark figure approach his resting place and stand over him to whack a heavy stick against his head. No resistance. No struggle. He felt nothing. After that it was easy enough to drag his limp body away from the steps with the heels of his boots scraping along the rough cobbles. Unaware of what had happened or where he was going Alex Merchison was lost within the comforting hug of darkness.

Early next morning Jessie MacPhail took her usual short-cut through the graveyard. As she passed the spot where she'd found Crichton's empty coffin there was another surprise waiting.

A head poked above the grassy rim of what had been Crichton's grave for a few brief hours. Oh my. She stopped. Shairly they huvna brocht the deil back. She took a cautious step forward. God sakes, it's Merchison. Is he deid? She stepped back then looked again. Whit's that tied roond his heid? She leant down to pull off a long strip of paper and read the word **CLYPE** painted in thick black letters. She read the word again then peered at the still, white face.

Merchison's eyes opened and stared back at her. The eyes held her then they blinked. Jessie screamed, jumped back and almost fell over in her hurry to run away before anything else could happen.

Once out the graveyard gate she was across the square and into the inn gabbling at her astonished employer.

"Haud on Jessie," Davidson shook his head. "Ye're nae makin ony sense."

"Come an see fur yersel. Merchison's in yon captain's grave. He's nae deid jist buried up tae his neck in mud."

"My God whit happened?" Davidson was as shocked as Jessie when he met Merchison's face peering at him from its deep bed of mud.

"Whit dae ye think?" Merchison growled. "Some eedjit taen agin me, knocked me oot an flung me in this God-forsaken hole. Ah'm that far in ah canna move. Fur Chris sakes git me oot afore onybody else sees whaur ah am."

"Ah'll need help. Ay. An the law needs tae ken aboot this." Davidson turned and ran to the military billet to hammer on the door and shout for assistance.

The man who opened the door immediately fetched his sergeant who called for several troopers to fetch shovels and follow him to the graveyard.

Sergeant Bennet studied Merchison's head and found it difficult not to laugh. "Weel, weel ma man, ah've seen mony a sicht but this is a first. Snugger than a bug in a rug so ye are."

"Jist git me oot." Merchison glared at him. "If ye think this is funny try it fur yersel."

"Ah dinna think sae." Bennet turned to his troopers. "Wipe that smile aff yer faces an stert diggin. An dinna stoap till ye've got his oxsters clear enoch tae pu him oot."

Minutes later a mud-soaked figure was half-dragged, half-carried from the graveyard and across the square towards the inn.

"Naw. Naw. He canna come in." Davidson stopped them at the inn door. "Wait a meenit till ah fetch a chair an pit it by the watter trough. Ah'll gie ye a mop an a hard brush tae scrape him doon."

While the troopers were trying to wash down the unfortunate Merchison their sergeant hurried round to the billet to inform John Graham of the incident. "It's the same man as veesited ye the ither nicht. Ah think ye best come an see."

Clavers followed his sergeant to the Church Square where a small crowd was watching several troopers emptying pails of water over Merchison before trying to scrape layers of mud from his clothes. He frowned and flapped a gloved hand at the villagers. "Gang aboot yer business. Thur's naething here fur ye tae bother aboot."

Clavers was about to step forward and speak to the dripping figure on the chair when Jessie MacPhail interrupted him. "Tak a luk at this, sir." She handed him the strip of paper she'd removed from Merchison's head. "This wis tied roond his heid. The word on it micht help ye unnerstaund whit happened last nicht."

When John Graham read the word on the paper he nodded to Jessie then turned to his sergeant. "So whae dae ye think micht name this fella a clype?"

"Nae prize fur guessin, sir."

"Ay." Clavers smiled. "It seems that the vera man we're aifter is a man wi a grudge. Bad enoch tae come back here fur a spot o revenge insteid o makin guid his escape. A brave man if a foolhardy yin." The commander clenched his fist. "Evvery hoose in this village must be searched. Ivvery man, woman, and child questioned withoot delay. Somebody must ken aboot this." He clenched his fist again. "Yin way or anither I intend tae git haud o Lawson."

Clavers now turned his attention to the dripping Merchison. "Whae did this tae ye?"

"Need ye ask?" Merchison glared at the commander.

"Did ye see the culprit?"

"Hoo cud ah? Ah wis taen unawares an knocked oot. But ah ken it wis Jamie Lawson. Naebody else hus sic a twistit mind."

"He did a guid job on ye." The commander turned and called to Davidson. "Fetch a wee hauf fur this unfortunate gentleman. In fact mak it a double as a sma recompense fur missing oot on this." He took the little bag of silver from his pocket and jingled it in Merchison's face.

Chapter 12

Fly's ears pricked up. Eyes flashed open. Before he could growl John Steel's hand warned him no. The big collie stiffened and obeyed as they sat watching a burly figure walk past the edge of the little birch wood.

John had been after rabbits on the moor. As he came over the last heathery mound above the farm he noticed the washing flapping on the drying green. The bairn's patchwork quilt was right in the middle; the agreed warning that troopers were on the go. "Nae again." He swore and retreated to the little birch wood above the farm where he'd have a good view of what might be happening.

There were no red-jacketed figures prowling round the yard poking their noses into the barn or the byre or even the pig sty. In fact there was no sign of any movement other than a few hens scratching in the dust. He frowned then thought about Marion's almost sixth sense when troopers were nearby. Ay. Nivver fails. Best bide oot o sicht till she taks doon the quilt.

The sun was shining, the birds chirping and whistling. The air was pleasantly warm with the promise of summer. It was no hardship to settle himself in the shelter of the trees and allow time to quietly pass. He felt comfortable, more relaxed than he'd been for days. Being back home, picking up on a daily routine was helping him put this last escapade with James Renwick behind him. Why oh why dae ah keep dain this, allooin masel tae git involved in maitters as bring mair trouble? Ah shud ken by noo. A tiny voice seemed to laugh and whisper, when will that be? He shook his head and began to think about life since he'd become a rebel with a price on his head. Luk hoo it affects ma family. Pair Marion hus taen the brunt o it. An yit ah huvna stoaped resistin. In ower the heid by noo. He sighed. Me ower the back if ah'm honest.

And then came Fly's warning growl.

Close by was the figure of a well-built man in rough-working clothes with a large blue bunnet pulled low over his face. Everything about him seemed weary as he walked along till he reached the end of the trees where he stopped as if uncertain about the open moor.

Whit's he dain wanderin aboot up here? John didn't move

other than to tighten his grip on Fly.

The man stood for several minutes then shrugged and sat down to lean against the nearest tree trunk.

Seems worn oot. Nae as if he's meanin ony harm. But aw the same.

Minutes dragged past. The sun began to slide towards the other side of the trees. Still the man didn't move. And then gradually the bonneted head drooped forward.

John slowly got to his feet and signalled for Fly to do likewise. Together they slipped from tree to tree and away from the dozing figure.

And then curiosity made John stop and turn back towards the figure now stretched out on the grass gently snoring.

A few steps closer and he burst out, "Weel, weel. Ye're a surprise so ye are."

James Lawson almost leapt upright then realised who was looming over him. "It's yersel, Captain Steel. Weel met then."

"So ye say Jamie. But sleepin oot here in the open withoot a care isna a guid idea these days. Especially fur the likes o yersel."

"Ye've heard then?" Lawson flushed.

"Aboot Crichton, ay. Wis shootin him nae enoch? Ah heard aboot the fine Claverhoose clapped on the village when naebody let on whae abused his respectit captain."

Lawson's face grew redder. "Ah didna mean fur that tae happen. But diggin up the bugger and hingin his body on the Lanark gibbet seemed ower guid a chance."

"If ye say so." John shook his head.

"Depends hoo ye luk at it. It seemed richt tae me. An ah did try tae tak the pressure aff the village by writin a confession, an signin it. Mind ye, ah didna haund it in ah jist postit it unner the sodjers' door an made masel scarce."

"Whaur huv ye been since? Whit are ye dain back here?"

Lawson explained about the mill and his narrow escape when troopers suddenly appeared. "It wis aw doon tae yon bugger Merchison as bides hauf-way up Baker's Brae."

"Are ye shair?"

"As shair as ah'm staundin here. An auld farmer hud cam intae the mill fur his animal feed. Merchison wis alang wi him. Ah wis richt carefu an thocht ah'd bid oota sicht but thon yin hus een ivverywhaur."

John nodded. "He's aye been worth the watchin."

"The mair ah thocht aboot it the mair ah wantit tae come back an sort him oot."

"An did ye?"

"Ay."

"Wis that wise?"

"Probably no. Whit wi hurryin back here unner cover then dealin wi Merchison then makin aff again ah'm jist aboot done in."

John frowned. "So whit aboot Merchison?"

"Och nivver fear, the bugger's nae deid. When ah got tae him it wis daurk, he wis blind drunk an nivver kent a thing when ah banged him on the heid. Aifter that it wis easy tae trail him ower tae the graveyard."

"Graveyard?"

"Ay. Ah drapped him up tae his neck in Crichton's empty grave wi a strip o paper tied roond his heid sayin 'clype'."

John burst out laughing. "Weel Jamie, ye're the star o this show an nae mistake. Even Claverhoose musta smiled. Ah tak it he saw the result?"

"Ah've nae idea. Aifter ah settled Merchison ah wis fur the road sooth."

"So whit are ye dain up here? Claverhoose micht be amused by yer escapade but it'll nae deter him comin aifter ye."

Lawson's face grew serious. "Insteid o runnin awa ah decided tae try an dae mair guid fur the cause. That's why ah'm here, on ma way tae Logan Hoose tae join up wi the resistance."

John's face tightened. "Ah tak it ye mean the likes o James Renwick?"

"He fair impressed me when we met at Auchenheath Hoose. A man wi a mission if ivver ah saw yin."

"Ye cud say that." John frowned. "Last time ah saw Maister Renwick he wis at Logan Hoose plannin a big demonstration somewhaur in a day or twa."

Lawson nodded. "That's whaur ah'm goin. At least ah wis till ah sat doon fur a rest an somehoo drifted aff. But whit aboot yersel, captain?"

"Forget the captain. It wis way back in '79 an didna last lang. Nae that ah wantit it onyway."

He was about to say more when Lawson grabbed his arm and

pointed towards the beech-lined road from Lesmahagow where four red-jacketed riders were galloping along at a fair rate. As they watched the tightly-formed group veered from the road and took the track leading to Westermains farm itself.

At first it seemed like another raid on the farm but the horses carried on through the yard scattering hens in all directions before taking the path to the moor.

"Richt, oota here." John lifted his bag of rabbits and turned back among the birch trees. "They huvna seen us yit."

"They'll soon find us amang they wee trees."

"No they'll no. C'mon."

Minutes later they were on the other side of the little wood. Ahead stretched open moorland.

"This is nae aise," Lawson groaned. "We canna ootrun them."

"Ah've nae intentions," John replied. "A wee bit further an ye'll unnerstaund."

Lawson shook his head and pounded behind John till they reached the top of the first mound of fern and heather.

"Whaur noo?" Lawson sounded desperate.

John pointed beyond the edge of the ridge. "Luks innocent enoch but in a meenit we'll aise it as a hidey-hole. Aw the way alang the tap hus been subjectit tae years o rain an snaw an wind. In the maist exposed bit the soil hus been washed awa an allooed deep channels tae form ablo whit luks lik a dense bank o heather. Thur's nae way o seein whit's unnerneath but jist step on it an ye'll drap thru layer aifter layer o wiry branches and roots tae land in a saft, dark space a aboot six feet doon. An while that's happenin the green an purple tangle jist closes ower as if naethin hus happened."

"Whit?"

"Jist jump ahint me an find oot." John lifted Fly in his arms and leapt forward.

Lawson gulped and followed John to find himself being scratched and torn as wiry fingers gave way against his solid weight. And then he was past this jaggy barrier and dropping into damp leaf mould. He rolled over then sat up and peered round this unlikely cavern.

John gave him a push. "Crawl alang till ye feel the solid side o the bank then lean ticht against it. If yin o the horses comes ower the ridge an stumbles thru wur weel tucked in. Nae that a horse is likely tae step ontae unstable ground."

Once against the solid wall of stony soil they sat peering up through a dense, complicated pattern of roots to a faint glimmer of light.

"Ah wisna shair if ma hidey-hole wud still be here," John admitted. "Thur's nae way tae ken hoo the moor drains. This is whaur ah hid in '79 aifter Bothwell Brig when the great Earl o Airlie wis on ma tail."

"Thank God it's still here." Lawson grinned in the half-dark. "An nae a meenit ower soon."

"Indeed. Noo bide stoom an dinna move till ah tell ye." John grabbed Fly's collar. The dog obediently lay across his feet.

"Whitivver ye say." Lawson pressed closer to the damp wall of soil as heavy hooves approached.

Trooper Sneddon led his three comrades up the path to the moor. Behind them on the Lesmahagow road an elderly farmworker watched the troopers gallop away. As if ah didna ken whae thur aifter. Jist as weel ah happened tae see the vera man climb the dyke ablo Westermains farm an run thru the fields as if heidin fur the moor. Bugger deserves tae git caught. Yon Lawson hus a lot tae answer fur. Shaking his head the old man turned and walked away.

Being up front felt good. Sneddon spurred his horse to stay in the lead. Having grown up in a crowded corner of a dark, smelly vennel in Edinburgh being out here in fresh country air was something to relish. And all down to being recruited into Claverhouse's Regiment of Horse. Better still, he was beginning to believe he had the chance of a decent future. Only snag was learning to keep his tongue between his teeth and accept orders. Not that this mattered when astride a fine horse and feeling important.

Claverhouse had split the platoon into several small groups and sent each one in a different direction to search out any news of the runaway. Sneddon had a sneaking admiration for this so-called peasant and the way he'd tweaked Claverhouse's tail. The need for swift revenge was the commander's reaction but the young man did wonder if the great man might feel a reluctant admiration for such a daring challenge.

And here was Sneddon on the right trail, about to confront

the very man at the centre of this fuss and haul him back to face whatever. The old man's description had been clear. In a few minutes it would be over.

Except once above the farm there was no sign of anyone, no-one hiding in the little birch-wood, no figure trying to run into the distance across open moor.

"Thur's naebody here," the rider behind Sneddon called out. "We can see fur miles an naethin's movin but oorsels."

"So it seems." Sneddon reined back his horse. "Mind ye, yon auld man soonded resentfu enoch aboot the runaway tae mak me believe him."

"Ah thocht the same." Another rider joined in. "Mibbe we shud gang thru they trees again an mak shair."

The four riders went back to the little wood, dismounted, tethered their horses then worked their way through the tightly packed trees, even stabbing into dense clumps of ferns. They found nothing.

Returning to their horses they remounted and this time walked them back down the path to the farm.

Marion was waiting for them in the little courtyard. She scowled at Sneddon. "Whit is it this time? Is thur nae peace tae be hud?"

Sneddon sat up straight and glared at the angry woman. "Wur searchin fur a parteeclar felon. He wis seen headin this way. Man by the name o James Lawson. Dae ye ken him? Huv ye seen him?"

"Ah ken whae he is. Naethin else aboot him. An nae idea whit the fuss is aboot," Marion snapped at Sneddon. "Ah certainly huvna seen him. Nor dae ah want tae. Why wud ah? Whitivver he's done hus nowt tae dae wi me or ma family. Ye ken fine that ma husband's a declared rebel. We need tae be carefu. Nane o us want ony mair trouble frae the law." She stepped forward and stared up at the mounted trooper. "If ye're here tae search, git stertit. Ye've done it often enoch an ken ivvery corner better than masel. When ye find naebody hidin hereaboots ah hope ye'll huv the grace tae apologise fur causin sic needless upset."

"Wur only obeyin orders."

"So ye say. Seems mair lik ye enjoy harassin pair folk fur nae reason."

Sneddon made to answer but Marion flapped an angry hand

in his face. "On ye go. Whit are ye waitin fur?"

The four troopers searched the house, looked under beds and opened cupboards before starting on the byre and stable where every stall was checked. No corner of any building was ignored, even snoozing hens were flung from their perches and tossed from their henhouses to flap and screech and run around in terror. After all that there was still no sign of Lawson.

Forced to give up they returned to the farmhouse where an irate-looking Marion was standing on the doorstep. Sneddon treated her to a nod and a half-hearted salute before the four troopers led their horses from the cobbled-yard.

This time she said nothing, just followed them through the archway to watch their retreat down the farm track. Thank God ah hud a feelin somethin wis aboot tae happen an hud the sense tae hing oot the bairn's quilt tae warn John. Itherwise he micht huv walked intae this. Haurly bears thinkin aboot. Tight-lipped she waited till the soldiers were back on the road and heading for the village.

John stayed put long after the sound of heavy hooves had faded into the distance. As instructed, Lawson remained perfectly still and said nothing.

Above them came soft sounds and signs of movement as moorland life picked up its routine again. Insects appeared, climbing over and under the twisted tangle of heather root while a tiny spider treated them to a fine display of ornate web building.

Further away some birds began to chirp, calling to one another as they usually did. This seemed to tell John it was safe to leave their hiding place. "Richt, we'll crawl alang tae the shallow bit then push oor way up thru."

"It wis gey jaggy on the way doon." Lawson eyed the thick tangles above.

"Pu yer bunnet ower yer lugs an pit yer jaiket collar up ticht afore ye stert."

Lawson gritted his teeth and began to fight his way into the waiting branches which seemed set against him. On the way down they'd simply parted and allowed his weight to drop through. This time it took effort and determination to force enough space to reach the surface and crawl onto firm ground again.

"That wis a hard fecht," Lawson admitted as he struggled to his feet. "An a guid lesson hoo naethin oot here is quite whit it seems."

John nodded. "A bit lik oor ain life richt noo."

"If ye say so." Lawson frowned. "Ah feel different. The cause is whit maitters. If risin tae a challenge is pairt o it…Weel, so be it."

"Ye're a fierce an committed man," John said quietly, "itherwise ye wudna huv dealt wi Crichton the way ye did. Ah've ower mony doubts fur onythin lik that. Onyway, it's nae in ma nature tae think that way let alane dae it."

"Whit aboot yer reputation? Ye're weel thocht o. Luk at the way ye served the cause at Bothwell Brig. God sakes man, ah saw ye masel. Nae sign o haudin back yon day. Ay. An ye've proved yersel in mony a way since then. Aw they run-ins wi the law an nivver caught."

"Needs must. Naethin else. If the truth be tellt ah've mair doubts richt noo than ivver ah hud. Spendin time wi the likes o Richard Cameron fairly chainged ma thinkin. An nae in a way that pleased him." John took off his bunnet and shook free a few tiny beetles and a fluttering of root bark. "Year aifter year wi mair an mair sufferin fur awbody an nivver ony end in sicht. Ah ken the cause keeps tellin us tae resist this ill-minded king an government. Tae live by the Word. Tae keep goin against aw the odds. Nivver gie up. Ah dae unnerstaund. An ah dae agree wi the preachers when they say evil is stalkin the land. But in aw honesty it's gotten mair complicatit wi bad things happenin on baith sides. Whit aboot yer ain wee ploy agin the dreaded Crichton? Mibbe ye dinna ken but him an me gang way back. Ah've naethin guid tae say aboot the man. He wis the cruelest craitur ah ivver came across. Mony a time ah tweaked his tail an taen pleasure in dain it. Mair than aince he tried tae git his ain back or worse. He certainly wantit me deid. But somehoo ah nivver got roond tae repayin the compliment." His boots scuffed at the tiny stones in the grass then he met Lawson's gaze. "Ah'm shair ye hud yer reasons an it made sense tae yersel. But aw the same. Fur masel ah whiles wunner whaur is this precious truth wur supposed tae be defendin."

Lawson flushed and looked uncomfortable. "Ah nivver expectit tae hear ye say sic words. Nae aifter aw ye've done fur the cause." He took a few steps as if to leave then turned back and offered a grubby hand. "Aw the same ah'm gratefu tae ye John Steel. Truly ah am. Withoot yer help ah'd be heidin fur the Tolbooth richt noo insteid o walkin tae Logan Hoose an meetin up wi Maister Renwick."

John returned the firm handshake. "James Renwick an yersel huv much in common. He'll be gled o yer support. Gang weel but tak extra care wi John Graham on yer tail. He's a maist unforgivin chiel an nae likely tae gie up."

"Whit aboot yersel?" Lawson hesitated. "In spite o yer doubt can ah nae persuade ye tae at least conseeder joinin us?"

"Naw. Naw. Ah've maitters o ma ain needin attention." John shook his head. "Ah'm nae agin James Renwick it's jist – "

"Ye dinna agree wi him either." Lawson seemed disappointed as he walked away.

John watched till the burly defiant figure had become a dot in the distance. Weel James Lawson, ye've certainly proved yersel a man tae be reckoned wi. Ay. An a brave yin as weel. God kens whit ye'll git up tae wi the likes o James Renwick. Ah jist hope neither o ye end up regrettin the ootcome. With that he headed to the corner of the little birch wood where he had a good view of the farm.

The bairn's quilt was gone from the washing line. He smiled with relief and began to whistle as he hurried towards the path down from the moor.

"Nivver heard the like," James Lawson muttered to himself as he strode through the heathery mounds of the moor. "A man lik that. A stalwart fur the cause. Whit's caused him tae think yon way?" The word think seemed to hover there, begin to bother him. "Naw. Naw." He juddered to a halt and closed his eyes. "Captain Steel's gotten himsel mixed up. That's a peety but ah've nae problem. Ah ken whit's richt." He opened his eyes and nodded. "Ah'm fur the future wi Maister Renwick if he'll huv me."

In the distance a faint swirl of smoke rose above the farmstead that was Logan House. Suddenly he felt better.

John Steel came into the farmhouse kitchen to find his wife and Miss Elsie busy rolling out pastry. Wee Bella stood at the edge of the table, waiting for a chance to poke her finger into one of the apple slices before they went into the pie tin. He smiled at the eager face. It almost seemed a shame to disturb them when he called out, "Ah'm back."

Marion looked up. "Whaur huv ye been?" She dropped her rolling-pin and ran over to give him a hug. "Ah taen the bairn's quilt aff the washin-line ages ago."

"Ah wis a mite distractit seein Jamie Lawson safely on his way. But the meenit ah realised ah wis doon the path an hame."

"Lawson." Marion drew back. "Shairly ye're nae gettin involved wi him? Nae aifter whit he did."

"Naw, naw. He jist cam on me when ah wis sittin on the edge o the wee birch wood. Ah wisna exactly pleased when he appeared only meenits afore ah saw four troopers gallopin past oor farm, heidin in oor direction. They hudna spied us but in anither meenit it wud be ower late." He explained how they'd hidden, how close the troopers had come and never guessed where they were.

"Ah hope Lawson appreciatit yer help. Of coorse it meant we hud a veesit frae the military an then a fu inspection. Ivvery corner yit again. But nivver mind. Ah'm nane the worse o thur harassin an it's by wi. It got better aifter that fur oor Gavin appeared bringin Miss Elsie a letter frae her Aunt Mirren. She's been fair excited ivver since. Gus MacPhail drapped it aff at Waterside raither than draw attention by comin up here. He tellt Gavin that oor freend James McAvoy gave it tae him. Gavin taen care as weel. Cam ower the fields an went hame the same way."

"Guid news ah hope." John looked wary.

"See for yersel." Elsie took the thick folded paper from her apron pocket. "Mind ye, the news is guid and nae sae guid."

"Whit dis that mean? Mibbe ye best tell me afore ah try readin onythin."

"Aunt Mirren has been tae Edinburgh since her last letter. If ye mind she wis keen tae mak shair Uncle John's lawyer wis properly prepared afore the hearing wi the Privy Council. He'd been brocht back frae the Bass Rock tae the Tolbooth. She wis allooed tae visit and spend some time wi him afore he went intae the court. She says he's lukin awfy frail and is still limping frae yon torture he wis subjected tae when he wis arrested. And of course Aunt Helen's death has hit him hard. He seemed that doon-hearted; made her wunner if he had the strength tae keep up his battle against the government's false accusations."

"Ah hope Mistress Mirren wis able tae gie the pair soul some reassurance. Hoo he hus survived yon Bass Rock these past five years is beyond me."

"Aunt Mirren explained hoo Aunt Helen had made her executor wi control ower awthing till sic times as he wis free again. That seemed tae help, parteeclarly since Aunt Helen's secretary wis biding on and proving tae be a great asset in dealing wi the shipping side o the business."

John nodded. "Ah wis grateful fur that. Thanks tae Mistress Mirren's kindness an Matthew's organisin ability the Hawthorns got awa withoot ony mishap."

"Aunt Mirren went on tae suggest that I micht be allooed tae tak ower the apothecary shop in Glesca. Richt noo Uncle John's auld assistant Hector Nicol is struggling tae cope on his ain. He's aready said he needs somebody alangside wi mair knowledge than himsel."

John looked at the excited face and smiled. "Ah wunner whae that wud be?"

"Ay. He wants me tae tak ower runnin the shop. That means diagnosing whit illness needs whit medicine then making up the potions. It's carefu work. Ye need tae be precise and git it richt."

"This Maister Nicol. Will he bide on an help wi the work? Apart frae onythin else ah dinna fancy ye bein in a toun shop on yer ain."

"He's been pairt o the shop since I wis wee, mair a freend than an employee, kens hoo thorough Uncle John taught and tested me. In fact he said ah wis jist richt for the task and wunnered when I cud mak a start. Ye see it's aw raither urgent for Uncle John didna get a fair hearing wi the Privy Cooncil. His lawyer wisna even allooed tae appear. Thur Lordships jist wanted tae ken if Mister Spreul wis noo ready tae pay his £500 fine."

John frowned. "Ah tak it the answer wis naw. Ah only met yer uncle aince but he seemed a man likely tae stick tae his principles."

"His answer wis nivver. Hoo cud he even contemplate paying a fine fur a made-up charge that had naething tae dae wi him? They didna like that and sent him straight back tae the Bass Rock tae sic times as he chainges his mind. Aunt Mirren hud nae chance o seeing him. She wis richt upset and noo mair determined than ivver tae mak things as richt as possible." Elsie hesitated. "Whit dae ye think?"

"Whit dae ye think yersel? Are ye willin tae tak on sic a responsibility?"

"Uncle John wis a weel respectit apothecary wi a lang list o important clients. It wud be a shame tae let his hard-won reputation slip awa."

"An dae ye feel weel enoch tae tak aw this on?" John asked quietly.

"Ay. It seems richt and I want tae try an mak a difference. Mistress Marion and yersel huv helped me, allooed me time and space tae find masel in a better place."

"In that case ah think us twa shud tak a wee journey intae toun an meet yer aunt fur a proper conversation. Aince ye're clear aboot ivverythin ye can decide whit's best. Hoo dis that soond?"

"Perfect. When dae ye suggest?"

"Jist as soon as ah can ask Gus MacPhail fur a hurl in his cairt. He's a guid freend. He'll see us richt."

"Nae worries." Marion smiled. "Ye'll be fine."

Chapter 13

Two days later Miss Elsie was sitting beside John at the front of Gus MacPhail's cart.

It had been a tearful parting from Westermains farm, leaving what seemed like home during the long weeks battling her way back to health. Wee Bella had clung to her skirt while the two boys nodded solemnly and offered a formal handshake. Marion had given her visitor a long hug then wrapped her best woollen shawl round the slight figure. "Jist tae mak shair ye bide warm enoch on Gus's draughty auld cairt."

After that it was a relief to stumble up the path to the moor, follow John through the little birch wood then down through the fields to Waterside farm where Gus had arranged to meet them.

As Elsie grew in strength Marion had persuaded her into the little herb garden behind the farmhouse and asked advice about other herbs she might add to her collection. It worked. Soon she was taking Marion on walks to find likely spots for suitable wild-growing varieties. This made her realise how much she missed her herbs, the growing, nurturing, harvesting, preserving and drying, then preparing for medicinal use.

Sitting in the cart she now felt excited about what next.

The three travellers trundled along in silence till they reached the Glasgow road. Gus eased his big horse onto the wider track then glanced sidewards at John. "Nae mony on the road the day. Thursday is aye quiet. Nae markets in the toun. Onyway, the few that are aboot will nivver recognise ye wi yer bunnet skip pued doon as far."

"Marion warned me tae tak care. That's whit ah'm dain."

Elsie stiffened. "I didna mean tae put ye in ony danger, Maister Steel."

"Nae worries. Ah'm needin a veesit intae toun fur some business wi ma freend James MacAvoy. This journey will work fur us baith."

They lapsed into silence again.

A few slow miles passed then Gus gave a cough as if about to make an announcement.

"Whit is it?" John turned towards him.

"Ah'd like a wee word." Gus glanced towards Miss Elsie.

"Nivver heed the young lady." John shook his head. "Ah'm shair she'll nae mind. An nae likely tae talk aboot whitivvver it is that's botherin ye."

"She micht be shocked at whit ah say."

"Aifter whit she's been thru ah doubt it."

Gus stared ahead and tightened his grasp of the reins. "It's aboot James Lawson. Hoo ah got entangled wi him."

"Did ye noo?"

"Ay. Ah'm sorry tae say."

"That ah can unnerstaund. Ah've hud a wee run in wi him masel." He described what had happened.

Gus frowned. "Ye'd nae choice. Itherwise ye'd be locked in the Tolbooth richt noo. Ah hud a choice. An made a wrang yin. Ah agreed tae help Lawson dig up yon Crichton's body then cairry it on ma wee cairt tae meet up wi twa ithers at Kirkfieldbank. Aifter that we wur up the brae, sneakin thru Lanark in the daurk tae hing the corpse on the gibbet."

"God sakes Gus. Whit made ye dae it?"

"Ah blame oor Jessie. She hus nivver forgien me fur savin the deil when ah cam across him a while back slumped ower his horse in drivin rain. Ah did think aboot dain itherwise but as ye ken ah brocht him tae the military billet in the village. They said ah saved his life. That hud Jessie ragin. Accusin me o bein a coward. Insistin that Crichton didna deserve tae live. She hus hounded me ivver since. Askin when ah wis gonna redeem masel. Then Lawson arrived wi his suggestion." He trailed off and stared ahead again.

"An noo ye've pleased yer sister an torn a hole in yer ain conscience," John said gently.

"Ay. An ah canna git it oot o ma heid. Thinkin lik that is bad enough. It's nae like me." He sighed. "But thur's nae gettin awa frae it ... ah did."

Elsie Spreul grasped Gus's arm. "Maister MacPhail, can I jist say that sometimes bad things happen oot the blue. Things ye dinna even unnerstaund. Things ye canna cope wi. Ah ken that masel. But nivver forget there's aye a way back, even frae the darkest place. I'm shair ye'll find it if ye're willing tae try."

Gus's eyes welled up and this time it was John who gave a cough.

There was silence for several minutes then John said,

"Lawson's a man tae be reckoned wi. An he's nae alane. Thurs a wheen ithers aboot. When ah left him on the moor he wis heidin fur Logan Hoose, keen tae join up wi James Renwick's planned demon-stration agin the king an government. They'll git on fine thegither. Renwick is ivvery bit as determined as Richard Cameron. Ye're aither wi them or agin them. Nae hauf measures. Ah've spent time wi them baith. Travelled miles in thur company, heard them preach, listened tae thur ideas. Whiles ah didna agree an spoke oot. It didna gang doon weel wi either man. Raither a different attitude tae Sandy Peden. Ah've met him a time or twa an been impressed hoo he's prepared tae listen. Aw thegither a mair conseedered an gentle approach. Tae be honest ah'm inclined tae think auld Sandy micht huv the richt o it."

"Guid luk wi that," Gus snorted. "Ah'd say ye're ootnummered."

"Ah'm weel aised tae it." John grinned. "Nae that it seems tae stoap me frae gettin masel intae bother. Whiles wi the law. Whiles amang oor ain. Maist o the time ye canna please folk. When ye dae ye jist end up upsettin yersel."

"Ye cud be richt." Gus clicked the horse to move a little faster and began to whistle softly.

They settled into companionable silence till a scattering of little farmsteads began to appear. Minutes later Elsie spied the town boundary sign. "Nearly ther. Uncle John's hoose is oot this end. Aunt Helen and Uncle John nivver liked bidin in amang the steer. We'll soon be passing Claythorn Street. The Spreul hoose is richt on the corner."

"Ye ken it weel?" John said.

"Oh ay. I've spent mony happy days ther. Uncle John hus a big herb garden oot the back. In fact that's whaur I sterted my interest in aising plants for healing. The way he explained whit wis possible hud me wanting tae learn for masel. Uncle John wis a guid teacher. Nane better. Aunt Helen and him were richt kind. And of coorse I owe ivvery bit as much tae Nana and Papa Hamilton back at Gilkerscleuch. They treated me lik thur ain bairn aifter ma mither deid an ma faither taen aff by himsel."

"Ah ken aboot that," John said. "An awfy thing tae happen. But yer faither's loss wis the Hamiltons' gain. They nivver thocht itherwise. Anna Hamilton tellt me hersel. They baith love ye dearly. That's why they allooed ye tae come awa. Fur yer ain safety. Noo yer Aunt Mirren is keen tae offer ye a way furrit wi the chance tae aise yer ability as an apothecary."

"It's guid tae hae sic a chance."

"That's as maybe." John shook his head. "Yer aunt kens ye'll be an asset tae the Spreul business, weel able tae cairry on yer uncle's work till sic times as he's free an able tae tak up his richtfu poseetion again."

"Mibbe."

"If ye've ony doubt, jist mind whit ah said afore we left the farm. Wait an see hoo things are wi yer aunt an the shop. Aifter that ye can mak up yer mind whit ye really want."

"Richt Miss Elsie. Claythorn Street." Gus MacPhail stopped his cart. "Ah hope awthin works oot fur ye."

"Thank ye, Maister MacPhail. Hoo muckle dae we owe for the journey?"

"Naethin."

Elsie smiled at his weary face. "Ye're a kind man."

Gus flushed then turned to lift her bag from under the tarpaulin and hand it to John who was already standing at the side of the cart waiting to lift Elsie down. "Richt John. Ah'll come by Maister McAvoy's place when ah'm feenished ma deliveries. Ah tak it ye'll be ther an ready fur hame by then?"

"Maist like."

"See ye then." Gus nodded and clicked the horse on.

John and Elsie waited till the lumbering cart disappeared round the next corner then they crossed the road and passed the sign for Claythorn Street.

"Yon's Uncle John's hoose." Elsie pointed towards a large, two-storey building, its sandstone frontage lined by similarly sized multi-paned windows glinting in the sun. Below them well-scrubbed marble steps led up to a glossy black door which made an impressive entrance.

John nodded at its high metal railings and ornate gate guarded by two stone lions. "Fine lukin hoose." He ran up the smooth steps and studied a gleaming brass plate engraved with the name Spreul. "Lets see whae's at hame." He laid Elsie's bag on the top step, reached for the bell-chain beside the door and gave it a yank.

A loud jangle echoed inside.

It seemed to have no effect for no-one came to answer the summons.

He pulled the chain again.

Still no response.

"Mibbe naebody's in." John frowned, tried again then stepped back to stare at the blank windows above. "Nae sign o ony movement." He was about to say more when the door opened and a flustered-looking young man stared out at them. "Whit is it?" He hesitated then his expression changed. "Oh my." He was out on the doorstep shaking John's hand. "It's yersel. Weel, weel. Whit a nice surprise. Richt guid tae see ye…and…" He smiled at the young girl standing alongside. "Is this the young lady Mistress Mirren is waiting for?"

"It is." John turned to Elsie. "This is Matthew Neilson, yer aunt's secretary. A guid man tae ken if ye want onythin organised in a hurry. He wis a great help seein the Hawthorns on thur way tae Holland." He took Elsie's arm and stepped forward. "Weel, Matthew, can we come in?"

"Of course. Come in. Welcome, welcome." He bowed to Elsie. "Pleasure tae meet ye Miss Spreul."

Elsie flapped her hand. "Elsie, please."

"Indeed." Matthew grabbed the bag from John and hustled them both into a long wood-panelled hall lined with beautifully coloured prints of flowers and strange looking plants.

"Uncle John's pride and joy," Elsie explained. "He's been collecting them for years. Nae doubt whaur his passion lies. When I wis a wee lass he taught me the name o each and ivvery yin. Guid tae see they're still here."

Matthew laid Elsie's bag on the nearest table then ran to the far end of the hall and called out, "Mistress Mirren, ye hae special visitors. And yin in parteeclar."

John and Elsie followed him and stood in the doorway of a large, well-lit room as he announced, "Miss Elsie Spreul and Maister John Steel."

Mirren Spreul was seated at what had to be her brother's big mahogany desk. Neat piles of paper were lined up on one side, all organised and business-like. At the front was a large metal inkstand and a holder for a selection of quill pens. Behind her a large window provided good natural light for reading or writing. On her right the full wall held a bookcase crammed with leather-bound books and bulging ledgers suggesting this was a working space rather than a place to relax and read.

She gasped and stood up. "Weel, weel Maister Steel. This is an unexpected pleasure. My oh my. Miss Elsie tae." She hurried round from the desk to grasp Elsie's hands. "Welcome hame ma dear. Welcome. We dinna ken each ither weel yet but we will, we will."

Elsie seemed embarrassed, managed a smile then started to make a curtsy.

"Nane o that," Mirren stopped her. "This is whaur ye belang. Ye're a Spreul same as masel and jist as entitled tae be in this hoose. And nae jist for a visit. I hope ye'll want tae bide. Lik I explained in ma letter we want ye here. Ma brither wis richt insistent. The vera idea cheered him up nae end. But forgie me, I'm getting aheid o masel." She glanced at John. "Maist like ye're baith tired and needing a bite tae eat." She looked at Matthew who was hovering in the doorway. "Whaur's Maisie? Did she nae hear the bell and answer the door?"

"Nae sign o her," Matthew replied. "I wis in the kitchen gien the cook a haund tae empty the delivery box o vegetables and put them in the cool room. When the bell rang a second time I shouted for Maisie but she didna appear. At the third summons I did the needful masel. And gled I did."

Mirren nodded. "Gang and ask Mistress Dawson tae pit something thegither for us aw. A bowl o soup, some cauld meat and mibbe yin o her apple pies wud dae fine at short notice. We can eat in the dining-room while we talk."

"Nae problem." Matthew bowed and withdrew.

Mistress Dawson carried in a large china tureen and placed it carefully on the dining-room table. A red-faced maid came behind with a tray of bowls and a basket of bread.

"Whit's wrang Maisie?" Mirren asked. "Has Matthew been cross aboot ye nae answering the door?"

"Ay weel, he did mention it. But that's nae whit's botherin me. It's somethin ye'll want tae ken."

"Shairly it can wait till aifter oor meal?"

"Beggin yer pardon…Naw." Maisie put down the tray and dared to face her mistress. "First aff, ah wisna in the hoose when the bell rang. That's why ah cudna answer the door. Ah wis on ma way back aifter takin the sheets doon tae the washer-wummin that dis the laundry fur the garrison. She aye gies them a streetch on the bleachin green an maks shair thur richt white lik ye prefer."

"So whit's fashing ye?"

"The washer-wummin frichtit the wits oot me, tellin me the country's bein invaded. Yin o the great earls is aboot tae bring doon the government. Thoosands huv landed in the north an stertit mairchin fur the capital. It's bein led by Archibald Campbell, the Marquis o Argyll. Why wud yon hielen stoat march agin the government he wis pairt o? It's nae time since he wis presidin ower the court, dealin wi Covenantin rebels. Ah ken that fur a fact. He wis the vera yin as sentenced ma cousin Fergie tae slavery in the Americas."

Mirren shook her head. "Whitivver it is I'm shair it's nae as bad as ye heard. Mibbe maist o it is jist a story. Ye ken hoo rumours tak aff an frichten folk."

Maisie pursed her lips as if to argue then bowed her head. "Ah dare say ye're richt mistress."

"Indeed she is." The cook glared at the girl. "Nae anither word an git thru tae the kitchen. Thur's mair bread an twa meat platters waitin tae come thru as weel as an apple pie."

Maisie obeyed but looked far from pleased at the reaction to her information.

Matthew waited till both servants had served the meal and returned to the kitchen then said, "Maisie micht be richt. I heard much the same in the coffee-hoose this morning."

"Mair trouble." Mirren frowned. "We huv enoch tae pit up wi." She looked across the table at John. "Dae ye ken ocht aboot this?"

John shrugged. "Ah did hear frae somebody as gits reglar letters frae Holland that somethin wis afoot. Campbell's name wis mentioned alang wi Monmouth. Him as defeated us at Bothwell Brig."

Matthew nodded. "Maisie is richt. Campbell wis tae the fore in the government altho something happened. He fell frae grace when ither earls taen agin him and had him charged wi treason. Thur wis an awfy furore when somehoo he managed tae escaped. They say he ended up in Holland."

"Soonds richt." John nodded. "Ma freend's letter mentioned Campbell an Monmouth plannin somethin thegither. Monmouth seems tae huv been in trouble himsel in England an ended up in Holland as weel. Mibbe thur hatchin some kinda revenge. An it's nae jist them. Yin o the preachers is plannin tae up the resistance wi a public demonstration agin the King an his government. Mibbe it's connectit wi this so cawed invasion. Dear kens." He was about to say more when the doorbell gave a loud jangle.

Mirren stood up from the table. "Wi aw this excitement I forgot that Maister Nicol wis coming. He runs your uncle John's shop and is keen tae show me the accounts."

A moment later Maisie ushered in a neatly-dressed, stout little man with twinkling eyes. He took off his black cap and bowed towards Mirren and Matthew. "Apologies tae ye baith. I see ye hae veesitors. I can easily come back later when it's mair convenient?"

Elsie pushed back her chair and ran towards the little man. "Maister Hector, it's me, Elsie."

Hector Nicol's face crumpled into a large smile. "Weel, weel." He laid down the large satchel he was carrying and stepped forward to hold the girl in his arms. "Ah've been prayin fur ye young miss. An here ye are. My, my it's guid tae see ye. Auld Hector is in sair need o yer knowledge an expertise if Maister John's shop is tae survive."

"Is it that bad?" Elsie looked anxious.

"It is. Ah can deal wi aw the ordinary stuff nae bother. Maister John aye left me tae that. But the mair difficult, weel…" Hector tailed off then added, "Clients as need a mair carefu diagnosis are inclined tae pay mair an be mair gratefu fur recovery. Thur's nae been mony o they kind comin thru the door fur a lang time."

"Weel I'm here noo Hector. And I promise tae dae ma best." Elsie turned back to her aunt who was staring at this little performance. "Maister Hector and masel will mak shair Uncle John's reputation suffers nae mair."

Matthew glanced at Mirren and Hector's teary eyes and clapped his hands for attention. "My but this is a day and a hauf. Miss Elsie is hame. John Steel is here as a welcome guest. Maister Nicol hus hud the answer tae his prayers. We've even heard news aboot an invasion. And the day's only hauf way thru."

The tension disappeared as everyone nodded and laughed.

Hector Nicol undid the clasp of his large satchel and produced a leather-bound book which he handed to Mirren. "Ah brocht the accoont buik tae let ye see hoo things are at the shop. Why ah'm worried aboot the situation. But mibbe it'll get better wi Miss Elsie?"

Mirren opened the book, spread it out on the table and ran a finger down the neat lines of figures, the ailment in question, the remedy and its cost. After three pages she looked up at Hector. "I unnerstaund yer concern. But like ye say, wi Miss Elsie... Hoo aboot we tak anither luk in six months? That shud gie ye time tae see hoo things are?"

Elsie clapped her hands and looked pleased.

John smiled at her. "Ah'm shair ye'll dae weel."

"Wi Hector's support it'll be fine."

"In that case ah'll wish ye baith weel an be on ma way." John pushed back his chair and stood up.

"Nae need tae hurry awa Maister Steel," Mirren said.

"Time is passin. Ah huv a veesit tae mak wi ma freend James McAvoy afore ah gang hame. Thank ye fur yer welcome. Keep in touch an let us ken hoo Miss Elsie is gettin on."

"Indeed." Mirren held out her hand to John. "I promise. And mind we're richt grateful tae yersel and yer guid wife. Withoot yer help things micht hae been raither different."

"Least we cud dae. Onyway, Miss Elsie is a special wee lass. Ma family's gotten real fond o her."

Elsie grabbed his arm before he could go. "Please Maister Steel, spare me a bit mair o yer time? I'd really like tae show ye whit ma work's aboot. It wud mean coming roond tae the shop."

"But this is a busy toun. Ye shudna be stravaigin aboot streets amang folk ye shud be wary o."

Matthew stepped forward. "I'll tak ye in oor wee trap. It's oot the back. The stable-lad will hitch it up in meenits."

Hector pulled a key from his pocket. "An ah'll open the door."

John nodded. "Fur ye young lady, ah'll be happy tae see whitivver."

Fifteen minutes later Matthew stopped his trap outside the single-fronted shop with its *Spreul Apothecary* sign swinging above the door.

"See. This is whit we dae." Elsie pointed to a handwritten announcement in the centre of the window: *Elixirs, Tonics, Remedies. Private consultations 9-12 daily by appointment.*

"My my, ma dear." John read it again. "Can ye dae aw this?"

Hector was already on the doorstep unlocking the door. He turned to nod. "Nae problem fur Miss Elsie. She's weel trained by the best o teachers. An a clever lass foreby. But come in. See for yersel whit it's aw aboot."

John helped Elsie down from the trap and waited while Matthew tied the reins to a tethering ring close by.

A bell jangled as the shop door closed and John Steel's nostrils twitched at the scent of tobacco, spices, herbs, even a whiff of wine drifting towards him. Each tried to dominate. None did. The result was an intriguing mix to a nose unaccustomed to a hint of the exotic.

Elsie smiled at his expression. "Nae smelt onything lik this afore?"

"Naw. Mind ye, it's raither nice."

"Gled ye approve. We barely notice it. Maist customers remark and ask whit it is. It's nae easy tae explain. Noo please, tak a luk roond. See whit ye think."

"A bit mair licht on the subject wud help." John peered into the dimly lit room. "Hoo dae ye see whit ye're dain?"

Elsie turned and pulled a thick blind up from the window. "That better?"

Along a side wall John could see rows of shelves, tightly-packed with glass jars, each with a white label, hand-written with strange lettering which must refer to the contents of coloured powder and dried leaves. He stared along the lines of jars and wondered how anyone understood let alone knew what to use for any ailment.

In front of him was a wide, well-polished mahogany counter with a set of brass scales perched at one end. Behind the counter rose a huge dresser filled with rows and rows of drawers. The top-most was very narrow with tiny individual drawers each with a shiny metal handle. The second was a little deeper with wider sections, the next bigger again, and so on all the way to the bottom row.

Each drawer had a similar white label with hand-written words that looked like some code.

John looked mystified by it all.

"Years o study and practice gang intae unnerstaunding the mixtures and hoo muckle is needed for each illness or discomfort," Elsie admitted. "But it's whit I've aye wanted tae dae."

"That maks aw the difference." John nodded as he walked round the carefully organised space. "Yer uncle must miss aw this an wish he wis back ahint his counter dain whit he dis best."

"Ay," Hector cut in. "It wis a sad day when Maister John wis dragged awa fur nae guid reason."

John stared round the quiet, professional space and tried to imagine what it must have been like to have it invaded without warning. "Ma pair freend Lucas Brothestane wis here tae." He turned towards Hector. "Whit aboot yersel?"

Hector nodded. "Ah wis thru the back makin up a tincture. Yer freend cam in withoot an appointment an asked aboot somethin fur sea-sickness. The maister an him seemed tae ken yin anither so ah said ah'd mix up whit wis required an leave them tae talk." He pursed his lips. "It's easy enoch. A wee dab o Blessed Thistle, elder flower, peppermint an ginger in equal measure then suspended in strained alcohol. Dis the trick ivvery time. Folk swear by it. Ah'd jist filled the wee bottle an wis on ma way thru tae the front shop when the ootside door burst open an the hale place wis fu o the military wi swords at the ready, pistols aimed at the maister's heid. The man leadin them wis shoutin that John Spreul wis unner arrest as a rebel. That's when yer freend turned roond an stertit arguin wi them."

John smiled. "That soonds lik Lucas at his best."

"Nixt thing him and Maister John are bound up, hustled ootside an flung in the back o a cairt. Ah nivver saw aither o them again. An aw ah did wis coorie doon ahint the backroom door hopin the troopers didna ken ah wis ther. No that they bothered tae luk. Aff they went leavin the shop door wide open."

"Ye wur lucky," John nodded. "Ye wud huv been in the same cairt then locked up on the Bass Rock alang wi yer maister. Ah ken whit ah'm talkin aboot. Ma freend Lucas paid sair fur his arguin."

"Ay." Hector's face went white. "Ah heard whit happened."

Neither spoke while Matthew and Elsie glanced from one to the other.

Elsie waited a minute then broke the silence. "Come thru Maister Steel. I'll show ye the consulting room and the workroom. We hae mair jars and bottles lined up ther, as weel as a wee still tae mak oor ain alcohol. That way we can be shair it's richt pure."

John followed her and was given a complete tour, watching as jars were opened, being invited to sniff the contents then listen as their uses were explained in detail as if he understood.

"So ye see – " finally Elsie clapped her hands and announced "– we hae ivverything we need tae mak a success o the shop. Hector continues as afore. I tak on the mair complicated. Atween us it'll be fine."

"Seems aboot perfect." John nodded. "If ivver ah'm nae weel ah ken whaur tae come fur the richt remedy. But cud ah afford it?"

"Fur yersel, Mistress Marion and the bairns, naething. It wud be a pleasure."

"But onybody else?"

"Depends hoo weel dressed they micht be, hoo important. Uncle John is a fair-minded man and kindly disposed tae them wi little siller. But he's a business man as weel. Maist o oor customers are weel-heeled, merchants, lawyers and sic like. They can afford oor prices and are happy tae pairt wi their siller tae ease their ailments. Suppose a merchant arrives, has a private consultation and then leaves wi the remedy he's aifter we cud be talking aboot £3 Scots for the consultation itsel and the same for the medication."

John scratched his head. "That's way beyond a farm labourer's wage aifter eight days hard work."

"A labourer wudna be asked tae pay onywhaur near that amount," Elsie explained. "But we need tae balance it oot wi the better aff. Itherwise there's nae profit. The business needs that tae. Mind ye, a guid reputation brings in the clients."

"Since Maister John's arrest we huvna seen mony o them coming thru the door," Hector cut in. "But wi Miss Elsie it'll chainge."

John smiled a them both. "Lik ah said afore, ah wish ye baith weel. An noo ah really must awa an mak ma veesit tae Maister McAvoy afore Gus MacPhail arrives at his door tae tak me hame. But afore ah go." He took Elsie's hands in his own. "Bless ye ma dear. Gang weel an be happy. Ye deserve it."

John was about to open the outside door when Matthew stopped him. "Here." He held out a slim packet. "Apologies. I hae this letter for ye. Got it yesterday morning when I wis doon at Ayr harbour. Yin o the wee boats we aise frae Dublin had jist arrived wi a delivery. The skipper said the letter is frae yin o the young men as left for Holland on oor ship the *Freedom Spirit*. Wi aw the excitement it slipped ma mind."

"Nae problem. Thanks." John slipped the packet into his jacket pocket, nodded to them all and left the shop.

A moment later he was at the top of Dovesdale Street, into the Gallowgate and hurrying towards the High Street.

John began to cross the street for McAvoy's front door when a burly figure appeared at his side. "Weel met John Steel. Can ah tak ye roond tae the back-door? Mair discreet like fur a rebel on the run."

"Oh it's yersel." John glanced at Alex Jamieson. "Weel met indeed. But hoo did ye ken ah wis here?"

"Ah wis comin oot the Auld Vennel when ah saw yon Matthew Neilson tetherin his horse an trap ootside the Spreul shop. Ah huvna seen him ther afore so ma nose hud me wanderin closer. Ah'm gled ah did when yersel jist happened tae come oot an heid fur the tap o the street. It wisna hard tae guess whaur ye micht be goin. So here ah am tae guide ye safely."

"As ye've done afore," John admitted.

"Ah wudna huv tae if ye jist taen mair care insteid o breengin alang busy streets whaur the wrang pair o een micht spy ye."

"Ah ken." John flushed. "Ah wis in a hurry aifter spendin ower lang elsewhaur. Time's noo short an ah'm keen fur a word wi Maister McAvoy afore leavin fur hame. Back door is fine Alex, an thank ye."

"Ye're somethin else so ye are." Alex grinned and led John into the little lane alongside the finest house in the High Street.

"Guid tae see ye. But ye seem raither weary." James McAvoy leant over to touch John Steel's sleeve as they sat together in his elegant sitting room.

"Bein hounded at ivvery turn is tiresome."

"I'm shair it is." McAvoy nodded. "But it'll pass. But ye ken that yersel. And ye also ken hoo ye keep on allooing yersel tae git involved in danger. The Jamiesons tellt me the ither day aboot trouble oot yer way."

"Nae muckle gangs by they twa." John sighed and went on to

explain about the shooting of Crichton and what followed. "Noo Renwick's plannin a demonstration against the government in a day or twa. Ah raither think it'll jist cause mair bother alang wi the threat o some invasion."

James McAvoy frowned. "The great Archibald Campbell is indeed in the north but the Privy Council has been a bit distracted. They had a warning that James Renwick and his band o rebels were in the capital tae assassinate the Duke o Queensberry and the Earl o Perth. Queensberry is the King's Commissioner tae the Privy Council, Perth the Lord Chancellor. Parliament wis frichted. Ivvery corner o Holyrood wis searched alang wi a wheen toun hooses. Naething wis found. The toun council wis ordered tae collect the names o strangers lodging in private hooses. Failure wud cost £5 Scots. Noo the Privy Council are taking mair notice. They seem tae think that Renwick and Campbell micht join up."

John laughed. "Nae chance o that happenin. The vera mention o Campbell sends Renwick intae a rage. He blames him for the death o his hero Donald Cargill. Ay, an a wheen ithers. Onyway, at the time Renwick wis oot by us and miles awa frae the Capital."

McAvoy nodded. "I suspect somebody made up the story tae tweek the great men's tails. It certainly worked. Mind ye, I dinna think they hae muckle tae worry aboot. Campbell hus a pair reputation as a military leader. I suspect his invasion will flounder. But nae afore folk that dinna deserve it suffer yet again."

"Nae muckle ye miss sir."

"That's whit comes wi the best een and ears working on ma behalf."

"An whit aboot yersel. Hoo are ye?"

"Naething tae complain aboot. Ma grandson is proving a great help in dealing wi maist business matters. In fact he cud easily tak ower and alloo me tae sit quietly by the fire and doze awa the rest o ma life."

"Ah dinna think that'll happen, sir."

James McAvoy smiled and a moment of quiet rested between them till John said, "Ah've jist been at the Spreul hoose. Brocht Mistress Mirren's niece tae bide ther. A guid ootcome aifter whit happened tae her."

"If she has hauf Helen Spreul's ability she'll dae weel. Mistress Mirren must be pleased." He paused. "That reminds me, is there ony word aboot yer freends that left for Dublin tae join a Spreul ship bound for Holland?"

John reached into his jacket pocket and pulled out the letter Matthew Neilson had given him. "If ye gie me a meenit tae read this it micht be the answer." He undid the rough string round the packet, unfolded the thick paper and began to read tight lines of scratchily written words.

> *Maister Steel.*
> *This letter shud let ye ken ah'm fine. Ah didna believe it when oor wee boat left the harbour at Dunure. But ah dae noo.*
> *Richt awa the skipper offered us a wee somethin tae ward aff the rockin o the boat. The twa lads said naw. But ah taen it. Three draps o a tincture on ma tongue. It worked. Ah wis nivver up nor doon, sittin in whit's cawed the focsle, protectit frae the cauld wind an gled it wis ower daurk tae see the rollin waves.*
> *Jonas wis fine but Jamie felt that bad he askit fur some tincture. Hauf an hoor an he wis richt as rain. An bid that way till we reached Dublin.*
> *At dawn the skipper gied us a big mug o hot soup wi a slab o cheese. Ah canna mind enjoyin onythin mair. Mibbe it wis seein a new day, realisin whit ah'd left ahint, an noo heidin fur somethin better. The nixt bit is 706 nautical miles. A week on a big ship this time.*
> *Ah'll aye miss ma Gavin. It wis awfy huvin him locked in the Stane Jug in Dumfries. Ah wis gratefu when he wis rescued at Enterkin. But then ah lost him again sae quick. At least he's at peace noo.*
> *Ma Jamie didna like bein a miner but Jonas tells him thur's plenty work on his grandfaither's farm. Oot in the fresh air ivvery day. An Jonas says wur welcome tae bide wi his faither an mither till we git settled. Ah'm lukin furrit tae meetin ma Gavin's brither. He soonds a guid man*
> *Jamie will gie this letter tae yin o the skippers as Mistress Spreul aises tae move her stuff across tae Scotland.*
> *Holland awaits us. An God kens whit micht huv become o us Hawthorns withoot yersel an yer guid wife.*

Ah'm gratefu,
Helen Hawthorn.

"Here, read fur yersel." John handed the letter to James McAvoy.

When McAvoy finished reading he smiled. "Mistress Hawthorn is a strong lady."

John nodded. "She seemed raither upset when she left. But nae worries noo."

McAvoy's grandson William stuck his head round the sitting-room door. "The carrier fur Maister Steel is here. Alex Jamieson went oot and tellt him tae back his cart intae the lane and bide oot o sicht."

James McAvoy laughed. "Ye'll nae gang wrang wi the Jamieson brithers lukin aifter ye."

"Indeed." John stood up. "It's a peety but ah must go. Ah did want tae ask ye aboot makin some new investments. Ma twa lads are growin fast. Mibbe time tae mak plans. Anither time mibbe."

"Leave it wi me, I'll cast aboot. Property mibbe?"

"Whitivver ye think best, sir."

"Indeed." McAvoy signalled to William. "Are the merks in a bag ready lik I said?"

William nodded. "I'll gie them tae Maister Steel on the way oot."

John shook his head. "A man on the run disna huv muckle chance tae spend money."

"Whit aboot yer family?" McAvoy shrugged. "Onyway, it's jist a wee bit o the interest ye're due. And mind – " his voice grew serious – "when I say tak care I mean it. Ye've been in and oot o trouble that mony times."

John shook hands with the old man. "Ay. But ah'm tryin tae be mair carefu."

"Nae according tae the Jamieson brithers. Time ye listened tae them. They're past masters in that."

John sat beside Gus MacPhail as the heavy cart trundled past the town boundary.

"Hud a guid day?" Gus asked. "Ye're lukin raither pleased wi yersel."

"Ye cud say that." John smiled. "Miss Elsie is safely delivered intae her new hame an seems happy aboot it. An ah hud a letter frae the folk as left fur Holland. Ye taen them in tae the toun."

Gus nodded. "That's twa guid things. Thur supposed tae come in threes. "Wunner whit's nixt?"

"Dinna be daft." John made a face and sat back to enjoy the early evening sunshine on his face.

Once past the village of Larkhall the horse began the long slow pull towards the Clydesdale villages. John was half-asleep by now while Gus allowed the horse to make his own pace. Everything seemed at peace till a group of riders appeared in the distance. "Chris, red-coats. Troopers. In a hurry tae." He nudged John. "Quick. Unner the hap. Trouble aheid. Work yer way tae the back. Thur's a wheen rolls o cloth stacked ther. Try an slide ahint them."

Five mounted troopers drew alongside the slow-moving cart. Gus nodded and reined back his horse. "Evenin. Are ye oot on patrol?"

"Whaur are ye goin?" Trooper Sneddon edged closer. "Whaur huv ye been?"

"Dae ye nae recognise the man?" Sergeant Bennet pushed his horse to the front. "He's Gus MacPhail the carrier frae the Gow. On his way back frae the toun. The man's up an doon this road at least twice a week."

"Shud we nae tak a luk unner the hap on the cairt? Jist in case."

"Jist in case whit?" Bennet snapped. "The man's aboot his lawfu business. We've nae issue wi him."

"But aw the same – "

"Ye're gettin abin yersel, Sneddon." Bennet's voice rose.

"If it'll mak the young trooper happy ah'll tak aff the hap an let him see." Gus stood up and turned as if to roll back the heavy tarpaulin which covered the cart. "Thur's six cases o wine fur Maister Davidson at the inn. Ane o brandy fur yer commander, an a pile o fancy cloth fur Miss Ingles the dressmaker."

"Nae need," Bennet assured Gus. "Whit wud the man wur aifter be dain unner yer hap an heidin back tae the village?"

"Ah tak it ye mean James Lawson. A bad business. Is he still on the run?" Gus frowned. "Claverhoose must be ragin."

Bennet nodded. "If we dinna git haud o the deil the Commander's fine on the village micht staund." He turned to his waiting men. "Richt, veer aff. We'll gang by Stonehoose an see if thur's ony word." He nodded to Gus. "On ye go Maister

MacPhail."

"Thank ye." Gus clicked his horse forward as the troopers took off at a fast gallop.

Gus waited till the red-coated figures were out of sight then said, "Oot ye come. My that wis lucky. Did ah nae tell ye that guid things come in threes?"

Chapter 14

Wylie McVey and James Renwick were sitting on a bench beside the main door of Logan House when a man's burly figure tramped into the courtyard.

McVey shaded his eyes against the setting sun and whispered, "If this is whae I think, we need tae be carefu."

Before he could say any more their visitor called out, "Maister Renwick. Ah'm gled tae see ye."

Renwick lifted his hand in greeting. "Ah. Maister Lawson. We met at Auchenheath House nae lang since."

"Indeed we did." Lawson doffed his cap and looked pleased as he drew closer. "Hoo are ye aifter yer narra escape when the military appeared unexpected like? Lucky ye hud John Steel tae help ye git awa."

"Gled tae be here and safe and grateful for John's assistance. Hoo are ye yersel? I unnerstaund ther wis a bit o a stramash when ye shot yin o the military and then disappeared."

"Needs must. Itherwise Maister Ferguson wud be in the Tolbooth richt noo. Him bein the hoose owner an allooin a famous preacher lik yersel on his property tae tak a forbidden service an baptise a wheen bairns. But nae fear, ah got him safely thru the Nethan Gorge tae Crossford whaur he bocht a horse tae tak him further. If he's ony sense he's pit mony a mile ahint him by noo."

"And whit aboot yersel?" McVey cut in. "I heard ye've been raither busy."

Lawson frowned. "Ye cud say that."

"It seems ther wis a raither unfortunate incident in Lesmahagow kirkyard and then at the Lanark gibbet. I also heard ye wur ahint whit happened."

"Whit taen place at Auchenheath Hoose wis jist the stert. At the time ah jist saw a red-coated figure staundin at the front door threatenin us. Whit else wis ah supposed tae dae? Say please come in? Thank God ma pistol wis primed ready. Aw ah hud tae dae wis aim fur the chest an pu the trigger. Yin bang an the big brave yin wis lyin on the doorstep lik a wean's broken doll wi white smoke circlin his heid. No that ah hung aboot tae see whit nixt. Ah wis aff lik a whippet wi Maister Ferguson ahint me.

Later on ah heard whae ah'd shot an thocht aboot aw the times yon Crichton strutted aboot lik Lord Muck, dain terrible things tae onybody as crossed his path. He's seen aff mony a guid man. Ay. An laughed aboot it. If that disna merit a wee dose o revenge ah dinna ken whit dis. Diggin up the beggar an makin shair he didna lie quiet seemed aboot richt.

It wis easy done. The soil in the kirkyard wisna settled. Aifter that ah jist flung his body in a wee cairt an cairried it ower-nicht tae Lanark fur a wee swing on the toun gibbet. Captain Crichton wis the worst o men an deserved tae be made a warnin tae the authorities that us as suffer can fecht back. Ah've been on the run ivver since. An worth ivvery meenit."

McVey glanced at Renwick then back to Lawson. "Of coorse ye acted withoot ony approval frae the United Societies. Ye're nae a member as far as I ken."

"Nae yit. That's why ah'm here. Ready an willin tae play ma fu pairt in takin the cause furrit."

"I dinna think sae Maister Lawson." James Renwick slowly shook his head. "Ye see the Societies abhor the hellish principle of killing any who differ in judgement or persuasion frae oorsels."

Lawson stiffened. "So why wur a wheen o yer supporters dain exactly that in recent months? Whit aboot yon curate at Carsphairn? Reverend Pierson ah believe. Ah'd say he deserved aw he got."

"The four men responsible were expelled frae oor fellowship. We acted quickly against sic excess frae them as claim tae be oor followers. We made oor opinion public by posting notices on mony a merkat cross and kirk door. Folk are weel aware whit the Societies think aboot these kinda goings on. As for whit ye did by digging up the vera man ye shot then hanging him in a public place." Renwick paused. "I'm at a loss tae respond."

Lawson leant forward. "Whit aboot Claverhoose himsel? The so-cawed man o the law? Did he nae dig up the corpses o the vera men as wur executit fur shootin yon curate? Did he nae insist on hingin them as traitors?"

"He wis acting on Laesa Majestas."

"An whit's that supposed tae be?"

"In law it's an offence against the king's person or dignity. Rightly or wrongly Claverhoose chose to interpret it as high treason and believed this entitled him tae act accordingly."

"Yon Crichton run rough-shod ower ivverybody. Ah can gie ye plenty examples nivver mind the murders he committed. An hoo aboot Ritchie Cameron? He didna haud back. At Airds Moss him an his men saw aff twenty-eight troopers frae a fu platoon afore they wur killed themsels. Yin meenit Ritchie wis prayin tae his Lord. Nixt meenit his sword wis slashin at the enemy."

"Ritchie and his followers acted purely in self-defence as weel as protecting the Lord's true word."

"So whit aboot ma justification? Ah did it fur us pair folk. Is that nae ivvery bit as important?"

"It's nae that simple Maister Lawson. Ye need tae unnerstaund hoo yer actions can harm oor reputation, oor standing as legitimate servants o the Lord. We need tae tak heed o the wider population, tae consider hoo they micht react."

"Ye surprise me Maister Renwick." Lawson banged his cap back on his head. "When ah heard ye speak yon day at Auchenheath ah wis impressed by yer words an whit ah thocht wis yer attitude tae the difficulty we find oorsels in. Ye came across as a man o action, determined tae push oor cause furrit. Tae succeed. It's why ah've made the effort tae come an offer ma services. Waste o time it seems. An mair fool me. Whit ye've said cud jist as weel come frae they mealy moothed craiturs in the Privy Coonicil. So much fur the way ye choose tae interpret the truth. Ye sairly disappoint me, sir. Ah'll nae trouble ye again. Guid day." He turned and marched back through the courtyard and took the path towards the moor.

Renwick and McVey sat in silence for some time. Finally McVey said, "That wis difficult but ye handled it weel."

"If only ye were richt ma freend." Renwick shook his head. "Whit that man said is warning me tae think lang and hard on his words. Ay. And pray for enlightenment." He stood up. "If ye'll excuse me I need some time tae masel. A wee walk in the quiet dusk whaur thochts can whiles be mair gentle."

McVey watched Renwick's slim figure merge into the settling dusk. Whitivver ye think James, thur's nae way ye cud alloo Lawson tae join us. He'd only bring mair trouble. We've enoch o that richt noo.

"Did ye sleep weel?" Wylie McVey looked up as Renwick joined him for breakfast in Logan House kitchen.

"Weel enoch." Renwick sat down and bowed his head in quick prayer before McVey's wife placed a large bowl of porridge in front of him. When he looked up McVey was holding out an unfolded sheet of thick paper. "Whit's this?"

"Word frae the Society men, announcing oor nixt convention at Blackgannoch Farm. A guid turn oot is expected. Thur's great excitement aboot yer proposed declaration against the government. Nae doubt the delegates will be jist as keen tae see ye post it up in Sanquhar an honour Cameron's memory. That's why Black-gannoch wis chosen. Nae distance frae the toun itsel but weel hidden on the moors an awa frae prying een when a big number o men gaither thegither. Shud be 200 or mair. If yer declaration is approved, and I fully expect it tae be, ye can count on strong support when yer paper is pinned on the Merkat Cross. 28th May will be an important day for oor cause."

"That's Monday coming." Renwick sat up straight. "Only three days. It's awfy short notice."

McVey shrugged. "The notice sterted oot last week but delivery isna easy these days, whit wi Claverhoose on the rampage roond the district and spies ivverywhaur since the government heard aboot Argyll's invasion. The man as brocht oor yin had a wheen ithers tae gie oot. Raither than draw attention he aised a mair roond-aboot way. Oor farm wis last on the list but he did git thru withoot being stoaped."

"Will the extra danger pit aff the delegates?"

"Nae way. Ye ken yersel hoo determined the Society men are. They micht be persecuted fugitives but rest assured ivvery last yin will turn up on the day."

"Forgive me." Renwick flushed. "I'm jist anxious that it aw gangs weel."

"And so it will. Aw that effort tae get the words richt. Ye've said that Parliament is unlawful. Popery denied in aw its forms. James unrecognised as king and named as a murderer. Societies tae abide by Covenanting Christianity. I canna see ony objection."

"Aw the same," Renwick pushed back his chair, "I'll tak anither luk and mak shair."

McVey also stood up. "While yer at it I'll gie oor men anither drilling practise. See hoo quick they load and unload their muskets and pistols. Jist in case we need tae defend oorsels."

Renwick frowned. "It's a peety thur's ony need for arms."

"That's aw vera weel ma freend. But past experience warns itherwise. If James Lawson is still bothering ye pit yon man's words oot yer heid. Ye didna deserve whit he said. And dinna argue. I wis ther and heard ivvery word."

Renwick's friend Thomas Houston came into the kitchen. "Whit's up?" He gaped at the two expressions. "Ye luk worried James."

Renwick turned towards his friend. "Maister McVey and masel were jist discussing ma proposed declaration and hoo it micht be received at the nixt Society Convention this Monday."

Houston smiled. "Sooner the better. Yer declaration is as richt as it will ivver be. Ye'll hae the Society men's approval nae bother."

On Sunday morning, 27th May 1685, a line of mounted men left Logan House for the planned Convention. They skirted Nutberry Hill and Priesthill Height, then slowly came by the little lake beyond Glenbuck. Here they crossed the Muirkirk road to enter the vast undulating moor. Ahead stretched a long, careful ride through difficult country before reaching Blackgannoch farm.

Within minutes a soft, grey blanket of mist descended to wrap round them all. Those leading the procession seemed undeterred. No-one hesitated. They simply plodded on.

Conversation quietened then gradually stopped. Each man hunched closer to his horse, pulled his bunnet down to try and protect his face from the wet. Every now and again a hand would brush away tiny water-droplets gathering around the eyes.

Now in the quietest of worlds there was only an occasional snort from a horse or a slight stumble caused by a loose stone. The clinging tendrils seemed far from friendly but each man was well-aware of the benefit they brought. Hidden from prying eyes it almost felt as if the Lord Himself had intervened to keep them safe.

More than an hour passed. They stayed within the mist. And then next minute the first horse stepped beyond the grey curtain into a clear landscape, bathed in the last rays of the setting sun.

Better still, in the distance came the first glimpse of several red-roofs and a trail of wispy smoke spiralling from a tall chimney. Everyone smiled, sat up straight and urged their horses into a brisk trot towards Blackgannoch Farm.

In the midst of a small green oasis stood a long, low, solid-looking stone house. Three red-roofed sheds sat alongside while a half-circle of tall, broad-leafed trees seemed to offer some protection from the wind and rain on this vast space of heather and fern.

"Luks lik ye scrape a living oot here," Thomas Houston remarked to Renwick and McVey riding alongside.

"Not at aw." McVey frowned. "Up aheid is a weel-established sheep farm wi miles o grazing as lang as ye pick the richt breed. Patrick Laing kens that fine. He's a greatly respected shepherd hereaboots, wins mony a prize for his black-faced rams. A Blackgannoch tup is much sought aifter and fetches mair than a decent price at the big autumn sale in Kilmarnock. Folk as ken aboot sheep come miles tae see whit's on offer."

"Wrang again," Houston shrugged.

Renwick smiled. "It's jist yer toun way o thinking."

"And of course ye're a country lad?"

"Indeed. Born and brocht up by Moniave. In as fine a stretch o land as ye cud wish."

"Nae lik here," Houston persisted. "Reminds me o the miles we've tramped these past months. Mile aifter mile ower hills and moors. Whiles it felt lik they'd nivver end alang wi some awfy weather."

"I'd say today wis helpful. Gied us vital cover frae prowling dragoons. The less they ken aboot oor movements the better. As for the rain, and wind, and snaw, the Lord nivver said it wud be easy. As lang as we dae oor best."

McVey glanced at Renwick then at Houston and smiled to himself.

By now they'd reached the first of the low beech and hawthorn hedges enclosing a strip of fields below the farm. The hedge-tops were regular in shape and neatly trimmed. The sheep pens beside the sheds were laid out for efficient handling of the beasts. The stout wooden gate at the courtyard entrance looked freshly painted. The track they were now following had hardly a pothole and few weeds skirted its borders.

"This Laing seems a maist parteeclar man," Houston said.

"And a reliable supporter for the cause. Nane better," Renwick replied. "He organised this assembly, sent word tae the Society members, kept them informed aboot ma intention tae mak a declaration in Sanquhar. See…" He pointed to the field beside the biggest shed where a number of horses were quietly grazing. "Luks as if a wheen members are here afore us."

Houston nodded. "Promising indeed."

"I certainly hope so." Renwick held up a hand and waved at a tall figure standing in front of the courtyard gate.

The figure acknowledged the wave and hurried towards them. "Maister Renwick, Maister McVey ye're a welcome sicht fur sair een. Come in. Come in. Ay. An a warm welcome tae yer freends as weel." He signalled to the other riders. "Guid tae see ye giein guid support tae this man. Wur lukin furrit tae sharin an important day the morn."

"It's an honour tae be here Maister Laing." Renwick jumped down from his horse and hurried forward to shake his host's outstretched hand.

"Faither." A white-faced boy of about ten came running from the corner of the nearest shed. "Ye best come. It's Ma. She needs help. We'd jist feenished checkin the ewes when she taen nae weel an hud tae coorie doon against a heather bank. Ah tried tae git her up on her feet but it wis nae use. She's gaspin fur breath an feart tae move."

"Whaur did ye leave her?"

After a few whispered words Laing turned to his visitors. "If ye'll excuse me ah must awa tae ma wife. She's oot on the moor an needin ma assistance. Jacob hus tellt me whaur she is."

"Can we help?" Renwick asked.

"Nae need." Laing shook his head. "Ye see her time hus come."

"Time?" The three visitors looked at each other.

"Ay. Ma Susan's biggen. Perfectly natural. But she's gettin a bit auld fur cairryin a bairn an needs tae be carefu. Ah warned her this aifternoon against checkin oot the ewes this aifternoon. But she wudna listen. Fur an orner we dae it thegither but the Society men wur arrivin. An ah wantit tae be here tae gie Maister Renwick a proper welcome. Ah did try tae persuade her tae leave things be. But naw. Even when ah suggestit that the bairn micht be aboot tae stert, she jist laughed an tellt me tae stoap behavin lik an auld wife. In the end ah got Jacob tae gang wi her jist in case. Ah'm gled ah did. But nae worries, ah'll see her richt then cairry her an oor new bairn back on a horse."

"Shud somebody fetch help? A midwyfe? Ther must be somebody near enoch tae help. Shairly ye dinna mean tae let yer pair wife gie birth oot ther?" Houston looked shocked. "If ye tell me whaur tae go I'll fetch whaeivver ye need."

"Thank ye sir but ah delivered ma ain lad. Thru the years ah've brocht mair lambs intae the world than ah can count. A bairn is nae sae different. Ah ken fine whit tae dae. As fur oot ther – it's a fine, calm evenin, ivverythin's warm frae the settin sun. Whaur better tae open yer een fur the first time an see the wonder o the Lord's world?"

The three men gaped at Patrick Laing.

"Dinna fash yersels. Jacob here will tak ye intae the hoose an see ye settled. Thur's a big pot o soup an a casserole simmerin on the kitchen range, as weel as a basket o fresh loaves, an pitchers o ale in the pantry. The men as came earlier huv aready been fed. Ah saw tae that. Thur sittin in the big shed talkin amang themsels. Mind ye, aince they hear Maister Renwick's arrived they'll be lukin fur a sermon tae help prepare fur the morn." He glanced at Renwick.

Renwick gave a quick nod.

"Ah'll leave ye tae it then. Mind an tak yer meal afore meetin the men. Ye'll preach better on a fu stomach. Jist dinna say ocht aboot masel."

Renwick gave another nod.

"Thank ye. Ah'll awa an fetch twa big towels, ma lambin knife, an a bit twine. Dinna worry if ah'm awa a while." Laing opened the courtyard gate, hurried across the little yard and into the house. A moment later he was out again, carrying a white bundle. "C'mon Jacob, move yer sticks an fetch oot ma horse. Aifter that ye can see tae oor guests."

"Weel I nivver." Houston shook his head as he watched Patrick Laing whistle for his collie then lead a horse into the softening dusk. "Whit dae ye mak o that?"

"A man as kens his ain mind." Renwick turned away and waited for the young boy to lead them into the house.

Jacob Laing ushered his father's visitors into a large, well-furnished kitchen then pointed at the long table in the middle of the room. "Mither left a pile o bowls an plates ready. Spoons an forks are in the dresser drawer. The basket wi loaves is in the pantry. Ah'll fetch it. Please sit doon sirs. Ah'll serve ye. Ah ken hoo tae dae it."

"Nae doubt young man." McVey smiled at the serious face. "Aw the same I think I'd best gie ye a haund. Yon soup pot on the swee luks raither heavy tae lift. But first can I ask if ye've eaten yersel?"

"No sir."

"In that case ye must join us." McVey signalled for everyone to gather round the table. "Richt freends, young Jacob here and masel will dish up. We'll err on less raither than mair and mak shair we aw git something."

Face scarlet with embarrassment Jacob waited as McVey ladled soup into a bowl then he went back and forward serving each man. This done, he hurried out to the pantry and brought in a huge basket heaped with crusty bread.

Renwick watched till all the bowls were in place then clapped his hands. "And noo for oor grateful thanks." He bowed his head, said Grace then signalled eat up.

After the soup was finished McVey and Jacob repeated the operation, dishing out meat and vegetables from the big casserole. A little went a long way and each man had an equal portion along with several slices of crusty bread and at least one mug of ale.

"Richt." Renwick stood up. "We've been weel luked aifter and enjoyed guid food." He turned to Jacob who was now sitting beside McVey. "Thank ye for yer help, young man. Ye're a credit tae yer parents."

Jacob hung his head and looked pleased.

"And noo," Renwick continued, "we'll stack the plates and bowls ready for washing. We'll see tae them afore bed. But first we'll gang thru and meet oor freends gathered in the shed. I intend offering a sermon and communion, if they're willing." From his jacket pocket he took out what looked like a brass-coloured bell and gave it a few twists. A stalk with a round base emerged from inside. The end of the stalk was then pushed into a little hole at the base of the bell shape and given a few more twists to transform the whole thing into an elegant goblet, albeit a small one. Renwick smiled. "A clever wee piece. Sits in ma pocket innocent like till needed. The perfect example o something that's something else. It alloos me tae offer Communion onywhaur, ony time. Jist the thing for a travelling preacher."

"Will communion really be necessary the nicht?" Houston looked doubtful. "Each man hus aready showed his commitment by being here."

"And taking the breid and the wine will enforce it even mair."

"Guid evening ma freends. Weel met." Renwick stepped into the shed and startled the assembled men.

"It's yersel, Maister Renwick." Everyone jumped to their feet and doffed their caps.

Renwick nodded. "Glad tae see ye here and grateful for the effort ye've made tae come under sic dangerous circumstances."

The nearest man spoke up. "Maister Laing mentioned yer intentions. Nane o us want tae miss oot."

"Indeed. As ye ken, oor misled government and immoral king are ripe for the strongest condemnation. Come morning we need serious discussion aboot it and I hope ye'll approve the proposals that I intend taking intae Sanquhar for public display. But first we must prepare oorsels for this task by listening tae God's word thegither and digest its meaning. I also propose we share the communion cup."

Every head nodded then someone asked, "Whaur's Patrick Laing?"

Renwick smiled. "Maister Laing had tae gang oot on the moor unexpected like. I'm shair he'll join us afore lang."

"Nae doubt. But it's nae lik him tae miss this special occasion."

One of the others laughed. "Him an his sheep. Talk aboot bein the guid shepherd."

"Nathing wrang wi that." Renwick smiled again then turned to Jacob who was standing by the shed door. "I'd like tae prepare oor freends for a special communion; alloo oor Lord tae be present in my words and actions. Is ther ony chance o a wee table oot here, and mibbe a clean cloth?"

"Ay sir."

Renwick excelled himself with a sermon. Each word hit home, each back straightened, each face looked more determined.

When the wine goblet was handed round the stillness became palpable.

After the final blessing no-one spoke or moved. This special silence only broke when Renwick clapped his hands then announced. "We hae much tae get thru the morn and much tae achieve in oor fight against this government. Micht I suggest we mak a stert by seven and alloo oorsels time for proper discussion. When I pin ma document on the Merkat Cross in Sanquhar I want yersels tae be in agreement wi the words."

As the men left he stood at the the open door to shake each man's hand and say a personal thank you.

A man with a worried frown watched James Renwick walk back to the farmhouse.

"C'mon Davie." Andrew Sims gave his friend a friendly punch on the arm. "Whae stole yer scone? We've jist heard a grand sermon an shared as guid a communion as ye cud wish. Naethin tae justify a face lik that."

"Ay. It wis grand. An if awthing gangs weel the morn it'll be even better."

"So, whit's up?"

"Jist walk roond ahint the shed, awa frae the ithers, an ah'll tell ye."

"Ye think somebody's been followin us?" Sims looked alarmed when he heard this. "Why did ye bide stoom aboot it?"

"Ah cudna swear tae it. Jist a feelin that a pair o een wis ahint us aw the way here. It got worse when we slowed doon tae cross yon ford. The river Ken wis runnin high aifter last week's rain an we hud tae be extra carefu. Staundin a meenit afore lettin ma horse step intae the watter gied me a chance tae luk aboot an catch a fleetin glance o movement. At least ah thocht ah hud. But naebody else seemed bothered. Ah wis anxious aboot meetin troopers scourin the hills an pit it doon tae imagination."

"Whit chainged?"

"Ah saw a figure ahint the hedge by yon bottom field." Lyall pointed. "Nae mistake this time. Somebody as didna want tae be seen, leadin his horse intae the dusk, lukin fur somewhaur weel hidden tae tie up the beast. That means he's up tae somethin. It wis jist afore we went intae the shed so ah stepped roond this side, kept ticht in the shadows an managed a clear luk withoot bein seen masel."

"So?"

"Ah saw whae it wis. Sam Grierson."

Sims gasped. "Frae Minnigaff? The yin as works wi the local carrier? Why wud he be followin us?"

"Why dae ye think?"

"But ah thocht he wis supposed tae be fur the cause nae agin it. No that ah wis ivver freendly wi the man. He aye seemed – "

"Mealy moothed an sleekit wi it. Think aboot it, he's oot on a cart aw ower Galloway wi plenty chances tae flap his lugs an hear things best kept secret. Mibbe that's hoo he found oot aboot us comin tae Blackgannoch. Maist like he wis turned wi the promise o siller in his pooch. It's happened afore. The thocht o money is awfy persuasive. Ay. An the likes o Grierson strikes me as greedy as the nixt. Rest assured he'll be markin each yin o us as a rebel, alang wi whaur we are, an maist likely whit wur aboot. Ye ken whit that means aince the law gits haud o that kinda information."

"But ye've nae proof."

"Skulkin aboot lik that says guilty tae me."

"Are ye gonna tell Maister Renwick?"

"Nae yit. Us twa can check oot further. If ah'm wrang nae harm done."

"Ye mean he micht be meanin tae join us aifter aw?"

"Ah doubt it. If ye'd seen hoo he wis sneakin alang... Ah'm shair Grierson's an informer that needs stoapin afore the conivin rat dis ony harm tae Maister Renwick's intentions. An oosels fur that maitter."

"Stoapin? Are ye sayin whit ah think ye are? Maister Renwick isna on wi the likes o that. He taen ill agin the men involved in yon stramash wi the curate at Carsphairn. If ah mind richt he condemned them publicly an stressed that the Societies wud nivver condone sic action."

"This is different. If Grierson is workin wi the enemy, it's him or us. Wur allooed tae defend oorsels. That's aye been the case. Onyway, whit Maister Renwick disna ken aboot he canna fash ower."

"Whit if we meet Patrick Laing? In case ye've forgotten he went oot on the moor jist afore the service in the shed. Maister Renwick said he'd been cawed awa unexpected like. Mibbe he's still oot ther workin wi his ewes an new lambs. He seems awfy parteeclar aboot thur welfare."

"Whit's that got tae dae wi onythin?" Lyall snapped.

"Suppose we come on him, whit dae we say?"

"God sakes man. Oot wi it. Are ye wi me or nae?"

Sims studied his boots for a minute. "If we dae this whaur dae ye suggest lukin fur Grierson?"

"If he's keepin an ee oot he'll huv poseetioned himsel only meenits awa. An mind he disna ken wur on tae him. He'll be feelin pleased wi himsel an nae as carefu as he shud be. That suits us. Ay. An it's a cloudy nicht. Perfect fur poachin. We've baith done that aften enoch on the laird's estate an nivver got caught. Naebody better at bidin oota sicht, creepin an crawlin withoot disturbin man nor beast. If need be we cud ask young Jacob Laing whaur best tae luk."

"Naw. Naw. We canna involve an innocent young lad."

Lyall was correct. Sam Grierson was tucked under the trailing heather of an overhanging bank, no distance from Blackgannoch farm. This long, narrow hollow had been a good find. There was even a strip of grass for his horse along with a trickle of water easing out of the bank to quench the beast's thirst.

Lazy clouds drifted across the night sky to occasionally block out the faint light from a few twinkling stars and a pale half-moon. For a few moments any spot below a cloud would become densely dark till the cloud slid past and allowed the soft beams once again to lighten the edges of the darkest shadows.

Pleased with himself Grierson sat down on a flat stone and leant back to relax after a long day following these men now gathered at the farm above.

He opened his leather satchel, pulled out a small metal flask, flipped back the tight-fitting lid and treated himself to a gulp of the best French brandy that money could buy. My but this is grand. Ay. Jist grand. He took a second, slower, mouthful. The warm flavour filled his mouth. He held it there a moment, swilled the richness back and forward against his teeth before swallowing. A third mouthful tasted even better and eased his weariness. He smacked his lips then indulged in a fourth swig from the flask. Nae mony folk can afford sic guid brandy. Nae problem tae me these days. This kinda work pays weel so it dis. If ah keep goin ah'll be a man o means in nae time. Ay. An weel deserved. God sakes it's only twa months back since yon chance meetin wi Captain Murray brocht an offer ah cudna refuse. An intelligencer. That's whit he caws me. Ah like the soond o that. Smairt enoch tae fool they daft Covenantin eedjits whae still think ah'm fur them an dinna haud thur tongues aboot secrets they shud be keepin tae themsels. Wunnerfu whit ah hear withoot even tryin. Easy money so it is an the captain's weel pleased wi the results. Five aready locked up in Wigtoun jail fur attendin field preachin meetins. Only yisterday ah haunded in anither list o names. Aifter this parteeclar jaunt ah'll huv mair names tae bring in mair siller. Thur's a big crowd gaithered up at yon farm. Somethin serious is on the go an here's the man tae tell the law an reap the reward.

Grierson watched his horse graze the little patch of grass then dug into his jacket pocket for three rough bannocks. He was about to take a bite when the fine brown head lifted, ears pricked, and the body stiffened.

Somethin's frichted it. The flask and bannocks were back in his pocket as he jumped up to turn and stare in the same direction.

Only feet away, silhouetted against the pale moon a figure was poised on the edge of the high bank. Chris sakes. There was a bright flash and a loud crack followed by searing pain in his left armpit as a lead musket ball pierced his worsted jacket and waistcoat, linen shirt and woollen vest and dug into his sinewy body. Reeling backwards with the force of the impact his body hit the ground with a thump while his unseeing eyes stared up at the twinkling stars.

The horse whinnied and galloped off.

Sims joined Lyall and stared down at the crumpled shape. "Luks deid."

"Best mak shair." Lyall laid his musket in the heather and scrambled down beside Grierson. After a second he looked up. "Ay, deid. Come doon. Ah want ye tae gang thru his jaicket pockets while ah luk in yon satchel he's got strung roond himsel. Aifter that we'll git rid o the body."

Sims obediently emptied Grierson's pockets, produced a small metal hip-flask and three cracked bannocks. He held them up. "Seems tae be it."

"Whit aboot the inside pocket, the waistcoat, the troosers?"

By now Lyall had opened the leather satchel to lift out several sheets of rough paper and a small leather notebook. "This luks mair like it. He stared at scratched lines of words. "Peety it's ower daurk tae read. But aince wur back at the farm an git enoch licht ye'll unnerstaund whit ah wis on aboot."

Sims bent over Grierson again and stared at the surge of red spreading across the thick waistcoat. "Bleedin lik a pig so he is."

"Git on wi it," Lyall snapped.

"So ah am. So ah am." Sims swallowed hard then forced his fingers through the sticky cloth to find a bulging leather pouch hanging round the dead man's neck. He took out his knife and snapped the thong. "Jist this. A bag o coins. Jinglin fu by the soond o it."

"Ay," Lyall growled. "Anither Judas. Men's lives lost fur siller. Ye tak the pooch an the wee flask, ah'll tak the satchel. But first we need tae git rid o him."

"Whaur? We canna dig a hole oot here wi oor bare haunds."

Lyall laughed. "Ye dinna need tae. If ye luk carefu ye'll see hoo the bank sterts tae slope upwards. The way the land lies maks it exposed. Bad weather will huv caused a fair bit o erosion." He now pointed at the tiny trickle of water seeping from the bank. "That watter hus run frae further up. Thur's mair whaur it cam frae. Maist like a boggy pool. Fingers crossed it's deep enoch fur oor purpose."

Sims gaped at Lyall. "Ye mean deep enoch tae cover Grierson?"

"Wi luck it can be onythin frae six tae ten feet."

"But will his body nae be seen ablo the watter?"

"Let me explain. Whaur watter gaithers an disna git awa easy maist o it jist sits ther. Moss sterts tae grow, gits thicker an thicker till gradually it comes richt up thru an ye canna even see the watter. Tae aw intents it's a streetch o green moss. But staund on it an ye stert tae sink. If ma guess is richt, aince Grierson's drapped in oor job is done."

"Soonds weird tae me."

"But ye're nae a hill-man lik masel. Ye're a joiner, work wi wood. Nae reason why ye shud ken aboot the moor. Oor sheep farm is on the edge o a moor lik this. We need tae huv that kinda knowledge fur oor ain safety as weel as the sheep. Noo an again a sheep disappears. If we canna find it we believe it's in yin o the bogs. Richt noo that's whit we want so jist bide here an ah'll check if ah'm richt."

He was back in a minute. "Luks perfect. C'mon, we'll feenish whit we stertit."

Lyall grabbed the shoulders and Sims grabbed the legs to hoist Grierson's heavy body up on the bank then slowly carry it along the incline till Lyall stopped and pointed. "See yon patch o moss? It's waitin fur oor freend."

"Disna luk lik onythin. Are ye shair?"

Lyall laughed. "Jist step furrit an see. Up tae yer waist in seconds an aw the way doon if ah dinna grab haud o ye."

"So whit noo?" Sims looked horrified.

"Aw we need is twa guid swings tae send him furrit."

Grierson flew through the air then dropped onto the mossy surface. There was more of a squelch than a splash although a spray of water-droplets rose high in the air. A rippling shudder wrapped itself round the heavy body. It began to sink, very slowly. Finally there was a gentle plop and Grierson's boots were last to vanish exactly as Lyall had predicted.

"Weel ah nivver." Sims gaped at the innocent-looking moss. "Jist as if he's nivver been."

"Ay. An guid riddance." Lyall turned to bend low and rub his hands along the ground.

"Whit are ye dain noo?" Sims asked.

"Cleanin ma haunds on wild thyme aifter touchin yon stinkin craitur." He held out his hands. "Here. Clean as a whistle. Smell the difference."

Sims took a wary sniff. "Ye're richt. It's richt sherp." He bent down to trail his own fingers through the tiny purple flowers.

Lyall nodded and picked up a different tiny stalk growing alongside. He stuck it in his top button-hole. "Ma auld Grandmither aye said if ye want courage jist peen a sprig o thyme in yer jaicket. This resistance is mair than dauntin. If ivver we needed courage it's richt noo."

"God sakes Jamie. Ah didna ken ye wur superstitious."

Lyall grinned. "Ah micht be a guid Presbyterian but it disna stoap me listenin tae a wise auld wummin."

Sims shook his head. "Noo whit aboot Grierson's horse?"

"It's nae far doon the slope. Anither fricht will send it intae the valley. Somebody will be gled tae come on the craitur an ask nae questions."

"Ah dinna think ye shud fire yer musket again."

"Ah wisna meanin tae." Lyall took off his bunnet. "Ah'll gie it a skelp." He started to run down the slope, swirling his bunnet above his head.

A pair of round eyes stared suspiciously at this strange sight then the ears went back as the figure with flailing arms came closer. "Whit ye waitin fur? Git on wi ye." Lyall gave the rump a hard slap and jumped back to avoid a set of sharp hooves as the terrified beast took off and vanished into the darkness below.

Jacob Laing led James Renwick, Thomas Houston, and Wylie McVey into the farmhouse then awkwardly asked, "Can ah git ye somethin tae eat?"

"We're fine." Renwick smiled at the boy's solemn expression. "Jist needing tae stretch oot beside the fire and rest a while."

"Naw, naw, Maister Renwick. Mither prepared the wee spare room fur yersel. She thocht yer twa freends wudna mind aisin the big settles on either side o the fireside. She laid oot a pair o blankets ready. The group as cam wi ye seem happy tae bed doon in the big shed."

Houston touched his friend's arm and whispered, "Remember we're guests. And yersel a special yin. Jist dae as the lad suggests."

Renwick hesitated then nodded. "In that case, thank ye Jacob. Mibbe I cud ask for a lit candle tae read a passage o scripture afore sleep?"

Minutes later Renwick was in a tiny room, so tiny there was only space for a narrow truckle bed and a round stool alongside. Jacob closed the single shutter then placed the lit candle on the little stool. "Ah hope ye'll find this tae yer likin, sir?"

"Cudna be better," Renwick nodded. "And thank ye for the effort ye've made tae luk aifter us."

Jacob blushed. "It's nae mair than ma faither wud expect. If ye need onythin gie me a shout. Ma room's jist thru the wa. Guid nicht, sir." With that he slipped into the dark hall and closed the door behind him.

Renwick pulled his Bible from his jacket pocket, took off the jacket and laid it at the end of the bed before kneeling on the bare wooden floor to begin his end of day prayer as he always did.

He tried to concentrate, to place the words in the right order but anxiety and excitement kept interfering. Tomorrow he needed the men's approval of his declaration before he led them down the valley and into the centre of Sanquhar as Richard Cameron had done five years before. "Jist mind," he whispered, "it's nae aboot me. It's aboot the cause. The need tae mak wrang-thinking folk come back tae the truth. Tae rectify oor Lord's ill treatment frae an illegal government and blasphemous king."

Hands clasped even tighter he tried to focus.

Gradually discipline seemed to prevail. At least it did till he heard the clip-clop of metal hooves pass his shuttered window.

He stood up. Must be Patrick Laing bringing his wife hame. He's been awa a while. Mibbe he'll need help. I'd best go and see.

Houston and McVey had also heard the noise outside and opened the farmhouse door to find a short-legged, broad-backed pony patiently standing in the middle of the courtyard while Patrick Laing gently eased a still figure onto the cobbles.

"Can we help, sir?" Both men stepped forward.

"Indeed ye can." Laing handed Houston a small, tightly-wrapped bundle then pointed at his bulging saddle-bag. "If yin taks in the new bairn the ither can cairry ma bag. That way ah can gie ma Mirren the attention she deserves an git her straight tae bed fur some proper rest. It wisna an easy delivery oot ther. But she did weel an the Lord wis kind. Aw's weel that ends weel an here we are wi a fine wee lass an a sister fur oor Jacob."

Houston nervously accepted the little bundle and turned into the house. McVey followed with the heavy saddle-bag. They met Renwick standing anxiously in the kitchen.

"This is the new bairn, James." Houston stopped as if unsure of what to do next.

Renwick pointed to a carved cradle close by the fire.

Houston nodded and gratefully laid the new baby in her new cradle.

Patrick Laing appeared carrying his wife, nodded to the three men then passed into the dark hall. They heard a door open then a few moments later he returned to take a lit candle from the dresser and hurry away again.

Before anyone could say anything he was back, this time to lift his new daughter from her cradle. "She's nae sucklin yit. We need tae git her latched on an then she'll be content. Only a mither can dae that." He smiled at the gaping faces. "Ah can see ye're nae acquaint wi the likes o this. But dinna concern yersels. Thur's naethin tae worry aboot an ivverythin tae be thankfu fur." He gave the three men another smile. "Guid nicht ma freends. Sleep weel."

Chapter 15

James Renwick sat up with a start and almost knocked over the lit candle beside his bed. "We forgot oor promise." He steadied the brass holder then dressed quickly before carrying the tiny circle of light through to the back scullery of Blackgannoch farm. A pile of stacked plates, mugs and cutlery greeted him along with several pails of water by the wall. Thank guidness. Nae need tae gang oot lukin for a well.

He turned to the stone-shelf by the door, lifted down a large pot and tipped in water from a pail. Noo for mair licht.

Taking his flickering candle into the kitchen he searched the dresser to find another candle. Once lit he placed it in a holder above the mantelpiece and hurried back to the scullery to sit the first candle on a shelf near the pile of dirty dishes.

Time to carry the heavy pot through, lay it in the hearth then bend down to tease up the faint embers of the fire with little kindlers from a big basket against the wall.

A flame spurted out. Another licked round the twigs. They began to crackle. One or two thicker sticks encouraged more flames before a peat brick from the box by the range was added. Now the fire was well on the go, ready to heat the water in the heavy pot.

It took three goes before such a weight hung on the swee but once there it was easy to push the arm over the growing heat.

"Whit are ye dain?"

He turned to see Houston, who'd been stretched out on the rag-rug beside the settle.

"Keeping a promise."

"Whit are ye on aboot?" Houston sat up and rubbed his eyes.

"Last nicht we promised tae clean up aifter oor meal. Speaking for masel I dinna want Mistress Laing getting up in the morning tae a pile o work. Nae aifter whit she's been thru."

"I expect her man will see tae aw that. He's richt attentive."

"Him neither." Renwick's voice sharpened. "A promise is a promise and shud be kept, especially if ye're a guest in somebody's hoose. If ye gie me a haund it'll be done aw the quicker."

Houston stood up and stretched. "It feels lik the middle o the nicht."

"Since we wur late abed I suspect dawn is aboot tae appear."

"Whit's happenin?" Wylie McVey sat up from his perch on the settle.

"Dinna ask," Houston replied. "Jist git on yer feet and gies a haund."

McVey blinked at them both then stood up. "Richt. So whit's tae be done?"

"Dish-washing that's whit," Houston replied.

"Ah." McVey nodded. "The dishes frae last nicht. Is that whit ye're referrin tae?"

"Indeed," Renwick replied.

Dishes done, Renwick stood aside as Houston and McVey struggled away with the heavy pails of dirty water. He was about to follow with the third one when he heard the outside door open and an unfamiliar voice ask, "Is Maister Renwick up an aboot?"

"Indeed. Is onything amiss?" He hurried forward to find two shadowy figures standing in the brightening dawn.

"Mornin sir." Davie Lyall doffed his cap and stepped forward. "Ye askit if onythin wis amiss. Weel, it nearly wis."

Renwick frowned. "Whae are ye? Whit's brocht ye tae the door sae early?"

"Wur alang wi the Galloway men. Here tae support ye in ony way we can." Lyall held out a small leather-bound book. "Tak a luk at this an ye'll unnerstaund."

Renwick took the book, opened it and peered at the tight lines of jaggy writing. "It's nae use in this licht." He walked into the middle of the courtyard. "That's better." He began to read, his expression tightening as his finger traced each word, each line. He turned the first page, trawled down the long list then onto the next page. Finally he looked up. "This is maist disturbing. Hoo did ye come by this?"

Lyall glanced at Sims beside him. They both shuffled their feet then Sims said, "We taen it aff a spy."

"A spy?"

"Ay sir. He followed us aw the way here. Nae that ah noticed." Sims sounded apologetic. "But Davie here's mair alert an thocht a figure jooked up ahint us noo an again."

Renwick turned to Lyall. "Did ye tell the ithers?'

"Naw. It wis mair a feelin. Ah pit it doon tae bein ower anxious aboot troopers. But it kept botherin me so last nicht ah hud a wee daunder roond the place. Jist as weel ah did. Ah saw a man lurkin aboot further doon the slope frae the farm, close by the track frae the moor."

"Mibbe he wis coming here tae join us?"

"Hidin lik yon ah dinna think sae. Onyway, ah kent whae it wis. A ne'er-dae-weel by the name o Sam Grierson, works wi the carrier in Minnigaff. Yin o they hail fella weel met craiturs but his een tellin ye the opposite. Ah've nivver liked him."

"That's nae reason enoch tae harbour sic bad thochts. Did he ivver express ony opeenion aboot the Cause?"

"Seemed tae be fur it." Lyall stiffened. "Made aw the richt noises. Worked a treat an folk wur less carefu than they shud. When it wis time tae mak this journey he said his maister wudna alloo it. Ower mony deliveries tae mak. Cudna let folk doon."

"Mibbe that wis the truth."

"Beggin yer pardon, sir. Ye nivver seen the way he hung aboot the village tavern whenivver the troopers wur aboot. An then late yin nicht ah jist happened tae see him sneakin oot thur billet. Why wis he dain that, ah askit masel."

"Did ye say ocht aboot yer suspicions?"

"Thur's a difference atween suspicion an proof. Ah decided tae wait. But aince ah saw it wis Grierson hidin ablo the farm ah kent ah wis richt. Ah persuaded Sims here tae come wi me an mak shair."

"And ye found this Grierson?"

"Nae bother."

"And did ye confront him?"

Lyall flushed. "Whit ah saw confirmed ivverythin. Nae need tae speak. Ah jist taen him oot."

"Yin shot did it," Sims nodded. "Deid."

Renwick's face paled. "Whaur is he noo?"

"Safely oota sicht whaur he can dae nae mair harm. An naebody needs ken ither than ma freend an masel."

"I see." Renwick opened the book and began reading the scratchy lines again. "He's done a thorough job. A serious intelligencer by the luks o it. A comprehensive report wi lists o names, addresses, whit they dae fur a living, hoo lang they've been involved in the Cause, even hoo active they've been alang wi dates and places. Dangerous stuff indeed." He began to count the long list of names.

Lyall seized his chance. "Whit if his buik got delivered? Aw they names an accusations. Apairt frae the sufferin it wud cause, think aboot the harm tae oor resistance. It wud be a terrible set-back."

Before Renwick could reply Sims added, "Sir, ah ken fine ye dinna want violence on them as dinna agree wi us. Ay. An ye've spoken oot publicly aboot it. But the reality o whit's happenin richt noo isna sae straight furrit. Shairly this cud be conseedered mair lik self-defence? Ye're nae agin that? Richard Cameron certainly believed in fightin fur the truth. Tae the death if ah mind richt?"

McVey coughed. Houston gave a slight nod.

Sims sensed support and kept going. "If ye tak this buik an burn it naebody gits hurt ither than the man as wis set on destroyin us. An nae doubt bein weel paid fur dain it." He held up a small cloth bag and shook it. "This jinglin means a wheen coins. Grierson hud the bag hung roond his neck. God kens whit damage he's done afore. Siller seems wonderfu persuasive fur ill."

Renwick flinched then turned away to walk back and forwards across the courtyard, head down, lips moving as if in prayer.

Several minutes passed before he returned to the waiting men. "This seems tae be a singular instance in mair than yin way. A man has been killed. A terrible ootcome and the last thing I'd wish. But this death seems to be the only way o preventing scurrilous information frae reaching oor sworn enemies. Nae doubt it wud cause much suffering tae mony ithers whae dinna deserve sic an ootcome." He hesitated then added, "As ye suggest I'll burn this buik richt noo. Thank ye fur yer diligence tae the Cause." With that Renwick marched into the house.

Houston turned to Lyall and Sims. "A close shave ma freends. But in all honesty I cudna see Maister Renwick coming tae ony ither conclusion."

"We did think aboot sayin nowt," Lyall admitted. "We talked aboot it and decided it wis best tae tell the truth an let Maister Renwick judge oor evidence."

"And shame the deil." McVey grinned. "Weel played. Yer spy got nae mair than he deserved. Covenantin life is dangerous enoch withoot allooin oorsels tae become sittin ducks fur the enemy. The Cause hus reason tae thank ye baith. But," he added, "mibbe best say nae mair aboot the maitter."

Lyall and Sims nodded, shook hands with McVey and Houston then left.

"Funny hoo things turn oot." Sims looked sideways at Lyall as they walked back to the shed. "Isn't it odd hoo naebody, includin Maister Renwick, said a word aboot Grierson bein shot afore we kent he hud yon buik?"

"Whit's that got tae dae wi onythin?"

"Ivverythin," Sims smiled. "But dinna fash yersel. If ye're prepared tae bide stoom so will ah."

Renwick hurried into the kitchen to find Patrick Laing busy frying slices of ham, several eggs and mushrooms. The smell was delicious. "Breakfast tae perk up yer guid lady? Hoo is she and the bairn this morning?"

Laing turned and smiled. "Baith fine. Still sleepin. This is fur yersel Maister Renwick. Ye've an important day aheid."

"Nae need. Ye've done weel by us aready. Richt noo yer wife shud come first."

"Ah've nae intention o neglectin ma Susan. Ah'll see tae her as soon as she wakes up. So please, sit doon at the table an enjoy a decent bite. An whaur're yer twa freends? Plenty here tae share."

"Ootside. They were emptying pails o dirty watter aifter we feenished the dishes frae last nicht's meal."

"Thur wis nae need."

"Ivvery need. We promised yer son," Renwick explained. "And then we got distracted when twa men appeared at the door unexpected like wi news as dangerous as it wis disturbing."

"Whit's amiss? Naethin here ah hope?" Laing frowned.

"Nae fault tae yersel," Renwick reassured him. "It wis news aboot a spy, an intelligencer, working for the government. He'd followed the Galloway men here. Nae jist that, he hud detailed information that wud bring great harm tae aw concerned. If he'd kept on spying we'd be included as weel." He held up Grierson's book.

"Hus this spy been dealt wi?"

"Indeed. It wis a tricky situation but quickly handled. Whit happened cudna be avoided and is best nae discussed. And neither it will aifter I tear ivvery last page o this damned evidence and fling it intae yer fire."

Laing's eyebrows rose but he said nothing as he watched

Renwick pull out each page, the written and the blank, to feed the flames. Finally the leather cover joined them. Renwick stood back. "Nae evidence left tae harm onybody. Nae evidence o the spy himsel. Noo if ye'll excuse me I'll awa intae the scullery and wash ma haunds in some clean watter."

McVey and Houston sniffed the welcoming aroma of cooked ham and were more than willing to accept Laing's invitation to breakfast. They were both about to start on a full plate of food when Renwick returned from the scullery. One look reminded them that grace came first. Two red faces bowed down and the words were duly said.

As soon as they'd eaten McVey and Houston suggested they'd go to the shed and organise the men for the declaration debate.

Renwick nodded. "I'll collect my notes and follow ye."

Laing waited till they left then said, "Cud ye haud on a meenit, sir? Ah've a wee favour tae ask. It's aboot the new bairn."

"The bairn?"

"Ay. Dare ah ask if ye'd conseeder baptisin her afore ye leave fur Sanquhar wi the declaration? Aifter that's done ye'll be aff intae the hills again fur naethin shairer than the troopers will be sent far an wide searchin fur ye."

"I need the Societies approval first. I've nae intention o peening up onything they dinna agree wi. Their support is crucial. As tae yer request." Renwick nodded. "It'll be a privilege. Hae ye a name in mind?"

"Fur a lad ah wis meanin tae ask if we cud aise James as a token fur yersel. Since we huv a wee lass whit aboot yer mither's name?"

"Elizabeth." Renwick smiled. "She'll be honoured when I tell her."

An air of anticipation rippled through the crowded shed as Renwick nodded to them all. "Guid morning. If ye'll bear wi me a meenit or twa there's an important maitter I'd like tae clarify afore we stert the debate proper."

The men looked at each other then sat down.

"Thank ye. We hae reports that Archibald Campbell o Argyll is intent on invasion. He has landed his army in the north and richt noo it's marching southwards. Mibbe ye've heard aboot it. Mibbe no. Onyway, he's set on toppling them as rule ower us. That isna a bad thing but something disna seem richt. No when it's the vera man whae played a leading role in that same government. Indeed, he wis responsible for sending Reverend Donald Cargill tae the scaffold. That in itsel I canna forgie. Indeed Cargill's speech afore he made sic a sacrifice convinced me tae join the Cause. His words on the scaffold steps made my heart leap and accept his assertion that God wud provide for the Remnant. Itherwise I micht nae be here this day.

We also heard that Sir John Cochrane is yin o Argyll's commanders. The man as betrayed them as fell wi Richard Cameron at Airdsmoss. Whit kinda recommendation is that for us tae even consider gieing support?

Why wud we ivver trust sic men?

In spite o this we can still act against a common enemy while making it clear that Argyll's intention does not accord wi the ancient plea o the Scottish Covenanters." Renwick stared at the watching faces. "Noo, if ony here think itherwise feel free tae speak up."

No-one uttered a word. No-one moved.

Renwick nodded solemnly. "We are aw in accord. Thank ye. Noo let us pray for guidance afore we begin tae debate the maitter at hand."

A long prayer of supplication followed asking for the discussion to be honest and worthwhile. He then dug into his leather satchel to bring out several sheets of thick paper which he held up to his audience. "There has been much discussion aready as tae whit shud be said or left unsaid and here is the proposal I offer for yer consideration and hopefully approval. I'll tak ye thru each section, explain the reasons then ask for yer reaction afore moving ontae the nixt section."

"Nae need Maister Renwick." A voice interrupted him and a tall man stood up at the back of the assembly. "Hugh McMillan frae Dungavel. Micht ah suggest ye jist run ower the main points? Awbody here trusts yer judgement and appreciates yer commitment in drivin the Cause furrit. Ay. An ye persist in spite o dissentin voices raised against yersel. This saddens us. An we wish ye tae unnerstaund oor determination tae condemn sic ill will. Why else are we here but tae offer ony support ye shud want or need?"

Renwick blinked and glanced at Houston and McVey.

"Jist dae it," Houston said quietly. "It's as guid a vote o confidence as onybody cud wish fur."

McVey stepped forward. "Thank ye Maister McMillan. It's richt heartenin tae hear sic accord afore we even stert. Ah'm shair Maister Renwick will accept yer suggestion."

There was a sea of nods and Renwick began to read a shortened version of proposals.

First the new king was condemned and named as a murderer, "Who hath shed the blood of the Saints of God."

This was well received along with, "Idolater and Papist which maks oor wrang-minded king an enemy o religion. His claim tae rule is also disqualified by statute, the Covenant, and practice o the Church."

Renwick stopped and looked up to be met with a chorus of agreement.

Encouraged he added, "Parliament itsel is unlawful. And of course aw kinds o Popery is wrang and causes much suffering. Because o this I call on the Church in England and Holland to rise and bring aid tae oor struggle."

More nods.

He finished with, "This Remnant vows to abide by pure Covenanted Christianity."

McMillan stood up again. "Ye shud add oor dismissal o aw the slanderous misrepresentations against yersel, whit ye staund fur, an oorsels as support ye."

Houston seized this opportunity. "Here James. It'll only tak a meenit." He produced a little bottle of ink and a sharpened quill from his own satchel.

Renwick seemed unsure but McVey was nodding and pulling forward the little table they'd used the previous evening for Communion. One of the audience offered a stool.

Renwick sat down to add a few words, read them twice, carefully blotted the page then handed the paper to Houston to check what he'd written.

Houston did as bidden and smiled. "Perfect James. Perfect."

Renwick now stood up and offered the three sheets of paper. "Wud ye as representatives o the Societies be willing tae consider this Declaration complete and ready tae be posted up in the toun o Sanquhar for ivverybody tae read?"

There was a loud, "Ay!"

"And noo we must ask the Lord for support and understanding."

Every head bowed as he launched into another long supplication before ending with, "I ask yer blessing on each and ivvery man willing tae come wi me and bear witness tae this declaration. Wi their support I'll post oor determination on Sanquhar Mercat Cross and alloo fellow citizens tae appreciate the sorry state o this beleaguered country. So saying, we place oorsels in yer hands Lord. Amen."

The men opened their eyes and seemed ready to leave but Renwick raised his hands. "I ken ye're anxious tae begin oor wee journey but afore we set oot ther's yin maist pleasurable task tae complete." He signalled to Patrick Laing, his wife, and son who were standing in the open doorway. "Please, come furrit wi yer new-born bairn and alloo me the privilege o baptising her."

The men looked surprised as Laing carried a tiny bundle towards Renwick.

"Ah'd nae idea," one man whispered.

"Me neither," his companion replied. "It's an omen. A guid yin."

Renwick scooped a little water from a bowl that Susan Laing held out then leant to press his wet forefinger on the tiny brow. "Elizabeth Susan Laing, I baptise ye in the name o oor risen Lord. May he bless ye and hold ye in his arms frae this day forth."

The tiny bundle uttered a single squawk then was quiet again.

Everyone smiled and nodded approval before one after another stepped forward with a coin to wish Elizabeth well then shake hands with her parents and red-faced big brother.

"My but yon's a sicht tae gleddin yer hert. Twa hunner at least and oorsels." Wylie McVey smiled at the mass of horses and men lined up behind. "Sanquhar hus nae choice but tae tak notice."

"I trust the guid folk in the toun will tak mair heed o the declaration," Renwick replied. "But like ye say it's fine tae gang furrit wi strong support."

Houston nodded. "Gie the signal and we can mak a stert."

Renwick mounted his horse then turned to wave the men forward. Everyone cheered, horses snorted, bridles jingled, hooves clicked on the stony ground and they were off following their young leader down the winding moorland path which led to the Sanquhar road.

Susan Laing held her new daughter in a thick woollen shawl as she stood at the farm-gate with her son and watched till the impressive cavalcade reached the valley below. "Maister Renwick's richt. This gesture is needed. Ay," she sighed, "whitivver the ootcome."

Jacob glanced at his mother. "Ah ken faither says that resistance disna aye bring the rewards ye seek. That's whit worries me."

"Ay, it's nae fur the faint hertit but yer faither kens whit he's aboot, believes in the richt o the Cause. Maist o aw he wants a better future fur yersel an wee Beth here. So tak hert young man. He's in the best o company. Each yin as determined as the nixt. A stey brae is afore them. They aw ken that but it'll nae stoap them. Afore lang we'll be able tae luk back an see hoo it wis worth the effort." She smiled at his anxious face. "But nivver mind this serious talk, we're a farm wi hungry beasts needin attention."

Sanquhar town council had just enjoyed a good dinner-break during their monthly meeting and were settling down to argue over the pros and cons of raising shop rentals on the Main Street.

The Provost was advocating caution, explaining the need to avoid ill-feeling among prominent members of the community. "Aifter aw, ane or twa are related tae yersels."

Just then the assembly-room door burst open and a red-faced clerk stood waving his arms for attention.

The Provost signalled, go away.

The man ignored him, kept waving, then ran into the room.

"Whit's up Maister Sykes?" One or two council members smiled at the man's antics. "Ye luk as if yer tail's on fire."

By now the clerk was well into the room, still waving and mouthing some garbled warning.

"Git oot Sykes," the Provost roared. "Ye ken fine ye're nae allooed in here while a meetin's in progress. It's strictly against the rules tae interrupt toun business."

"This is toun business. An needs immediate attention." The clerk now whirled round to address a circle of curious faces. "Ah've jist seen an army o mountit men hauf-way alang the Main Street. Thur weel-armed so naebody's arguin wi them."

The Provost gaped.

"Ay. Richt noo staundin in front o the Mercat Cross singin."

"Singin?" The Provost ran forward to grab the clerk's arm.

"Huv ye lost yer senses man?"

"Not at aw, sir. It luked tae me lik yon happenin we hud a wheen years back at the Mercat Cross. Thur wisnae as mony yon time but it caused an awfy stramash. If ah mind richt it wis yon preacher Cameron protestin aboot the government."

"He's deid an gone," a voice called out. "Caught an killed within weeks o his so cawed declaration."

"So whit's brocht this on?" another asked.

"Yin way tae find oot." A stout man near the door stood up and hurried away. The others rose, brushed past the Provost and clerk, and disappeared.

"This is aw ah need," the Provost groaned as he ran to catch up with his colleagues.

Sanquhar Main Street was indeed packed. What looked like an invading army was still singing and had attracted a large crowd. Some of the onlookers seemed to know the words. They were joining in and creating a real sense of occasion.

"Sykes." The Provost turned to his clerk. "Ah apologise. This is mair important than ony cooncil meetin." He craned his neck but could see nothing. He then tried to push through. Provost or not he was ignored.

"This way. Follow me." Sykes ducked into the nearest close, ran along the back of the tenement buildings till he reached the third one and dived in the opening. "Up here." They climbed the steep, twisting stairs to the second floor where Sykes pushed open a door and shouted, "Gran, it's me. Andra."

There was no reply.

They hurried along a tiny, dark hall into a front room to find an elderly woman had opened the window overlooking the street and was leaning out, engrossed in whatever she could see below.

Sykes let her be, ran through to the adjoining room, pushed up the lower sash of the window and invited the Provost to take a look.

They had a perfect view.

In the centre of a tightly-packed circle of mounted men, each holding a musket or pistol, stood a slight, fair-haired young man with a serious expression. He held up several sheets of paper and began to read from the first page. "Bloodshed, idolator, papist, murderer," drifted up towards the horrified Provost who turned to his clerk and whispered, "God help us. Ye're richt. It's they

Covenanters wi anither declaration."

Suddenly he was back five years, watching another fair-haired young man issue the same challenge against king and government before pinning his rebellious words to the Mercat Cross. It had been treason then. It was treason now and a price must be paid. The Provost's heart sank. News lik this needs tae be passed on tae the authorities withoot delay. The toun canna be seen to condone sic goins on.

And yet he stayed, listening to the clear intonation of an educated voice with a ring of conviction as it condemned the king then tabulated a long list of wrongs committed by his so-called government. In spite of himself the words seemed almost logical, even persuasive. "Naw. Naw. It'll nae dae." He shook his head but continued to watch as the young man hammered each sheet onto the Mercat Cross then turned to the towns-people and invited them to consider what he'd said.

A brief prayer followed. The young man then took off his blue bunnet and bowed to the assembly before remounting his horse.

The ring of horses edged sidewards. A space was made for the young man to pass through before each rider turned in strict order to follow his leader. Not a word was spoken as the Covenanting army trotted past row after row of staring eyes.

"Quick." The Provost jumped back from the window. "We need tae git doon ther, retrieve they papers an send them tae the garrison commander at Cumnock. He'll ken whit tae dae nixt."

The Provost and clerk ran into the room where the old lady was turning away from the window. "Ah'll explain aifter –" Sykes waved an apology and hurried on leaving his surprised grandmother staring after her uninvited visitors.

A crowd was pressed close against the Mercat Cross. This time the Provost was having none of it. He roared, "Staund back. Oot the way or end up in the Tolbooth."

Space was made but as he reached the cross a large man stuck out his arm to stop him. "Naw Provost. Us folk are entitled tae read they words. Yon young man invited us tae tak note."

"An end up hanged fur treason? Git oot ma way. They sheets o paper need tae be removed itherwise this hale toun's in trouble. If we alloo them tae hing ther we'll be seen as complicit in this treason. That's hoo the law will see it. At the vera least we'll git a heavy fine as weel as bein ower-run wi troopers. Ye ken whit that means?"

The man stepped aside while the clerk yanked each sheet free, stuffed the lot in his satchel then asked, "Whit noo?"

"Git doon tae the toun stable and select the best horse. Ony argument say it's on the Provost's orders. If that disna work threaten wi the law. Ye need tae gallop tae the Cumnock garrison. An mind tae tell the commander this toun hus acted wi due haste."

The clerk gaped at him and seemed reluctant to take on such a responsibility.

"C'mon Sykes. It's nae mair than eleven miles. It wis yersel alerted me tae whit wis happenin. Noo ye've the chance tae save the toun frae the wrath o the law. And..." he whispered, "ye'll git three extra merks in yer pay this week."

Meanwhile, the mounted procession had reached the edge of the town. As agreed, the men stopped and wished each other well before heading in different directions for their own safety.

Chapter 16

Renwick, Houston and McVey retraced their route to Logan House. Along the way one rider then another would veer off and head for his own home. By the time they were passing Nutberry Hill they'd become three dots on the empty moor, each engrossed in their own thoughts. Sanquhar had felt important but what about the consequences to follow once the government heard the news?

The sun was setting as Logan House came into view. Renwick smiled. "It's been a grand day. We've been weel blessed. Noo nature's providing a fine show tae round it aff."

"I'll be gled tae be aff this horse," Houston added. "And mibbe git a bite tae eat."

"Nae fear," McVey nodded. "Ma Mirren will see us fed and wattered in nae time."

This thought had them quickening their pace towards the low group of buildings.

Mirren McVey heard horses' hooves clatter into the farm-courtyard. She ran to the kitchen window. "It's them. They said they'd be back late the day. Ah hope aw went weel." She turned to her brother, Hugh Gillespie, who was sitting on a big rocking-chair by the fire. "Mind ye, they'll nae like yer news when they hear it."

"Better than gettin arrested." Gillespie forced himself off the chair to follow Mirren outside.

McVey waved to his wife who was standing on the doorstep then peered at the figure by her side. "Yon's ma brither-in-law. He disna visit aften." He jumped down from his horse and hurried towards the house while Renwick and Houston slowly dismounted and stretched their aching limbs.

"Gled tae see ye back safe," Gillespie called out. "Ah tak it yer venture wis a success?"

"Ay. Thank ye." McVey sounded cautious. "Ah tak it ye're nae jist here tae welcome me?"

"That as weel. But mair tae warn ye aboot danger comin."

"Lik whit?"

"Claverhoose hus ordered a fu sweep o the district. Ivvery farm tae be inspected wi the intention o capturin a certain preacher whae's said tae be hidin somewhaur hereaboots." He glanced at the two figures still standing by their horses. "A platoon wis up by Coalburn the day then roond by Stockhill an a wheen mair. Hutchland is first the morn then whitivver they come across aifter that. Logan Hoose hus tae be on the list."

McVey frowned. "An hoo dae ye ken sic detail?"

"Ah happened tae be in the Black Bull this aifternoon jist when the troopers cam trailin in aifter thur first inspection. They wur gaspin fur a drink an nae best pleased wi a day pokin intae ivvery corner o ivvery farm while angry een followed ahint. They didna haud back. Didna seemed bothered aboot whae micht be listenin. If Claverhoose hud heard they'd be on a chairge."

"This is aw we need aifter a tiring journey." McVey turned towards Renwick and Houston. "But needs must ah suppose. It's back by Nutberry Hill tae find a sheltered corner till this is by wi. And here wis me lukin furrit tae a decent meal and ma ain bed the nicht."

"So ye will," Gillespie replied. "Ah'm here tae tak yer Maister Renwick an his freend tae Sooth Cumberheid. Douglas Hogg wis alang wi me an heard the troopers. He kens ah'm relatit tae yersel as weel as kennin whit preacher hus been bidin here. He suggestit his farm micht be a safe place. It wis gone ower frae end tae end this mornin. Mistress Hogg is still ragin aboot whit went on. But it means thur nae likely tae be bothered again. An nae worries, ye ken yersel Hogg is committed tae the Cause."

McVey nodded and hurried over to Renwick and Houston and explained the situation.

Renwick nodded towards Gillespie. "It's guid tae ken we hae freends lukin oot fur us. Is it far tae this ither farm?"

"A mile or twa," McVey replied. "The troopers are expectit early in the mornin so we best gang the nicht."

Mirren and Gillespie joined them. "Ah'm awfy sorry." She spoke directly to Renwick. "Ye're fame gangs afore ye and brings its ain problems."

"Nae worries, Mistress McVey. Rest assured I'm gratefu for the warning."

Gillespie glanced at McVey. "Mirren said ye wur expectit this evenin. That's why ah waited. Maister Renwick an his freend are young an fit an winna mind anither mile or twa. Ye're nae as skeich as ye think. An nae doubt ye're worn oot wi the journey back frae Sanquhar."

"Steady on." McVey scowled at his brother-in-law. "Us twa are the same age."

"Ay. But ah huvna been trailin across the rough open moors fur hoors on end. Ah'm fresh an restit aifter a seat by yer fire. An think aboot it, if the troopers find ye're nae here they'll want tae ken why as weel as whaur ye micht be. Ye dinna want Mirren gettin hassled wi thur questions an huvin tae mak up a convincin story?"

McVey nodded reluctantly then turned to Renwick. "Ye can trust this man tae see ye richt. Ah must admit ah dae feel a kennin weary. If ye dinna mind ah will bide here. But ah'll send word as soon as it's safe. Ye mentioned plannin yer nixt move. We cud talk aboot it an work oot the places maist needin a visit. Whit aboot by Stonehoose fur a meetin? An mibbe Tinto Hill? That went weel afore."

"Indeed." Renwick shook hands with McVey. "We must git organised as soon as possible. Meantime dinna worry aboot us. The Lord will see us safe." He nodded to Gillespie who ran into the stable to bring out his own horse.

"Noo mind tak care," Mirren touched Renwick's arm. "We want naethin untoward tae happen."

Mirren McVey and her husband watched the three riders leave the courtyard and set out along the path from the farm. "Oor Hugh will see them safe. And he's richt. Ye've hud enoch. Ah'm gled ye didna go. Noo, in ye come. Rabbit pie wi roast tatties, turnip, and kale. Plum tart as weel if ye fancy it. Hoo dis that soond?"

McVey linked arms with her. "Jist perfect."

Hugh Gillespie left the path, turned right across two fields then onto rough ground. By now the light was almost gone and the three mounted figures almost merged with the landscape, had anyone been there to see. He moved slowly as if aware of how tired his companions must be as they followed the white flick of his horse's tail into the darkness.

Nothing was said until he stopped his horse and announced, "Thur's a burn aheid. The first yin we need tae cross. It's nae deep. Shudna be a problem. But tak care, thur's wee rocks unner the surface as ah've found oot tae ma cost mair than aince. Jist staund a meenit an git yer bearins afore steppin yer horse furrit."

They stopped and listened to the rush and gurgle of water. Behind them an owl hooted; something scuttled in the undergrowth. Otherwise all was peaceful.

"If ye're ready." Gillespie edged his horse into the water, slowly crossed the narrow space then waited on the opposite bank.

Renwick followed.

Maybe exhaustion made him less careful. Maybe his horse stumbled. Whatever the reason he slid sidewards, dropped from the saddle to splash into the icy burn and find himself lying facedown with water filling his mouth and nose. Spluttering with fright he rolled over and jerked up to discover he was only knee deep in the rushing water, in no real danger other than soaked from head to toe.

He didn't call out. He didn't have to. Houston was right behind and simply leant from his horse to grab hold of his friend's jacket. "Up ye get. That's it. Step furrit. I've got a haud. Ye'll nae fa again." He guided Renwick to the bank where the horse was standing as if nothing had happened.

"Are ye aricht?" Gillespie peered at the dripping figure. "Yon watter's richt cauld durin the day nivver mind at nicht."

"Nae problem." Renwick shook himself and struggled to remount his horse. "I was less carefu than I shud be and paid for it. A lesson learnt."

"Ye're ower tired James," Houston said. "Aifter sic a day it's little wonder that ye're worn oot."

"It wis worth it. Ivvery precious meenit." Renwick sat straight in the saddle and signalled to Gillespie. "Noo, if ye please, sir, lead on."

A scliff of a moon appeared and gently rose in front of the three riders. Slight as it was the soft light made it easier to pick their way through the wiry moorland heather.

Renwick held tight to the reins, sat as upright as he could, and made no mention of the cloying, icy fingers seeping into his bones.

Time seemed to drag until they saw a twisted line of water wandering through the low-growing heather. Gillespie pointed. "Anither burn tae cross. The Nethan. Wee the noo but chainges intae a richt river when it joins up wi ithers further doon."

"Nethan." Houston caught the word. "We came up thru the

Nethan gorge nae lang ago. The way it tumbled doon tae the valley below wis impressive."

Gillespie nodded. "It joins the Clyde at Crossford village. A force tae be reckoned wi aifter that."

Renwick smiled but said nothing.

"Ye aricht?" Gillespie asked again.

"Jist a bit shivery," Renwick admitted. "Is it much further tae this farm?"

"A wee bit yit."

They stopped on the edge of the bank, peered into the dark, peaty water before stepping forward. Gillespie first, Renwick next, Houston close behind, watching every move.

This time there was no mishap and they were safely on the bank to begin a long, slow climb of what became a challenging hill. From the top Houston glimpsed a tiny, flickering light in the distance. "Is yon the farm we're aifter?"

Gillespie shook his head. "It's a licht in Cumberheid's windae. It's Sooth Cumberheid we're aifter. It's further ower. Aince we gang doon this hill we'll find the main track that links a wheen farms. It'll be easier goin." He glanced at Renwick who seemed to be almost slumped in the saddle.

Now the moonlight had brightened, making the wearisome plod a little easier as they picked their way off the steep hill and across a wide field where they disturbed several dozing cows who snorted with disgust and lumbered up to stare at them.

"Nivver heed." Gillespie said. "They'll settle again in a meenit."

Beyond the field they found the promised track and soon reached a line of tall beech trees. At the end of them was another narrower track, off to the right. It seemed to be the start of yet another climb. Houston groaned. "Nae again?"

"Ay. But it's the last. Ah promise. It taks us direct tae Sooth Cumberheid farmhoose. Nae mony meenits." Gillespie urged his horse into a trot.

Round a corner at the top of the long, steep track, well protected by a thick beech hedge, loomed a cluster of dark buildings.

"This is Sooth Cumberheid," Gillespie announced. "Ma freend Douglas Hogg is the farmer here an aboot tae welcome ye baith. We gang past the front o the hoose then intae the richt fur the entrance tae the courtyard. It's laid oot yon way fur protection frae the wind. The farm stands higher an mair exposed than ye think. Ye'll see whit ah mean come mornin."

Renwick and Houston followed Gillespie and were soon through a covered archway and into a square courtyard with a lantern hung beside what must be the house door.

This door opened. A figure appeared carrying another lantern. "Is that ye Gillespie?"

"Whae else?" Gillespie replied. "An here's twa tired men, worn oot wi a lang ride frae Sanquhar and then on tae yersel."

"Thank ye for yer kind offer Maister Hogg." Houston spoke up on behalf of Renwick who seemed barely able to stay in the saddle. "Maister Renwick and masel are beholden tae ye."

"Happy tae help. The last thing we want is an important preacher lik Maister Renwick bein stoaped in his work fur the Cause." He held his lantern up to Renwick's still figure. "God's sake, whit's wrang sir?"

Renwick said nothing. His eyes were now closed.

"He fell in the first burn we crossed," Gillespie explained. "Nae the best thing tae happen. Ye ken yersel hoo cauld yon watter can be."

"Pair man luks done in." Douglas Hogg laid down his lantern and reached up to ease Renwick gently from the saddle.

Renwick sagged. His knees buckled.

"Ah think ye need a wee haund, sir." Without waiting for an answer Hogg lifted the slight figure and carried him into the house.

Mistress Hogg was waiting in the kitchen and immediately realised that this figure slumped in her husband's arms was far from well. "Whit happened? Is this Maister Renwick?" She peered at the blue-lipped, white face.

"Ay. He fell in the burn an got soaked," Gillespie explained again. "Ah think the icy watter plus the cauld nicht-air didna help. He's been sittin in soakin claes fur a while."

"An it husna done him ony guid. Tak him thru tae the room ah've got ready. The quicker he's oot o they claes an intae a dry nicht-shirt the better. Ay, an intae a bed warmed wi a stane pig an a thick quilt tae haud in the heat an thaw him oot." She signalled to a girl hovering in the shadows of the kitchen. "Annie, git the brandy bottle oot the pantry, alang wi the broon sugar box, an a wee jar o ginger. Aise the wee copper pan. Ye ken the yin ah mean. Twa guid measures o brandy wi a spoonfu o sugar an ginger. Stir weel. Heat the pan gentle like at the side o the range so it disna boil ower quick. Ye can bring it thru aince we've got Maister Renwick settled." She frowned at Houston and Gillespie. "Ye've let this pair gentleman git intae an awfy state. But we'll dae oor best." She now turned to her husband who was still holding Renwick's limp figure. "C'mon, aw this talk is wastin precious time."

Houston and Gillespie were left in the kitchen while Renwick was carried into the dark hall beyond.

"Ah'm richt sorry," Gillespie whispered. "Ah hope he'll be aricht."

"It wisna yer fault," Houston said. "Exhaustion wis the culprit. I'm afraid James tends tae drive himsel beyond his limit. But he'll nae listen."

"Nae doubt," Gillespie nodded. "But luk at the task he's set himsel. Ye huv tae admire sic a sacrifice. Ay, an yersel goin wi him. Noo, if ye dinna mind ah'll slip awa. Ah'm only across the valley an then hame. Guid nicht sir."

Houston watched the young girl measure the brandy into a tiny copper pan then sit it on the edge of the glowing range. Houston sniffed the exotic aroma then edged closer to watch how precisely she worked. "Annie is it?" He pointed to a stool beside the glowing fire. "May I?"

Annie nodded. "Of coorse sir. Mak yersel at hame. Ye're welcome here. Mither an faither conseeder yersel an yer freend as honoured guests."

Houston flushed at the compliment. "And wi the Lord's blessing we'll hae frichted this ill government wi oor declaration against them."

So ye say. A little warnin voice whispered in his head: Ye twa are mair lik hunted animals, runnin and hidin, and whiles darin tae turn and bite back. Jist mind ye'll be hunted even mair frae noo on.

He was wrestling with this thought when Douglas Hogg came into the kitchen again. "Richt Annie, yer mither's got the Reverend settled. She thinks it's time tae try him wi the mix ye've been heatin. Huv ye got it ready?"

Annie nodded and carefully carried the little pan out of the room.

The two men looked at each other then Hogg shook his head. "Yer freend seems far frae weel. But whit aboot yersel? Ye must be hungry."

"I was," Houston admitted. "It seems tae hae disappeared. I think I'll jist sit here and say a wee prayer. Will ye join me?"

"Willingly." Hogg sat down beside the young man and listened to a long flow of words and then an equally long silence.

Finally Houston opened his eyes and looked at Hogg's concerned face. "Ken whit, Maister Hogg, if yer offer is still open a bit cheese wud be fine."

Hogg smiled. "Ah wis mair thinkin aboot cooked trout. Twa huv been simmerin in the low oven fur hoors. They shud be done tae a turn."

Come morning James Renwick showed little sign of improvement. His breathing was still shallow, brow fevered, eyes tight shut.

Douglas Hogg stared at the still figure. "Hus he nae moved aw nicht?"

"Nae as far as ah can see," his wife replied. "Annie an masel taen turns sittin wi him. Nae worse but nae better. Ah suspect the pair soul wis aready worn oot wi aw the travellin, an preachin, an hidin, an nivver richt feedin, or a proper bed fur the nicht. Nae wunner a dook in yon freezin burn near feenished him."

"Shud we send fur a doctor? Ah cud gang tae Lanark an ask if yin wud come?"

"Suppose a doctor happens tae recognise his patient? Whit if he tells the authorities whaur tae find the maist wantit man in the country? Ah dinna think sae."

"But if he's that bad we need ta dae somethin mair."

Ella Hogg nodded. "Ah'm thinkin ah shud send word tae Marion Steel. She's richt guid wi herbs. Mony a body hus help frae her when illness strikes. Mind hoo she helped oor Annie when she wis richt poorly last winter?"

"Ye mean Captain John's wife? Ah nivver guessed."

Ella laughed. "Why shud ye, a mere man? It's us women left tae deal wi illness an sic things."

"Dae ye want me tae fetch her?"

"Naw. The less folk seen comin up here the better."

"Whit then?"

"Ah'll write a note explainin whit seems tae be wrang an ask whit she suggests as a remedy. Git some paper an ink ready, lay them oot on the kitchen table then gie me peace till ah work oot whit ah need tae say. Then…" she gave her husband a hard look, "ye'll git yersel doon tae Westermains farm."

Marion Steel had just seen her latest troop invasion trot down the farm track after yet another search of the farm. It hadn't been pleasant. It never was. But after so many she no longer felt so angry when they appeared demanding entry. As if ma John wud be openin the door an offerin himsel fur arrest. Yon Sergeant Bennet kens fine he'll nae find John hereaboots waitin tae be arrestit. He's nae as bad as Crichton wis even tho he struts aboot askin stupit questions while his men poke intae ivvery corner. This time he wis mutterin aboot Renwick the rebel, kept askin if ah'd seen him. When ah shook ma heid back at him he jist made a face. Hud me wunnerin if some kind body hus been clypin aboot ma John takin Maister Renwick tae Auchenheath. Whit a cairry on that turned oot tae be.

More saddened than angry she walked out the courtyard and took the path up to her special spot where her three beehives sat in her flower and herb garden. Working with her precious bees always seemed to calm her down.

She was about to open the lid of the first one when she noticed a figure hurrying across the bottom field. Whae's yon in sic a hurry? An comin here? She peered hard. It's Hugh Gillespie the shepherd. Nivver been here afore. Somethin must be up. Hope it's nae ma John. Thank God he wis up early an awa fishin afore the troopers appeared. Naw. It canna be that. Whitivver it is Gillespie seems richt anxious. She began to walk down to the field-gate to meet him.

"Mistress Steel." Hugh Gillespie hurried forward. "Ah'm here wi an urgent note frae Mistress Hogg at Sooth Cumberheid. She's lukin fur advice aboot a vera sick veesitor tae the farm. She wis aboot tae send her man wi this note when ah cawed in tae see hoo the pair man wis. Ah kent aboot him ye see. Because o that ah suggestit it wud mak mair sense for me tae deliver the note. That way they cud baith gie thur guest aw the attention needed."

Marion shook her head. "Ye're nae makin ony sense. Best gie

me the note an come intae the hoose fur a sit doon while ah read Mistress Hogg's message."

Marion read Ella Hogg's careful description of the problem. She noted the name and glanced up at Gillespie. "Ah see this is fur a raither special veesitor. Ah tak it ye huv his name?"

Gillespie nodded.

"Nae wise tae say that oot loud at the meenit. Dare ah ask when this special veesitor taen sae ill?"

"Yesterday." Gillespie told her about the journey from Logan House then added. "Ah wis wi him when he hud his accident. Soaked tae the skin. That's whit did it. Why ah wantit tae help. He's nae strong built ye see an life on the run is nae fur a man lik that. Mistress Hogg is anxious aboot him an hopin ye micht be able tae help in some way."

"This is a turn up. An nae a guid yin. Let me think a meenit." Marion turned and stared out the kitchen window.

She considered her usual remedies and shook her head. Mibbe nae strong enoch. This had her thinking of Elsie Spreul who'd spent long weeks at the farm recovering her own strength after a near death experience on the moor. Ay. A clever lass wi the kind o knowledge aboot herbs an remedies ah envy. If onybody can git it richt it's Miss Elsie. Noo whit wis it she recommended fur breathin problems an fever? Dried horehound, ground ivy, an colt's foot measured oot in equal amounts. Twa ounces in a pint o boilin watter tae infuse then add honey tae sweeten the taste. We made some thegither. Ay. An she made shair ah got it richt. Nae that ah've aised it yit. Nae that ah've hud ony need. It's in a wee stane flagon at the back o the press in the scullery. She turned towards Gillespie. "Ah've thocht o somethin that's worth a try. Ah'll gie ye a bottle awa wi ye an write a wee note explainin hoo it shud be admeenistered. Micht be better than jist tellin ye. In case ye git it wrang."

"Soonds guid tae me." Gillespie looked relieved.

"Richt. Haud on an ah'll fetch it." She hurried out the kitchen and came back with two tiny bottles. She sat them on the table then lit a taper from the fire to melt a line of sealing-wax round each cork stopper. A label was stuck on each and marked 1 and 2. Finally she took a sheet of paper, an ink bottle, and a tiny quill from the dresser drawer and sat at the table to write Ella Hogg a careful reply.

In answer tae yer question this is ma best suggestion. The bottle wi the label marked 1 is fur yer patient's bad chill. It'll ease the breathin an tak doon the fever. It's a wee mixture ah got frae a qualified apothecary so huv ivvery confidence in aisin it. The taste is a kennin wairsh so thur's honey added tae mak it lik a syrup. The dose is yin teaspoon three times a day till ye see an improvement.
The bottle labelled 2 is ma ain mixtures. It's an infusion o Valerian tae help calm the nerves. Ah suspect this parteeclar person aften gits raither anxious. A teaspoon mornin an nicht shud dae the trick.
Let me ken hoo it goes.
MS

She folded the paper and handed it to Gillespie along with the two little bottles.

He pocketed them.

She nodded then took Ella Hogg's letter and dropped it into the fire. "Jist in case the wrang een gits a chance tae read a certain name. Ah've made nae mention in ma reply."

"Ye're a carefu wummin, Mistress Steel."

"Ah've hud tae be." She smiled at the compliment. "Noo on ye go an tak care."

"Thank ye. An best wishes tae yer guid man. Ah tak it he's bidin oot the way while they troopers are snoopin aboot?"

Marion nodded. "Ah hud a veesit frae the deils afore ye came."

"Gled ah missed them. It's an awfy business so it is." Gillespie sighed. "If only it wis aw by wi."

Marion watched the old shepherd cross the two fields and disappear among the line of young birch trees that bordered the moorland. Here's hopin Miss Elsie's mixture dis the trick. She pictured the young man she'd encountered several times. Weel, James Renwick, ye need stamina an guid health fur the kinda resistance ye're aifter. Somebody shud tell ye aboot takin better care o yersel. Ah've thocht it masel mony a time. Nae that ye're likely tae listen. Nae wunner John lost his temper mair than aince. An yit here we are strugglin on wi nae end in sicht. Mind ye, they say whit's fur us disna gang by us. She shook her head. Aw the same, Maister Gillespie hus the richt idea. If only it wis aw by wi.

A sudden tug at her skirt made her look down to see a tear-stained, muddy face.

"Ah wis chasin aifter Fly. Ah nearly caught him but ah fell an skinned ma knee." Her daughter Bella sounded desperate. "Ah need a hug." Two grubby little hands reached up.

"Tell me aboot it." Marion scooped up the sturdy little body and held tight as she wiped away each tear.

END

Historical figures appearing in the *Times* series

John Steel of Loganwaterhead farm Bonnet laird with three farms. Lived near Lesmahagow. Fought at Battle of Drumclog and Bothwell Bridge. Declared a rebel with 1000 merks on his head dead or alive. All his property was confiscated, spent next ten years on the run but never caught. After what was known as the Glorious Revolution, when William of Orange became King, he accepted Captaincy in Cameronian Regiment in 1689 to oversee ousting of English curates without bloodshed. Buried in Lesmahagow Old Parish Churchyard under a plain thruchstane. Date unknown but after 1709.

Marion Steel wife of John Steel of Loganwaterhead Farm Dates unverified. After Bothwell Bridge she was named as a rebel's wife, thrown out of her farm and forced to live rough on the moor with her young family. Bravely endured ill treatment from government troops. Eventually dared to return to the farm.

David Steel Cousin of John Steel Lived at Netherskellyhill farm near Lesmahagow. Fought at Drumclog and Bothwell Bridge. Fugitive till 1686 when he was caught and shot.

Lieutenant John Crichton or Creichton Dates not verified. Served in His Majesty's Regiment of Dragoons. He did rise to rank of captain. Well known for his brutality to prisoners or any rebel on the run. One infamous incident involves the shooting of David Steel of Nether Skellyhill farm on 20th December 1686. Imprisoned in Edinburgh Tolbooth after change of government in 1690. He is remembered in Jonathan Swift's book in 1731 titled 'Memoirs of Lieutenant John Creichton' where the account of his exploits are somewhat at odds with recorded fact.

John Graham of Claverhouse, Viscount Dundee 1648-1689 Faithful supporter of Stuart Kings who relied heavily on his ability to keep order in South of Scotland. One of the most successful Scottish soldiers of his time. Considered a ruthless opponent by Covenanters, earned title of Bluidy Clavers. Administered justice throughout Southern Scotland, captain of King's Royal Regiment, member of Scottish Privy Council, created Viscount in 1688. Killed at Battle of Killiekrankie 17th

June 1689 where his men won the battle.

Lady Jean Cochrane Married John Graham on 9th May 1684. Granddaughter of Lord Dundonald. She was 16 years younger than her husband. It was a love match not an arranged marriage as her family were strong Covenanting supporters. Immediate family much against marriage but grandfather gave his consent. Members of Scottish Privy Council made mischief of this match to do down Graham at every turn. After Graham's death in 1689 she survived him only another 7 years before dying herself after an accident while staying in Utrecht. She was brought back to Scotland and is buried in Kilsyth.

John Spreul Apothecary Wealthy business man arrested on false charge of being at Battle of Bothwell Bridge. Refused to confess and demanded apology from Privy Council. Given fine of £500 which he refused to pay. Sent to Bass Rock till he would pay. Was there for years but still refused. Eventually order given for cell door to be left open. Spreul took the hint and left. By this time he'd lost his businesses but he somehow started again and became an important merchant once again. A very determined man and clever apothecary.

Helen Spreul Wife of John Spreul who supported him during his imprisonment on Bass Rock. She visited him on several occasions but never managed to persuade him to pay the fine of £500. She died before he was released.

George Mackenzie of Rosehaugh 1636-1691 King's Advocate. Main member of Scottish Privy Council. Sentenced many Covenanters to transportation, imprisonment, or death. After what was known as the Glorious Revolution in 1689 he wrote two books justifying his action. A power-hungry man.

John Maitland, 1st Duke of Lauderdale 1610-1682 Secretary of State for Scotland. One of King Charles II's advisers. Another power-hungry, unethical man prone to plotting against colleagues. Fierce prosecutor of Covenanters.

Thomas Dalyell of the Binns 1602-1685 Long serving Royalist. Earlier in career was Lieutenant General in Russian army. Very individual, fierce, eccentric character. Given special privilege of raising regiment known as Royal Scots Greys, paid for it from his own purse. Determined persecutor of Covenanters. Member of Scottish Privy Council.

Reverend Alexander Peden One of the most significant

Covenanter ministers. Inspirational preacher. Outed from his parish at New Luce in Wigtonshire he spent most of his life living rough and taking secret religious meetings. Famous for wearing a leather mask. Credited with second sight and described as Peden the prophet. He was ambushed in June 1672, sent to the Bass Rock for four years then ordered aboard the *St Michael* for transportation to America. The ship put in at Gravesend in England where the captain set all the prisoners free. Returned home then wandered between Scotland and Northern Ireland. Died at his brother's house 26th January 1686 aged sixty. After burial troops dug up the corpse with intention of staging a hanging. Local laird intervened and corpse was buried at foot of the gallows. Subsequently dug up again and buried in Cumnock.

Reverend Donald Cargill 1610-1681 One of the main ministers and rebel preachers of the Covenant. Minister of Barony Church Glasgow till 1662 when he was expelled for refusing to celebrate the king's birthday. Fought at Bothwell Bridge. Long career of rebel preaching. Colleague and stout supporter of Richard Cameron. After Cameron's death he published a paper excommunicating king and government. As a result 5000 merks reward for his capture. Caught at Covington Mill near Biggar on 12th July 1681, tried and hanged in Edinburgh Grassmarket 27th July 1681.

Reverend Richard Cameron 1648-1680 Radical Covenanter. Ordained in Holland before returning to Scotland to try and revive resistance against government. Known as the Lion of the Covenant. Great preacher. Fearless adversary. Drew up Sanquhar Declaration denouncing king. 5000 merks reward for his capture dead or alive. Four weeks later killed during skirmish at Airds Moss near Cumnock. Short but meaningful ministry. The 26th or Cameronian Regiment named in his memory

Reverend James Renwick 1662-1688 One of the most inspiring Covenanting ministers. Last martyr at age of 26. Supporter of Richard Cameron and Donald Cargill. Ordained in Holland which caused problems when he returned to Scotland. Involved in Lanark Declaration 12th January 1682 and 2nd Sanquhar Declaration 28th May 1685.

Sir Robert Hamilton of Preston and Fingalton A poor leader of the Covenanters at Bothwell Bridge. Almost first to leave the field and flee to the safety of Holland. In Holland he met and befriended James Renwick then encouraged Renwick to return to Scotland and begin field preaching. Returned to Scotland after 1689.

Logan House A remote farmhouse beyond Lesmahagow where Covenanters met after death of Richard Cameron to form the Societies with an allegiance to field preaching. This meeting took place on 15th December 1681 and led to the publication of the Lanark Declaration in January 1682. They remained active till 1689.

James Ogilvie Earl of Airlie and Strathmore Stout royalist supporter. Cavalry leader at Bothwell Bridge. During final stage of battle he tried to capture John Steel. John Steel fought back, knocked Airlie off his horse then escaped. Airlie then tried to hunt down Steel. Unsuccessful. In revenge he claimed the Steel farm and land.

Lord George Douglas 1st Earl of Dumbarton 3rd son of William, 1st Marquess of Douglas. Served in French army then recalled to Britain by Charles II who made him Earl of Dumbarton. When James II came to throne he was made commander in chief of Scottish forces. An adversary of John Graham.

Andrew Bruce of Earlshall Dates not verified. Military man on Loyalist side. Led troops at Airds Moss to kill Richard Cameron. Appointed Claverhouse's lieutenant in 1682. Very active in pursuing Covenanters throughout south of Scotland.

Archibald Campbell 9th Earl of Argyll Hereditary chief Clan Campbell. Prominent figure in Scottish politics. Royalist supporter but after the Restoration of Charles II he fell under suspicion due to his judicial power in the Highlands and his strong Presbyterian sympathies. Condemned to death in 1681 on a dubious charge of treason he escaped, fled into exile and began associating with opponents of the Stuart regime. Following Charles' brother accession to the throne as James II Argyll returned to Scotland in an attempt to depose James. This was organised in parallel with the Duke of Monmouth's attempt in England. It failed. Argyll was captured and beheaded.

James Scott, 1st Duke of Monmouth, 1st Duke of Buccleuch Dutch-born English nobleman and military officer. Eldest illegitimate son of Charles II with his mistress Lucy Walter.

He served in the Second Anglo-Dutch War and commanded English troops in the Third Anglo-Dutch War before commanding the Anglo-Dutch brigade fighting in the Franco-Dutch War. He led the Royalist army to defeat the Covenanting army at Battle of Bothwell Bridge. In 1685 he led an attempt to depose his uncle King James II and VII who had become a Roman Catholic. The rebellion failed and Monmouth was beheaded for treason on 15 July 1685.

The Escape of Archibald Campbell Earl of Argyll On 20th December 1681 Sophia Lindsay arrived at Edinburgh castle to visit her stepfather, Archibald Campbell Earl of Argyll, who was under sentence of death.

Accompanying her was an unnamed man dressed as a page. This man happened to be the same height as the Earl, same build and similar features.

Once the cell door was shut the Earl and this man exchanged clothes then Argyll walked out with the step-daughter pretending to be the page. She distracted guards by feigning floods of tears.

Once outside the castle the Earl stepped up behind the coach as a page then slipped off quietly into one of the narrow vennels after reaching the customs house. He eventually turned up in London as a Mr Hope where he was sheltered by an Ann Smith, the wife of a wealthy sugar-maker with Whig leanings. She took him to her country house in Brentford where he remained safe for some time before moving abroad.

The fake Earl was discovered when the evening meal was brought. He insisted he'd been coerced into playing the part and had been given money as compensation. This tale was accepted, the money taken from him, and he was released.

Once free he made his way to the man who'd planned the ruse, George Pringle of Torwoodlee (Near Galashiels). Here the unnamed man was given the money he'd originally been promised. After that he simply disappeared and was never heard of again. Intriguing indeed.

Sophia Lindsay insisted she knew nothing about this plot until the cell door closed and she was threatened by the unnamed man and her stepfather to go along with the plan. She claimed her tears were tears of terror. This was also accepted and she was neither arrested nor further threatened. Also intriguing.

Bibliography

I gained insight into this period from:

- W.H.Carslaw *The Life and Letters of James Renwick*
- Nicholas Culpeper, *Culpeper's Complete Herbal*
- Elizabeth Foyster & Christopher A. Whatley, *A History of Everyday Life in Scotland 1600-1800*
- Maurice Grant, *The Lion of the Covenant; No King But Christ; Preacher to the Remnant*
- John Greenshields *Private Papers*
- James King Hewison, *The Covenanters*
- John Howie, *The Scots Worthies*
- Dr. Mark Jardine, *Jardine's Book of Martyrs*
- Magnus Linklater & Christian Hesketh, *For King and Conscience*
- Dane Love, *The Covenanter Encyclopaedia*
- Rosalind K. Marshall, *The Days of Duchess Anne*
- Thomas McCrie, *The Bass Rock*
- David S. Ross, *The Killing Time*
- Andrew Murray Scott, *Bonnie Dundee*
- Ann Shukman, *Bishops and Covenanters*
- Charles Sanford Terry, *John Graham of Claverhouse Viscount of Dundee 1648-1689*
- J.H. Thomson, *The Martyr Graves of Scotland*
- Robert Watson, *Peden:Prophet of the Covenant*
- Ian Whyte *Agriculture and Society in Seventeenth Century Scotland*
- *The Laird and Farmer, by a Native of that Country* (published by Ecco)
- Robert McLeish (Archivist of Lesmahagow Historical Association), Newsletters (*Scottish Covenanter Memorial Association*).

About the Author
Ethyl Smith

As an illustrator ah interpretit ither fowk's wirds. Bit thru time ah stertit aisin ma ain. An the mair ah scrieved the mair ah wantit tae.

Aince retired ah wis aff lik a whippet. First cam Strathclyde, than a course wi Janice Galloway at Faber. She recommendit me fur a Maister's at Stirling whaur ah got intae 17th Century Scotland wi its boorach o religion an politics.

Thur wis mony a happenin nearaboot ma hame makin it a skoosh tae howk oot the man tae cairry ma story; a bonnet laird cawed John Steel, a Covenantin rebel, 10 years on the run yit nivver caucht.

Findin oot mair hud me stravaigin thru moors an hills, veesitin unco places lik the Bass Rock, scourin papers, letters, academic buiks, speirin here an ther afore aisin whit ah'd lairnt in fiction.

Early on ah jaloosed hoo Scots leid brocht credence. Ah testit it wi short stories, got intae anthologies, an wun a wheen compeetitions. The best yin gied doon a storm at the National Library.

2014 brocht a big smile whan Thunderpoint published ma first buik. Wur noo on nummer four as weel as aisin speakin events tae pruive hoo history aye touches us.

Ethyl Smith is a graduate of the University of Strathclyde Novel Writing course and the Stirling University MLitt Creative Writing course. Smith has had numerous short stories published in a range of publications, including *Scottish Field*, *Spilling Ink*, *Stirling Collective Anthology*, *Mistaken Identities Anthology* (edited by James Robertson) and *Gutter Magazine*.

Ethyl was also a finalist in the Twice Dragons Pen competition, with the story recorded for BBC Radio Scotland, and a Finalist in the Wigtown Book Festival Short Story Competition.

Also from Ethyl Smith
Changed Times
ISBN: 978-1-910946-09-1 (eBook)
ISBN: 978-1-910946-08-4 (Paperback)

1679 – The Killing Times: Charles II is on the throne, the Episcopacy has been restored, and southern Scotland is in ferment.

The King is demanding superiority over all things spiritual and temporal and rebellious Ministers are being ousted from their parishes for refusing to bend the knee.

When John Steel steps in to help one such Minister in his home village of Lesmahagow he finds himself caught up in events that reverberate not just through the parish, but throughout the whole of southern Scotland.

From the Battle of Drumclog to the Battle of Bothwell Bridge, John's platoon of farmers and villagers find themselves in the heart of the action over that fateful summer where the people fight the King for their religion, their freedom, and their lives.

Set amid the tumult and intrigue of Scotland's Killing Times, John Steele's story powerfully reflects the changes that took place across 17th century Scotland, and stunningly brings this period of history to life.

'Smith writes with a fine ear for Scots speech, and with a sensitive awareness to the different ways in which history intrudes upon the lives of men and women, soldiers and civilians, adults and children' – James Robertson

Dark Times
Ethyl Smith
ISBN: 978-1-910946-26-8 (Kindle)
ISBN: 978-1-910946-24-4 (Paperback)

The summer of 1679 is a dark one for the Covenanters, routed by government troops at the Battle of Bothwell Brig. John Steel is on the run, hunted for his part in the battle by the vindictive Earl of Airlie. And life is no easier for the hapless Sandy Gillon, curate of Lesmahagow Kirk, in the Earl's sights for aiding John Steel's escape.

Outlawed and hounded, the surviving rebels have no choice but to take to the hills and moors to evade capture and deportation. And as a hard winter approaches, Marion Steel discovers she's pregnant with her third child.

Dark Times is the second part of Ethyl Smith's sweeping *Times* series that follows the lives of ordinary people in extraordinary times.

"What really sets Smith's novel apart, however, is her superb use of Scots dialogue. From the educated Scots of the gentry and nobility to the broader brogues of everyday folk, the dialogue sparkles and demands to be read out loud." – Shirley Whiteside (The National)

Desperate Times
Ethyl Smith
ISBN: 978-1-910946-47-3 (Kindle)
ISBN: 978-1-910946-46-6 (Paperback)

July 1680: Richard Cameron is dead, and John Steel and Lucas Brotherstone have only just escaped capture by government forces. The net widens to arrest anyone suspected of Covenanter sympathies, and the army becomes ever more brutal in its suppression of the rebels.

To have any hope of survival Lucas Brotherstone must escape to Holland, and John Steel is determined to make this happen.

Desperate Times is the third historical novel in Ethyl Smith's series, following *Changed Times* and *Dark Times*, about the lives of ordinary people in extraordinary times.

> **'Smith writes with a fine ear for Scots speech, and with a sensitive awareness to the different ways in which history intrudes upon the lives of men and women, soldiers and civilians, adults and children' – James Robertson**

Broken Times
Ethyl Smith

ISBN: 978-1-9109467-0-1 (Kindle)
ISBN: 978-1-9109466-9-5 (Paperback)

Scotland 1683: As James Renwick returns to Scotland, accompanied by the young Jonas Hawthorne, in search of adventure, an undeterred John Steel is still living the life of a fugitive, hunted day and night by Claverhouse's men.

When John and Jonas reunite, Jonas soon finds himself caught up in the intrigues of 17th century Scotland: amid accusations of witchcraft and almost constant acts of violence, it seems that no-one can escape the desperate times they are living through, and Jonas's desire for adventure soon proves to be more dangerous than he had bargained for.

Gripping and rich in detail, this immaculately researched book is the fourth instalment in Ethyl Smith's Times series.

Also from ThunderPoint
The Bogeyman Chronicles
Craig Watson
ISBN: 978-1-910946-11-4 (eBook)
ISBN: 978-1-910946-10-7 (Paperback)

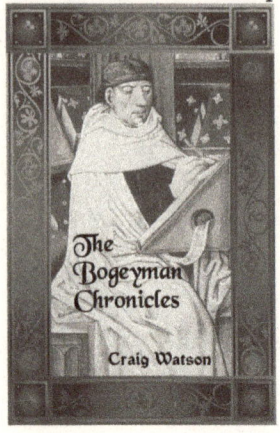

In 14th Century Scotland, amidst the wars of independence, hatred, murder and betrayal are commonplace. People are driven to extraordinary lengths to survive, whilst those with power exercise it with cruel pleasure.

Royal Prince Alexander Stewart, son of King Robert II and plagued by rumours of his illegitimacy, becomes infamous as the Wolf of Badenoch, while young Andrew Christie commits an unforgivable sin and lay Brother Brodie Affleck in the Restenneth Priory pieces together the mystery that links them all together.

From the horror of the times and the changing fortunes of the characters, the legend of the Bogeyman is born and Craig Watson cleverly weaves together the disparate lives of the characters into a compelling historical mystery that will keep you gripped throughout.

Over 80 years the lives of three men are inextricably entwined, and through their hatreds, murders and betrayals the legend of Christie Cleek, the bogeyman, is born.

'The Bogeyman Chronicles haunted our imagination long after we finished it' – iScot Magazine

The False Men
Mhairead MacLeod
ISBN: 978-1-910946-27-5 (eBook)
ISBN: 978-1-910946-25-1 (Paperback)

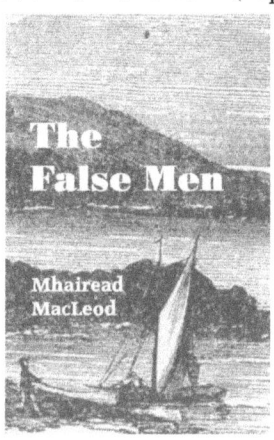

North Uist, Outer Hebrides, 1848

Jess MacKay has led a privileged life as the daughter of a local landowner, sheltered from the harsher aspects of life. Courted by the eligible Patrick Cooper, the Laird's new commissioner, Jess's future is mapped out, until Lachlan Macdonald arrives on North Uist, amid rumours of forced evictions on islands just to the south.

As the uncompromising brutality of the Clearances reaches the islands, and Jess sees her friends ripped from their homes, she must decide where her heart, and her loyalties, truly lie.

Set against the evocative backdrop of the Hebrides and inspired by a true story, *The False Men* is a compelling tale of love in a turbulent past that resonates with the upheavals of the modern world.

'…an engaging tale of powerlessness, love and disillusionment in the context of the type of injustice that, sadly, continues to this day' – Anne Goodwin

Tweed rins tae the Ocean
Alasdair Allan

ISBN: 978-1-910946-76-3 (Kindle)
ISBN: 978-1-910946-75-6 (Hardback)

Tweed rins tae the Ocean follows an east to west coast walk by Allan and some friends, and gently explores the history, literature and language of what Allan contends is the oldest national land border in the world. The title of the book takes its inspiration from the Burns song, 'Such a Parcel of Rogues in a Nation'.

This is a book that will challenge the preconceptions of many about a region reputed to have the highest per capita number of titled residents in Scotland, and which is home to the Duke of Buccleuch, one of the largest private landowner in Europe.

Alasdair Allan says: 'The Border line has always been fascinating to me, not least as so many of my own family grew up a matter of yards from it. The book tries to explain why writers (and reivers) down the centuries have been similarly fascinated. It is also, I admit, partly a retort to some others who have concluded that the Border – and by implication Scotland – are not really there at all.'

"There is nowhere else in Scotland I sense an 'uncanny watchfulness' as intensely as I do in the Borders. It lurks on every hill-top, in every cleuch, and in every castle ruin, and Alasdair Allan has, almost magically, captured this essence of the Border." – Cameron McNeish

The Summer Stance
Lorn Macintyre
ISBN: 978-1-910946-58-9 (Paperback)
ISBN: 978-1-910946-59-6 (Kindle)

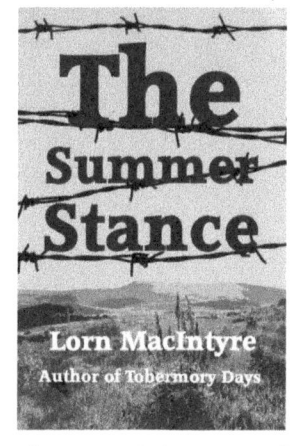

Abhainn na Croise, the river of the cross, where the otters swim and the Scottish Travellers camped for generations, working on the land, repairing whatever was broken, and welcomed back each year by the area's settled residents.

Those days are long gone, but Dòmhnall Macdonald, raised in a Glasgow tower block, yearns for the old ways and the freedom they represent. When his grandmother falls ill, Dòmhnall determines to take her back to the Abhainn na Croise one last time – but times have changed too much.

Instead of the welcome of old, the returning Travellers are met with suspicion, hostility and violence – and Dòmhnall becomes a hunted man.

Set in the timeless Scottish landscape, Lorn Macintyre's latest novel is an intimate portrait of a misunderstood way of life and a fast disappearing part of Scottish culture.

> 'The Summer Stance is about racial prejudice; the loss of the Gaelic oral tradition; and the destruction of the Scottish landscape, its historic sites and its wildlife through indiscriminate development.'